单身逆袭记

赵格羽 ◎ 著

陕西新华出版传媒集团
太 白 文 艺 出 版 社

图书在版编目（CIP）数据

单身逆袭记 / 赵格羽著. —西安：太白文艺出版社，2019.4
ISBN 978-7-5513-1643-9

Ⅰ.①单… Ⅱ.①赵… Ⅲ.①长篇小说-中国-当代 Ⅳ.①I247.5

中国版本图书馆CIP数据核字（2019）第014235号

单身逆袭记
DANSHEN NIXI JI

作　　者	赵格羽	
责任编辑	马凤霞　曹　甜	
特约编辑	杜姗姗	
整体设计	Metis 灵动视线	
出版发行	陕西新华出版传媒集团	
	太白文艺出版社（西安市曲江新区登高路1388号　710061）	
	太白文艺出版社发行：029-87277748	
经　　销	新华书店	
印　　刷	三河市中晟雅豪印务有限公司	
开　　本	960mm×640mm　　1/16	
字　　数	286千字	
印　　张	25	
版　　次	2019年4月第1版　2019年4月第1次印刷	
书　　号	ISBN 978-7-5513-1643-9	
定　　价	36.00元	

版权所有　翻印必究
如有印装质量问题，可寄出版社印制部调换
联系电话：029-81206800

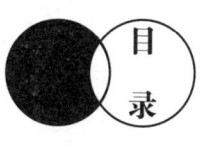

目录

第一章　一个刚被甩的女人和一个刚甩女人的男人 /001

第二章　只要你不停地说要结婚，所有的单身男人都会远离 /053

第三章　逆袭的戏码 /111

第四章　没钱没能力恋爱，更没能力单身 /139

第五章　女人总是无爱可做的时候才做事 /185

第六章　『渐入佳境』和『渐入高潮』 /225

第七章　我想给我的人生另一种可能 /261

第八章　绝不饥不择食，无论性或者爱 /299

第九章　单身就是幸福的前戏 /349

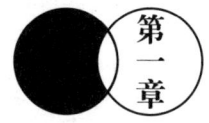

一个刚被甩的女人和一个刚甩女人的男人

1. 爱情意外
2. 一个刚被甩的女人和一个刚甩女人的男人
3. 哪有那么多怜香惜玉的男人啊
4. 记得随时为你的手机充上电
5. 我选择了爱情,可爱情没选择我
6. 为什么失恋这么痛苦
7. 你想想,婚姻能保证什么
8. 我的世界里就只有两个雄性动物
9. 以一个背影面对你
10. 他优不优秀轮不上你评判

1 爱情意外

人逃离一个城市,大都只有一个原因,那就是这是一个伤心地,一个伤城。

没有男人和爱情的我们该怎么办?就看类似简·奥斯汀《傲慢与偏见》这样的书啊,相信生命中有一个达西先生,终究会给她们美好的爱情和圆满的幸福。

而我知道,这些书都是作家美好的想象。也许,对于很多女人来说,她们梦想中的达西先生永远都不会出现。

你能想象:一个超过三十岁的女人,已经向好友甜蜜宣布即将结婚的消息,已经准备带他回老家见父母时,却发现那个要和你结婚的男人爱上了别的女人;却发现他并不是你想要的男人,而你根本不了解他;却发现他并不是那么爱你,而你却全心全意地爱着他;却发现有别的女人存在并分享着你的男人,而你只得黯然分手,重新恢复单身。

你能想象那种感觉吗?你有过那种感觉吗?

那是一种被刀一刀一刀割的感觉,那是一种被人狠狠扇了一耳光的感觉,那是一种天要塌陷的感觉,那是一种深陷大海你却找不到一根浮木的感觉。

是那么无助，是那么痛苦，是那么绝望。

是的，那个女人，那个三十一岁的女人，就是我。

我叫林玉兰，出生在一个黄果兰花开的季节，出生在到处都是黄果兰树的四川泸州城。

我是一个典型的北漂，现在在一家广告公司当文案。

我该怎么办？谁能告诉我该怎么办？

凌晨五点，天空已经泛鱼肚白，接着晨曦一点点如同油画一般在天空晕染开来。我站在窗前，看了一眼窗外，原来，这个城市的早晨是如此美丽，而我却很少驻足欣赏。

从前的岁月里，我忽略了多少美好呢？

我沉浸在我认为的爱情世界里，却一直忘了看别处的美景。

我快速地收好行李，赶往首都机场2号航站楼。我比从前任何一次都渴望逃离这个城市，这个我工作和生活的城市。

人逃离一个城市，大都只有一个原因，那就是这是一个伤心地，一个伤城。

我是一个热爱旅行的人。可是，这次的旅行，没有任何规划，只想离开，去任何一个地方都可以，哪怕是荒郊野外。我知道，再多待一秒，我可能就会崩溃。

是的，当我发现我一心经营的爱情充满了谎言和欺骗，当我发现那个我百般信赖作为下半辈子依靠的男人，却同时和别人的女人交往时，我彻底崩溃了。

我以为我是一个例外，我以为他是一个例外。我以为那些所有的关于背叛、小三的戏码只是别人的故事，与我无关。可是，我和伍宇的故事还是落入了俗套。

我天天看着身边的人上演着这样的戏码，我以为我会很幸运。

我曾经觉得自己如此幸福，觉得自己如此幸运，我是那个幸运的小女人。

可是，梦终于还是醒了，还是残酷地醒了。

曾经，我想过要不要查他的手机号码，不过，我还是忍住没有去查。因为我知道，每个男人都有他的小秘密，查了只会给自己添堵，那时候，连骗自己都没法骗下去了。

可是，还是出了意外。

从清晨的那个电话开始。一个女人的声音，她问我是谁，我问她是谁。当她得知我认识伍宇比她更久时，她终于不那么嚣张了。我竟然平淡地和她打完了电话。我没有大骂她，我佩服我自己的涵养。

于是，我的天空在那一刻塌陷了。我一直没有哭，只是彻夜失眠。怎么都睡不着。第二天，我竟然特别亢奋地投入到工作中，竟然如常地和同事开着玩笑。

终于，在三天后上了飞机，坐在靠窗的位置，看着硕大的机翼，眼泪禁不住流了下来，瞬间就已经泪流满面。此时，空少走了过来，提示我打开遮光板，飞机即将起飞。我知道，他看到的是一个眼睛发红来不及擦干眼泪的我。我不知道，有多少年，我没有在人前流泪了。

小时候，妈妈总告诉我，就算哭也不要在人前哭。你哭，人家不会可怜你，只会笑话你。

可是，如今，我已经顾不上了。

此时，空中电视上如常地播放救生指南。我扫了一眼。心想，如果真的飞机失事的话，我也不打算求生了。

我的MP3播放的正是莫文蔚的《电台情歌》和《他不爱我》。

我们一直忘了要搭一座桥，到对方心里瞧一瞧，体会彼此什么才最需要。

他不爱我，牵手的时候太冷清，拥抱的时候不够靠近。

字字句句仿佛唱的都是自己，原来，我和他的爱情，只是我的一厢情愿啊，想着想着眼泪又涌了出来。

哭吧，哭吧，哭吧。

反正我已经很久没有哭了。或许，从前笑得太多，如今是该尝尝哭泣的滋味了。

所谓祸福相依，那些快乐的日子是怎么也不会想到哭泣的日子的。也只有在悲伤的日子，才会怀念那些过去的美好。

我从来没有想过，未来的日子没有伍宇我会怎么过？我从来没有想过，我会到了三十一岁还嫁不出去。

我想起了《BJ单身日记》一开头，BJ（Bridget Jones）穿着肥大的睡衣在沙发上对着嘴型唱着"All by myself"，想到自己可能一个人会孤独终老死后尸体还被野狗撕扯。

那画面实在是太恐怖太凄凉了！

此时此刻，我感觉自己和BJ的处境那么像！这一刻，我真的觉得自己会孤独终老了！我要是真的嫁不出去、真的找不到可以结婚的男人，该怎么办？我死了后会有人给我收尸吗？我太害怕死后尸体被野狗撕扯了！

其实，《BJ单身日记》就是现代版的《傲慢与偏见》，全世界的人依然如此喜欢《BJ单身日记》是向简·奥斯汀的《傲慢与偏见》致敬吧。

我一直想不明白为什么简·奥斯汀的《傲慢与偏见》会红了

一百多年。这纯粹就是一本通俗爱情小说啊,人物简单,故事简单,为什么就那么受全世界的读者欢迎呢?它的魅力何在?

那天在微博上看见报道:简·奥斯汀的头像将被放置在十英镑的纸币上,会在2017年发行。英国央行行长马克·卡尼表示,简·奥斯汀理应享有这一荣誉,"她的小说具有持久不衰的吸引力,她被公认为英国文学史上最伟大的作家之一"。在英国,四种面额的纸币正面均为伊丽莎白女王头像,背面则是不同时代的英国名人头像。

这对于简·奥斯汀来说,是多么大的荣耀啊。一辈子未婚的简·奥斯汀,一定不会想到百年之后,有人会天天爱她就像爱金钱一样。我想,这对简·奥斯汀来说,也是对她一辈子孤独的奖赏吧。

从前,其实我不喜欢《傲慢与偏见》,不喜欢《简·爱》,我觉得这根本就是作家自己不幸福嫁不出去写来满足自己幻想的书,然后骗了无数的读者。例如,简·奥斯汀的六部小说中,所有女主角都像极了自己,她给那些女孩都安排了完美的结局,唯独自己却没有。

从夏洛蒂笔下的简·爱,到简·奥斯汀笔下的伊丽莎白,每个女子都那么聪慧和坚强,在经历磨难后得到幸福。可是,作为主角的原型,这些女作家们富有才华,却没能将她们变得更幸福。她们用苍白的一生去描绘那些绚烂的爱情,用希望自己幸福的心情饱蘸泪水地书写幸福。

这让我想起了中国作家张爱玲,她少年成名,爱上风流才子后伤心离开,后来嫁了个美国男人,可惜美国男人比她早逝,留下她一个人在异国他乡孤独终老,离群索居,去世一周之后尸体才被房东太太发现,估计都有味道了,可惜她年轻时那么爱美啊。

显然,张爱玲的结局比简·奥斯汀惨多了。所以,我宁愿一辈子无名无财,也想要普通人的天伦之乐,不要一个人孤独终老!我只要普通女人的小幸福，不要那名留青史万古芳名。

如今，我终于明白简·奥斯汀为什么受欢迎了，因为她给了我们这种大龄女青年们希望。

在中国，有多少像我这样的大龄剩女在深夜里沮丧失眠，以泪洗面，不知道明天在哪里，不知道自己的归宿在哪里。

除了我们这种大龄剩女，还有一批在婚姻中痛苦的女人，更有一批从婚姻中挣脱出来的失婚女人、单亲妈妈。这可是庞大的群体啊！

没有男人和爱情的我们该怎么办？就看类似简·奥斯汀《傲慢与偏见》这样的书啊，相信生命中有一个达西先生，终究会给我们美好的爱情和圆满的幸福。

而我知道，这些书都是作家的幻想。也许，对于很多女人来说，她们梦想中的达西先生永远都不会出现。

对我来说，更要命的是：此刻，我不知生命之路在何方？

② 一个刚被甩的女人和一个刚甩女人的男人

> 这就是男人和女人的区别吧。男人分手后,照样吃好睡好,仿佛是一只猪似的;而女人分手后,大都彻夜难眠。
>
> 很多事情,没有经历过,没有痛苦过,你永远不会知道那种感觉。劝说的人,永远是站着说话不腰疼。

首都机场里,飞机都排着队起飞。机舱广播响起:"各位乘客,很抱歉地通知您,我们的飞机正在等待起飞命令,请您在座位上耐心等候。"

你想逃离这个城市,可是这个城市却以它的方式想要留下你。

这时候,前排的小男生在用 iPad mini 玩着游戏。显然,飞机晚点对他并没有什么影响。

我开始急躁地四处张望,已经顾不得我的眼睛通红,而脸颊上的泪痕还未干。我侧头,才开始注意到坐在我旁边的男人,发型十分有型,显然是个爱臭美的男人,他已经重新打开了手机。

他可能是看了下短信,脸色十分难看,赶紧拨通了电话,说:"求求你,别再给我打电话了,才半个小时,我这手机就显示三十个未接电话。你觉得我们还能做朋友吗?"说完,他"啪"地关掉了手机,然后长呼一口气,仿佛是从水深火热中解脱出来一般。

此情此景,多么像我和伍宇的对话啊。

我回忆起从前我和伍宇通话的场景。有时候,他总是工作到很晚,我便一个接一个电话地打给他,而他就是这样的语气。

没错,一样的语气。那三个字叫"不耐烦"。

原来,这已经是感情危机的信号了。

只是,那时候我沉浸在他给我的承诺里,是那么迟钝,还以为自己和他搬进新房子后将会过上更美好的生活。

我看了看身边的这个发型男,终于明白了情形:我是一个刚被甩的女人,而他则是刚甩女人的男人。

我那原本充满红血丝的双眼此刻写满了愤怒。

"喂,你们男人何时才能进化成高级动物,上床前对女人甜言蜜语百般体贴,上床后对女人玩冷淡玩失踪。这有意思吗?"

发型男听到我的声音,诧异地看了我一眼,又四处看了一圈,然后伸出食指对着自己:"你说的是——我?"

我狠狠地点头:"说的就是你!少拿别人当挡箭牌!"

发型男很生气:"你、你有病吧!偷听别人的电话内容,没礼貌没教养,小心嫁不出去!"

原本,我心想说他两句就行了。可是一听到这句"小心嫁不出去"就一下子控制不住自己了!

"我告诉你,你别拽,别以为今天甩掉了女人你就有本事。我告诉你,老天公平得很,总有一天,你会被一个女人甩的,我保证,你会比那个你甩的女人痛苦一千倍、一万倍!这叫什么:出来混,迟早要还的。你别得意得太早!"

机舱里除了乘客的小声议论之外,就我的声音显得最大。

顿时,前面的乘客都回头看向我,一双双好奇的双眼,齐刷刷地看着我。

当然,他们看的不只是我,还有旁边的这个发型男。

发型男深感舆论力量,顿时低头小声说了句:"好男不跟女斗。今天我认衰!"

"我才认衰。"是啊,我只想逃离,只想清净,结果到处都是怨男恨女。

此时,飞机滑行的速度加快,即将起飞。我和他终于停止了争吵。我再次侧身,听着我的歌,想着我的心事,流着我的泪。

我何须跟一个陌生男人动气呢?为一个陌生男人生气不值得。我不能在心里流着血的同时还生着气。否则,我会老得很快的。到时候,我该怎么办?

我越想越难过,索性把头深深地埋在毛毯里,我不能想太多。此刻,把脑袋放空就是最好的办法。

此时,旁边的发型男发出了轻微的鼾声。

我叹了一口气。这就是男人和女人的区别吧。男人分手后,照样吃好睡好,仿佛是一只猪似的;而女人分手后,大都彻夜难眠。

此刻,我开始羡慕起旁边的发型男来。我能够像他那样没心没肺地睡一大觉该多好啊。这一生,我要不是女人,是男人该多好啊。

我尝试着闭上眼睛,可是大脑就是不争气,脑子里全是和伍宇的点点滴滴,一起做回锅肉,一起看电影,一起逛超市,一起过生日……

我为什么这么不争气，为什么这么没用？人家都爱上别的女人了，我为什么还要想着他？

林玉兰，你为什么这么贱？林玉兰，平时你不是一个很有自尊的女人吗？林玉兰，平时你不是一个很理智很聪明的女人吗？林玉兰，平时你还充当朋友的爱情军师，为什么问题落在你的头上就这么没骨气了呢？

我一遍一遍地质问自己。

明明想要忘记这个人，可是这个人却偏偏怎么也忘不掉。

我的大脑指挥不了我的心。

生平第一次，我觉得如此无助。

我恨我的大脑。我握紧拳头，使劲儿地敲打着我的头。

也许是敲头的声音太过大声，竟然吵醒了旁边熟睡的发型男。

"喂，你不会真的是——这里——有病吧？"发型男有些胆怯和诧异地看着我。

"你才有病。"我回了他一句。是啊，也许在外人看来，我这番举动的确是有病的征兆。

此刻，我终于明白了，为什么很多人失恋后会得精神病了。我终于理解他们了。也许，我此刻被认作有病了。

很多事情，没有经历过，没有痛苦过，你永远不会知道那种感觉。劝说的人，永远是站着说话不腰疼。

"有病就治病，干吗逞强？"

"我做头部按摩不行啊？"

我瞪了他一眼。他有些紧张，赶紧做投降状："好，好重口味的头部按摩，当我什么都没说！我只是提醒你，大脑敲坏了，那可是不好补。我继续睡觉。"

也许是他担心我真的有病不敢惹我吧。我想，这也好。我乐得清静。不过，他的话的确提醒了我。我不能再这么敲我的头了，如果真的敲坏了，那我真的成精神病了。到时候，我林玉兰就更被人瞧不起了。不，不能这样。

③ 哪有那么多怜香惜玉的男人啊

毁一个人的状态只需要一个不靠谱的航班就可以。

此时,飞机突然颠簸起来,机舱广播再度响起:"各位乘客,我们的飞机在飞行过程中遇到强烈的气流造成颠簸,请您系好安全带,洗手间将被关闭。"

虽然我不经常出差,但气流这种事儿也不是第一次遇到,我并不慌张。

可是,飞机却越发颠簸起来,婴儿开始啼哭,有的女孩开始尖叫。

此时,发型男狠狠地拍了拍我的肩膀:"你不要命了。系好安全带!"

我笑了笑,淡淡地说:"三万英尺的高空,真要摔下去,系不系都一样,最后不都是一堆骸骨。"

发型男听了我这番话，十分生气也十分失望。他侧过身，非常粗鲁地一把帮我系好了安全带。

我没有言谢。"你知道吗？生死有命，富贵在天。从前，也许我会怕，但是我现在不怕了。"

发型男生气了："你不想活，我可还想好好地活着。我再也不想遇到你了，你这个衰神！要是这个飞机真有什么事儿，我绝对不放过你这个乌鸦嘴。"

我知道他生气了，也知道他是为我好。

我决定保持沉默。

生死有命，富贵在天。如今，我就信这句话。也许我宿命，宿命的人，大都是失落者，而我就是彻头彻尾的失落者。

这时，机舱广播又响起了："各位乘客，非常抱歉地通知您，因为天气原因，我们的飞机即将降落到长沙机场。"

顿时，机舱内的乘客一片哗然。有西装男大嚷："搞错没有，我晚上还有个商业谈判！一个亿的订单呢！靠！真他妈倒霉！"

有女的大嚷："我还等着男朋友给我庆祝生日呢！你们还我生日派对！我的生日派对啊！"

空姐一个劲儿地赔礼道歉，机舱里一片混乱。

我沉默着，看着面前的人，各种各样的表情。

飞长沙就长沙吧，反正我没有任务，也没有约会。此刻，我觉得格外轻松。

发型男则把杂志收了起来，叹了一声："真是邪门了，这等小概率事件也能遇到！看来还得跟你坐两个小时的飞机啊。"

我没有搭他的话，只是看着这喧哗的人群。终于，人群安静了下来。

飞机很快就着陆了，落地长沙机场。

无数的人仿佛被按了按钮一样，同时开了手机，然后拿起手机打电话。"飞机转机长沙了，还不知道什么时候起飞！你们先别等我了。"

我也跟着大家打开了手机，可是打开后竟然没有一条短信，没有一个伍宇的未接电话提醒。

这个伍宇真够绝情的。

我拿起手机，不知道打给谁。除了父母，还有谁在等我？

我突然觉得无比失落，眼泪又禁不住地流了下来。

此刻，我感觉有人拍我的肩膀，抬头一看，是发型男。

发型男因为转机折腾，原本精神抖擞的发型也塌了。这就是我很少弄发型的缘故，发型坏了比不弄还丑。

他递了一张纸巾在我面前，脸上露出了笑容："擦干吧，别让人觉得好像是我在欺负你。我叫何乐天。"

我迟疑了片刻，没有拒绝他的好意接过了纸巾擦眼泪，努力地挤出笑容说了声："谢谢，我叫林玉兰。"

"林玉兰，很文艺的名字啊。"他在嘴里念叨着。

"什么文艺啊，只是我妈特别喜欢一种叫黄果兰的花，我刚好出生在黄果兰盛开的季节。你知道吗？黄果兰特别特别的香，茉莉、玫瑰、栀子花都很香吧，但是黄果兰的香是最好闻的。真的。你见过吗？"

说到黄果兰我顿时变得兴奋起来，刚才的沮丧和无助一扫而空，脑海里全是小时候家里种的一棵大大的黄果兰树，树上挂满了小小的黄果兰，风吹来的时候空气中全是清香。那才是一种叫作幸福的味道啊。

小时候，我将黄果兰戴在衣领处，或者把黄果兰绑在马尾辫上，或者把黄果兰插在花瓶里，总之，我希望自己走到哪儿都是清香四溢的。所以，那时候，我只要去找我的同学玩儿，同学们闻到花香就会知道是我来了，而且同学们都会异口同声地说："玉兰啊，你好香啊。"

我的童年，是香的。

我的童年，是沉醉在幸福里的。

"真遗憾，你说的黄果兰我没有见过，有机会一定要试一下，看你说的黄果兰是否真的有那么香。"何乐天半信半疑地看着我，眼神中充满了疑虑。

我一个劲儿地点头："真的很香，真的很香，骗你是小狗。"

此时，何乐天轻咳了一下，突然转了话题对我说："对了，你的充电器借我一下。"

我停顿了一下，刚才说的还是童年的黄果兰，现在却跟我提充电器。我的大脑需要快速地转换一下，不知道是自己反应迟钝了，还是对方这个话题太突兀了。都说一孕傻三年，失恋也会让人变傻吧。

我从包里拿出充电器递给他，扫了一眼他的手机，果然跟我是同一型号。反正我的手机现在有电没电也无所谓。

他接过充电器，笑了笑："多谢了。"然后转身径直朝机场充电处给手机充电去了，那速度简直就是小跑前进。

我看着他逐渐变小的背影，才终于缓过神来。原来，递纸巾是假，借充电器才是真的啊。这家伙，绕这么大个弯子！这年头，哪有那么多怜香惜玉的男人啊。

我无奈地摇摇头，干吗跟他说这么多？还说什么童年啥的，对一个陌生男人掏心掏肺的！我有病啊！

我从刚才的沮丧变成了现在的懊恼。

不过,很快,机场传来了好消息,航班可以起飞了。机场等待的人群开始欢呼起来。

我则比他们多了一分无动于衷。因为他们都比我忙,我只是一个逃离的人。不论目的地在哪里,只要离开伤心地就可以。

当飞机终于着陆深圳机场的时候,已经晚上十一点了,每个人都疲惫不已地打着哈欠,女的妆容早就花了,男的发型早就塌了。

毁一个人的状态只需要一个不靠谱的航班就可以。

记得随时为你的手机充上电

记得随时为你的手机充上电,这样,你就不会错过那个对的人!

我三十一岁了,我要接受这个事实。从今以后,我还要接受额头有皱纹、有双下巴、身材发福、头发花白、牙齿掉光的事实。天啊,我不敢想象。你能想象你衰老的时候是什么样子吗?

在出口处,一身休闲装扮的何乐天比刚才多了一副墨镜,瞬间有了明星范儿,引得其他旅客不时回头,还以为是某个明星乔装打扮出行,就差有粉丝去送花了。

原来,让一个人瞬间有范儿哪需要什么大的道具,只需要一副合适的墨镜。

他倚靠着大箱子四处张望,仿佛在等一个重要的人,当他看见我时眼神放光。

"谢谢你的充电器!"他把充电器递给我。

"别客气。"我礼貌地回复,把充电器装到我的小包里,然后转身离开。我只有一个上飞机的小行李箱,行走自由。

反正他借我充电器，还我充电器。我这次才不会多想。

"喂——"我听见有人在我身后叫我，但是，我又不敢肯定。

我停下脚步，顿了顿，然后回头。

果然，何乐天对我挥着拿着机票的手："记得随时为你的手机充上电，这样，你就不会错过那个对的人！"

何乐天说完，露出齐刷刷的八颗牙，应该不止八颗。果然是叫乐天啊，仿佛烦恼跟他没关。起名字是技术活儿，以后我也给我孩子取名什么乐啊什么的。可是，如今，男人都没有，何来孩子呢。我又想多了。

我没有想到，何乐天会对我说这句话。说真的，我真的差点儿被他的这句话击中。仿佛是一股电流，突然袭击了我的小心脏，感觉全身有一种悸动。

我怔在原地，看着何乐天的背影消失在人群中。

心中开始默念他说的话："记得随时为你的手机充上电，这样，你就不会错过那个对的人！"

也许吧。

我看了看手机，还有一格电，等到了酒店再充电吧。

终于，等我到酒店时已经是午夜时分。我躺在床上实在没力气动弹了，原本准备泡一个热水澡，估计也没力气了。

此时，手机响了。格外刺耳，也许是房间太过安静。

这个点，谁会给我电话？结婚的在哄孩子，谈恋爱的正翻云覆雨。难道，是伍宇？

我的心又开始怦怦跳了。难道他回心转意了，觉得还是我好了。

我开始有些小兴奋，赶紧拿起手机一看，这一看，心都凉了，是我的上司陈总打来的电话。

我只想说，手机啊，你留着这一格电干吗，还不如彻底没电呢。

我只得接通了电话，电话里传来急促带着责备的声音："玉兰啊，你在哪儿？不管你在哪儿，明天回来给我改方案！"

"陈总，我请假了。"我小声说。

"请假，我可没批。想要这份工作，明天就给我回来！"电话此刻就"啪"地挂掉了。

我看着手中的手机，想起了何乐天的话："记得随时为你的手机充上电，这样，你就不会错过那个对的人！"

这一刻，我只想骂人！为手机充上电，找到你的也许是对的人，但也可能是你不想搭理的人。

我呆呆地坐在床上，转而趴在床上狠狠地捶打着被子。如果被子有感知的话，它一定被我打得很疼吧。

我无处发泄，只有捶打被子，这是副作用最小的。不像那些有钱人，没事儿摔一个手机甚至古董花瓶发泄。

这就是现实啊。我的存款太少，不能没有工作，更不能给自己一个长而远的旅行。

是的，我得回去，我只能灰溜溜地回去继续上班。这就是现实。

我的逃离计划，才一天就宣布破产；我的旅行，才一天就结束。我连深圳街边的叉烧包都没有吃到。冤啊，我的叉烧包啊。这旅行全浪费在飞机上了，冤死我了。实在是没有比这更烂的旅行了。人倒霉的时候喝凉水都塞牙。

第二天一早，我坐早班飞机回到了北京。走出机场打车的时候，才发现今天北京的太阳如此灿烂、耀眼，我根本不能直视。

既然无法逃离，那就只能收起眼泪面对了。

北京，我回来了。

我坐上出租车，靠着车座后背看着窗外的风景。

无意中，我从后视镜中看见了自己的脸，我的眼角，从什么时候有了小细纹？

这一刻的感觉，像是当头棒击。

很快，我在心里安抚自己。"林玉兰，你以为你才十八岁，你已经三十一岁了！"

我三十一岁了，我要接受这个事实。从今以后，我还要接受额头有皱纹、有双下巴、身材发福、头发花白、牙齿掉光的事实。天啊，我不敢想象。你能想象你衰老的时候是什么样子吗？反正我无法想象。

那些大美人，红颜薄命未尝不是好事儿。死在最美的时候，留给人最美的背影，给人最深的怀念和慨叹，又何尝不好呢？

可就在这时候，我的手机响了，我神经过敏一般地拿起手机。是他，是伍宇！他终于想起来跟我打电话了！我内心涌起了一丝小兴奋。

看来，他还是惦记我的！他心里还是有我的！他还是爱我的！

5 我选择了爱情，可爱情没选择我

> 此刻，我终于意识到一个残酷的现实：我不是白富美，我只是一个女屌丝，一个大龄女屌丝。我一无所有，没有存款，没有男人，没有爱情，没有事业，没有房子，没有车。只有一份仅能果腹的文案工作，只有一张开始长细纹的脸，只有一颗破碎不堪的心，只有回忆，没有未来。我看不见未来。
>
> 其实，分手不可怕，可怕的是分手时你连一个备胎都没有。

此时，我感觉我的心跳在加速，我已经很久很久没有这种心跳的感觉了。还记得七年前和伍宇刚刚认识的时候，整夜整夜地不睡觉煲电话粥，那时才有心怦怦跳动激动不已的感觉。

时间过得真快啊，一晃我就毕业八年了，一晃我就三十一岁了。

我接通了伍宇的电话："你真够绝情的，对我不闻不问，你就不怕我跳楼自杀吗？"

我向来有什么就说什么。是啊，多少失恋的人会自杀啊。当初翁美玲不就是因为感情问题煤气自杀的吗？

没想到，这个伍宇在电话里回了一句："你不会自杀的！"

电话这头的我沉默了片刻，心中突然窜起一股无名的火："我为什么就不能自杀？你把我想象得有多坚强！告诉你，我也是一个女人，一个脆弱的女人，我现在很脆弱，很脆弱！"

我在电话里开始咆哮起来，司机轻微地侧过头来扫了我一眼，然后又淡定地直视前方开车。出租车司机每天载各种各样的人，早就见怪不怪了。

伍宇听见我的咆哮，也沉默了片刻："我告诉你一声，我的东西都拿走了，钥匙放在楼下看管所大叔那里。你保重。"

伍宇快速地说完这句话，然后就立即挂断了电话。我握着手中的电话，大声地吼着："喂，喂！"可电话那头已经没有了响应。

其实，我早就该警觉的。不知道从什么时候开始，他就已经不再有耐心跟我打电话了。大多数的时候，都是我在说他在听，或者说"我得忙了"，然后匆匆挂线。

曾经，我为这事儿和他吵过，他说："忙点儿正事儿好不好？天天整得跟热恋似的，还要不要工作啊，还要不要赚钱啊，我是赚钱给你花啊。"

其实，他说得也有道理。七年了，虽然没结婚，也算老夫老妻了。人家说七年之痒，现在根本就是三年之痒，或者一年之痒。

我也明白，爱情的保鲜期就三个月，最多也就半年，剩下的就是亲情和习惯。所以，我也暂且没有太上心，况且，想到他在为我们共同的未来和小窝奋斗，我就安心了。

终于，我回到了和伍宇租的房子门前。我拿出钥匙，却不敢开门。我不知道，门里头的情形是什么样的。我屏住呼吸，长吁了一口气，开了门，扫视了房间四周。一切如初，没有少任何东西。

仿佛我和伍宇没有分手一样。

我赶紧打开衣柜，空荡荡的衣柜，他带走了他所有的衣服。我又跑到了卫生间，漱口杯和牙刷只剩下我的孤零零矗立在那里，而他的杯子和牙刷已经不见了。

我突然禁不住哭出声来，眼泪又一次占领了我的脸庞。

我拿起我的杯子对它说："对不起，从今以后，你也是一个人了。"

我也不知道哭了多久，也许是哭得累了，也许是哭得身体都渴了。我突然觉得好口渴，我要喝水。我赶紧用水冲了一下脸，然后回到沙发上找水喝，猛灌了一整杯水之后，我突然发现了一个严峻的现实，惊得我差点儿跳起来。

伍宇搬走了后，谁来跟我分担房租呢。这个六十平方米的房子租金就是四千元，我工资才五千元，让我一个人独自承担房租，天天喝粥吃咸菜都不够啊。

一想到这个严峻的现实问题，刚才的悲伤马上变成了愤怒。我不禁骂自己，哭什么哭，哭有用吗？

此时，我真的想要骂娘。"妈的！我太他妈点背了，好不容易熬到了新房装修好，结果女主人却不是我。"

此时，门铃响了，谁这时候会来找我？除了快递员，就是收物业费的大妈吧。我赶紧抹了抹眼泪开了门。

门口站着的是伍宇，这个我曾经认为能带给我幸福的男人。

他站在门口，怯怯地看着我说："我忘了拿一样东西，我的一副太阳镜。我以为你还没回来，结果发现门反锁，我才知道你回来了。"

他说话非常平静，非常客气。

我受不了这种客气。我无法接受，曾经，就在这个位置，他一下班，我来开门，我们就相拥在一起。两个如此亲密的人，如今却变得如此陌生。

"你自己找吧。"我转身坐到沙发上。我努力克制自己的愤怒。

他顿了顿，看了看屋子，迟疑了一下，还是走进屋子里。

他静静地走向衣柜，打开最下面的抽屉，找到了他的太阳镜盒子，然后走向门口，以一个背影的姿态对着我。

他就要走了，他又要走了。

我受不了，受不了一个男人用背影对着我。

那一刻，突然站了起来，冲上前去，紧紧地抱住他："伍宇，你告诉我，我哪里不好了？"

伍宇站在原地没有动，没有推开我，也没有抱紧我。过了片刻，他转过身来，低下头，看着我的眼睛。

"玉兰，不是你不好，你很好。"

"可是，你为什么不要我？说你很好，我配不上你，这种烂透的分手理由你就不要说了。"

"玉兰，你把婚姻看得太重了。我不想结婚，我这辈子都可能不会结婚。人为什么要结婚呢？"他语重心长地说，一脸的严肃。

"你都三十五了，还不想结婚？你问我人为什么要结婚，那我问你，人为什么不结婚呢？你看我们的父母都结婚了，我们周围的朋友都结婚了。"

"不管别人怎样，反正我不想结婚。"

伍宇冷冷地说完，拨开了我的手臂，走出了门。然后，门"砰"的一声关上了。

这"砰"的一声，再次把我的心脏给震了一下。

而这"砰"的一声，也敲醒了我，告诉我一个事实：我和伍宇真的分手了，他走了，再也不会回来了。他未来的几十年，都和我没有关系；我未来的几十年，他也不可能出现了！

我对着大门吼道："你不想结婚，你早不跟我说！你耗了我七年才跟我说！伍宇，你这个王八蛋！"

我很后悔当初没有快速地抓住他大骂。我也不管风度了。这时候，没有人管淑女风度了。

七年，一个女人一生有多少个七年？我的七年，我二十四岁至三十一岁最黄金的七年，就奉献给这个叫作伍宇的男人了。那可是我七年宝贵的青春啊。那是我再也回不去的宝贵青春啊！

以前，我会跟人骄傲地说："我选择了爱情！"可是，最后爱情却没有选择我！可是，最后却是一场空。我的感情一切归零，我不得不从零出发。

此刻，我终于意识到一个残酷的现实：我不是白富美，我只是一个女屌丝，一个大龄女屌丝。我一无所有，没有存款，没有男人，没有爱情，没有事业，没有房子，没有车。我只有一份仅能果腹的文案工作，只有一张开始长细纹的脸，只有一颗破碎不堪的心，只有回忆，没有未来。我看不见未来。

其实，分手不可怕，可怕的是分手时你连一个备胎都没有。

我真的连一个备胎都没有，从前的我，对他一心一意，就连异性朋友都少有来往了，更别提蓝颜知己了。在我的世界里，雄性的除了伍宇之外，就是我的上司陈总了。如今想起来，我是多么愚蠢啊。

6 为什么失恋这么痛苦

我突然体验到"人生无常"这四个字的意思了。今天爱得轰轰烈烈，明天就可能吵得轰轰烈烈。今天是亲密爱人，明天就是冤家仇人，或者是陌生人。

失恋痛苦的三个原因：第一，被否定的挫败感；第二，害怕孤独；第三，害怕世俗压力。其实，这些都不是最根本的。最根本的是太过执着。我们所有的痛苦，都是源于我们太过执着放不下。

我真的很想组成一个大龄剩女组织，既然没有男人、没有爱情、没有家庭、没有孩子，那就彼此互相照顾、互相取暖吧。

好吧，等我找到新家后，我会考虑这个计划。

当下之急，已经没时间悲伤了。我得赶紧找房子，否则下半年的房租就要两万四千元了，现在我的总存款也没有这么多啊。把我卖了能值那么多钱吗？估计人家老鸨还会说："对不起，年龄太大了。"这就是现实啊。

这时候，我开始羡慕周星驰《功夫》里的包租婆了。其实，身为北漂来说，能够当上包租婆天天追着催房租是多么有范儿的事情啊。

我在网上看了一圈，真想骂人！真的，我想淑女也淑女不起来了。通州两居都要三千多了，还要不要人活了！就我现在租的这套房子，网上的报价已经四千八百元了。这下，我要退房，房东该高兴了，因为他直接可以高价租给下一个房客。好吧，心中的愤怒和不满的火苗又冒了出来。可是，这又有什么办法。只有祈求下次投胎投一个大户人家，免受搬家之苦。

已经深夜十一点了，我只得在微博上写着："寻东四环一间房合租。"其实，我不愿意在微博刷这些信息，因为我的同学有很多高富帅白富美，而我却还在这里苦苦寻找比较一间更廉价的房子，还是合租！但是，形势太紧张，我必须要这周末找到房子然后搬家。

原本打算求助我的同学和同事的，可是，深夜十一点，这个时间段，已经是私人时间了。我拿起手机翻看着通讯录，通讯录上那么多人，而我却不知道该打给谁。他们要么睡觉了，要么是甜蜜时间，怎么好意思打扰人家。

无助的感觉又冒了出来。这种感觉已经很熟悉了。谁能想到，三天前，我还是一个躺在蜜罐里的幸福女人，现在就已经是一个要流浪街头的可怜女人了。

我突然体验到"人生无常"这四个字的意思了。今天爱得轰轰烈烈，明天就可能吵得轰轰烈烈。今天是亲密爱人，明天就是冤家仇人，或者是陌生人。

电脑里播放着林凡的《一个人生活》：

我想我可以习惯一个人生活
我想我可以假装不曾爱过
感觉如果要走谁能说 No

我想我可以习惯一个人生活
在记忆里面擦去你的承诺
爱情是个梦而我睡过头
……

其实，在我如此悲伤低谷的时候，是不应该听这么悲伤的歌曲的。可是，没办法，这首歌实在是太应景了。既然已经够悲伤，既然已经够沮丧，那索性就悲伤到底，沮丧到底吧。

我正跟着林凡哼唱着："爱情是个梦而我睡过头。"唱到这里，不禁拍手："这词写得太精辟了！太精辟了！"

此时，手机响了。晚上十一点半，谁会在这时候想起我？我正疑惑着。这是好事儿啊，说明还有人惦记着你，说明万一你有个三长两短还有人及时给你收尸。

来电号码是我的同学鲁敏，这时候她应该和她的男朋友卿卿我我啊，怎么还会有闲情逸致找我啊。

我接通了电话，"怎么回事儿啊？分手了？"鲁敏劈头盖脸地问我。

"你怎么知道的？"这事儿三天前发生的，我记得我对谁都没有说过啊。

"怎么知道的，你的微博求租信息透露的。"鲁敏说。

这个鲁敏，果然嗅觉灵敏啊。她不去当个间谍或者侦探简直是太可惜了。鲁敏一头天然的长卷发，五官很立体，像极了俄罗斯的女间谍，据说她真的有四分之一的俄罗斯血统呢。

所以，鲁敏从来都是受男生追捧的对象。再加上她天生聪明，说话爽快，眼眸明亮，十分惹人喜欢。

鲁敏和她的设计师男友崔宁同居三年了，崔宁已经跟她求婚两次了，都被她以"还没想好"而无限期拖延了。

我和鲁敏，差距怎么这么大啊。我向男人逼婚，男人向她逼婚。这世界就是不公平！

我在电话这头，终于控制不住地大哭了起来。鲁敏"啪"地挂掉了电话，竟然在三十分钟后出现在我家门口。

就这一举动，感动得我又稀里哗啦。

什么是真的闺蜜，就是得知你有难，在凌晨从温热的被窝里爬起来，第一时间飞奔到你面前。这就是真的闺蜜，真的好朋友。

我紧紧地抱着鲁敏，就像溺水的儿童抓住了浮木。这几天，我哭的已经够多了。可是，这次的哭是幸福的、欢喜的。

"鲁敏，你对我真的太好了。"真的，我从来没发现鲁敏有这么好，有这么仗义。又或者是，我从前太过顺利，也没有什么机会让她表现她的好？

鲁敏环顾了四周，径直走到电脑前关掉了林凡的歌曲。"你看你，都这时候了，别听这些愁人的歌曲了，听点儿积极阳光的吧。"鲁敏把音乐换成了《隐形的翅膀》。

如果说，我现在是满身的负能量，那么鲁敏则是满身的正能量。她的风风火火，她的说话做派，都像极了阳光。她就是那种典型的面向阳光的向日葵女子。

我的房间里，因为鲁敏的出现，气场有了明显的改变。

"玉兰，别找房子了，我们租的房子里刚好有个书房，你搬来和我们一起住吧。你看，你在网上发布合租信息，万一合租的人是个变态、恋物癖、偷窥狂，甚至是个杀人狂，你怎么办？"

鲁敏这么一说，我的脑海里马上出现了欧美的恐怖电影镜头。

是啊,我还这么年轻,我可不想这么早就挂掉了。

我想了想,点了点头。"你们也得存钱买房子呢,这样,那我就每个月交一千元的房租吧。"和鲁敏一起住,彼此知根知底,放心。再加上一个月一千元的房租,这对我来说减轻了不少压力,当然对鲁敏来说也是合算的,与其书房空置着,如今再利用也给她贴了家用。

我突然觉得轻松了好多,房租的压力突然没有了。之前还在想,自己一个人搬家,那是多么可怜啊。

"怎么样?心情好些了吗?"鲁敏关切地问我。

我点了点头,片刻,又指了指心脏的位置:"可是,这里还是很痛,很痛。"

鲁敏起身走到窗户边上说:"我跟你讲啊,你的痛苦,其实不是有多爱他,是你不习惯而已。爱情是一种习惯。"

鲁敏永远都有早熟的味道。她深谙这个社会的规矩和法则,她知道事情的本质,更看得透男人的本来面目。所以,她很少会痛。我从来没有见她为爱哭过。我不知道是她真的没有哭过,还是在人前没有哭过而已。

爱情是一种习惯。也许吧,七年,那是一个多么顽固的习惯啊。我不知道从什么时候开始,习惯了下班和伍宇一起吃晚饭,习惯了被窝里有他的体温,习惯了我出差时他给我的叮咛,习惯了来大姨妈时他给我熬的红糖水。

有太多太多的习惯。如今,突然就没有了,消失了。我该怎么习惯?我根本就是无所适从啊。

鲁敏走到我身旁,握着我的手,看着我的眼睛问我:"玉兰,你现在正在失恋,你告诉我,为什么会感到痛苦?什么原因?你尽管说。"

"被否定的挫败感。"我说。是的,我就这么被抛弃了,他不要我了,他喜欢上别人了。我真的很受伤,真的很有挫败感。我的自尊和自信就在那一刻被打倒了。

鲁敏点点头:"还有呢?"

"害怕孤独。"我真的害怕孤独,害怕一个人,害怕一个人孤独终老,害怕死后没人给我收尸。

鲁敏点点头:"还有呢?"

"害怕世俗压力。你知道吗?我妈每次打电话都催我什么时候把伍宇带回家去。"是啊,如今,我已经真的害怕接电话了,我就害怕我妈的催婚电话。如今,分手了,我还不知道怎么跟我妈交代呢。我无法想象,我妈的表情是多么失望啊。

鲁敏点点头:"还有吗?"

我想了想,摇了摇头。

鲁敏若有所思一般,然后意味深长地说:"你说的这失恋痛苦的三个原因:第一,被否定的挫败感;第二,害怕孤独;第三,害怕世俗压力。其实,这些都不是最根本的。最根本的是——"

"是什么?"我问。

"是你太过执着。我们所有的痛苦,都是源于我们太过执着,放不下。"

也许吧,也许是我对伍宇的爱太过执着。我怎么会不执着呢?一直以来,我都把他当作结婚对象,我就一直等着和他结婚的那一天。

鲁敏起身拿着包准备要走,不忘叮咛我:"好了,明天我和他来帮你搬家。没事儿,会放下的。好好睡觉啊。"

鲁敏走了。可我还在回味她刚才说的话。是,放下,放下当然就不痛了。可是,放下又谈何容易?那个叫作伍宇的男人,已经深入到我的每个细节里，深入到我过去的回忆里，深入到我未来的梦想里。你一句话让我放下，让我把他删除，我怎么能做到？

感情不是存储卡，想删除就删除。

什么时候，我能将伍宇从我的生命中删除呢？我期待着那一天快快来临。

7 你想想,婚姻能保证什么

"爱情,不是两两对视,而是看向同一个地方。"其实,两两对视也是一种爱情,只是那是爱情初始阶段,当两个人看向同一个地方的时候,说明他们的爱情已经有了默契,那是爱情的高级阶段。

婚姻根本就无法保证爱情。对于爱情来说,婚姻只是枷锁。婚姻根本无法保证什么,爱情,财产?除非男人愿意给你财产,否则婚前协议那条里写着,就算离婚也无法保证你能分到财产。相反,婚姻只会给你责任和义务。

第二天,鲁敏和崔宁来帮我搬家了。从前,我是多么羡慕吉卜赛女郎的流浪生活,她们以一种神秘的姿态,给人占卜,四海为家。可是,如今,我发现,我自己根本就不喜欢做吉卜赛女郎。

女人过了三十,对于流浪啊,自由啊,都已经丧失了兴趣。女人过了三十,如果还没找到停泊的港湾,就好像一叶孤舟在茫茫的情海上飘摇不定,随时都有翻船覆灭的危险,那就太恐怖了。

我是女人,我是传统的中国女人。虽然,从前的我曾经热爱自由,渴望不羁的生活,渴望说走就走不用跟谁交代的生活,但是自从和伍宇恋爱后,我渐渐地开始依赖这段感情,开始眷念我和他共同建立的小窝。

我的锐气，我的锋芒，我的闯劲儿，被这段爱情消磨了。

鲁敏的男友崔宁是服装设计师，确切地说，是助理设计师。他和鲁敏同岁，都是三十岁。崔宁不愧是服装设计师，穿的衣服都很有设计感，总之，就是和我们在商场买的衣服不一样。鲁敏说，这都是他自己设计的。虽然很多人说服装设计师都是gay，但是崔宁长得身材魁梧，完全没有娘味。

其实，这也是我第一次见到崔宁。最深的感觉就是：他们真的是郎才女貌，金童玉女的一对啊。

以前，鲁敏一提到崔宁，她的眼睛中就闪耀着光芒："你知道，他可有设计才华了。我相信他一定会走出来的。一定会在巴黎和纽约时装周上开自己的服装发布会的！"

鲁敏和崔宁在一起三年了，小日子过得非常甜蜜。从他们经营的家就可以看出来。鲁敏家的沙发上到处都是玩偶，每一个玩偶背后都贴着带有鲁敏的铅笔头像。我一个个地翻看着这些玩偶，看见崔宁在每张头像下面写的温馨的字："你是我的天使，我永远的天使。"

这样肉麻的情话，让我这个刚刚失恋的人看着，真的是既羡慕又失落。

其实，这是我第一次去鲁敏和崔宁的家，从前，我们各自忙工作，各自躲在自己的小幸福里，顶多约着一起吃顿饭喝个下午茶，从来没有走入过彼此最真实的生活。

鲁敏的屋子里到处都是他们两人的合影照片，金童玉女嘛，非常养眼，不去给婚纱机构当模特简直可惜了。

我站在一张照片前，照片中的崔宁从身后抱着鲁敏，两人同时抬头看向了天空。我看着这幅照片，有些发呆，突然有一种莫名的感动。

"爱情，不是两两对视，而是看向同一个地方。"其实，两两对视也是一种爱情，只是那是爱情初始阶段，当两个人看向同一个地方的时候，说明他们的爱情已经有了默契，那是爱情的高级阶段。

我很替鲁敏开心。鲁敏这么善良仗义的女孩子，她应该幸福的。

我走进属于我的小小房间，房间不大，但对于单身的我已经足够。风水书上说了，卧室不宜太大，房间大而人少，会吃掉人的精气神。所以，小房间会显得更温馨。

这就是我们这等屌丝自我安慰的方式。住不起大别墅，蜗居在不到十平方米的书房里，就用这种方式来安慰自己。

不过，当我将床单被罩都收拾好后，我发现对于如今的我来说，真的只要有一个落脚的地方，蜗牛的家就可以。只要我没流浪街头就可以，只要不被风吹日晒就可以，只要不像小时候课本里的那个卖火柴的小女孩就可以。

崔宁话不多，有些腼腆，也许是不太熟的缘故，只对我说了一句："你随意就好。"

当然，对于朋友的男朋友，话是不宜多的。否则，会引起误会，那就不好了。

我点头回了一句："谢谢。"对于抢闺蜜的男朋友的新闻，我是看了不少。越是这样，我越要避嫌。

刚才我还庆幸自己有了个温暖的窝，此刻，我突然开始感觉到，这个温暖的窝，可能有那么一些些的不自在了。

我关上房间，拉上窗帘，瞬间小房间就跟夜晚一般，我将头蒙在被子里。也许，我就是那种没有安全感的女人。我睡觉的时候喜欢把头蒙在被子里，虽然光明给人温暖，但有时候沉重的黑暗会给人安全感。因为你身处黑暗中，不会被人看见，所以如此安全。

正当我沉浸在自己营造的短暂安全空间里,听到有人敲门的声音。我只得掀开被窝去开门,门口站着的是鲁敏。

鲁敏走进屋子,环顾了四周,笑着问我:"怎么样?习惯吗?就是小了点儿。"

我点了点头:"挺好的。"是啊,挺好的,我真的很知足的。

我和鲁敏都盘腿坐在我的单人床上。这种感觉就好像当年上学住上下铺的日子,挑灯夜读,或者挑灯畅谈,谈的都是八卦或者男人。

如果能回到上学的日子多好啊。象牙塔,终究是造梦的地方。

"鲁敏,你为什么不和崔宁结婚啊?崔宁条件真的不错,你们这么配!"这个问题其实我想问鲁敏很久了,只是一直没有机会问。

我一直搞不懂,一个恋爱中的女人却不想要婚姻。这是为什么?真的是害怕"婚姻是爱情的坟墓",还是害怕进入婚姻围城的恐慌?还是……

鲁敏笑了笑:"你想想,婚姻能保证什么?"

我想了想:"能保证爱情啊。"

鲁敏摇了摇头:"错,婚姻根本就无法保证爱情。对于爱情来说,婚姻只是枷锁。婚姻根本无法保证什么,爱情,财产?除非男人愿意给你财产,否则婚前协议那条里写着,就算离婚也无法保证你能分到财产。相反,婚姻只会给你责任和义务。"

鲁敏滔滔不绝,我的大脑里在迅速消化她说的话。

婚姻根本就无法保证爱情。对于爱情来说,婚姻只是枷锁。婚姻根本无法保证什么,爱情,财产?相反,婚姻只会给你责任和义务。这多么像伍宇的论调。

此刻,我觉得鲁敏和伍宇才是最配的。此时,我再也不觉得鲁敏和崔宁相配了。突然,我对崔宁有一种同情。这种同情是一种源自类似自己的同情。我和他都是渴望婚姻、渴望安定的人，却偏偏求而不得。

鲁敏说完站起身："我得洗澡去了。你自己好好想想吧。真的，失恋没什么大不了的！重回单身，自由多好啊。这意味着你将再次享受恋爱的滋味。记住了，单身——是幸福的前戏！"

鲁敏走出了我的房间，留下我一个人在房间里发呆。

单身是幸福的前戏。我细细地回味这句话。

可是，如果单身真的是幸福的前戏，只是这前戏太长，作为当事人的我，在高潮还没来之前，都要睡着了。

自由是好。那是对于二十岁的我，自由很好。可是三十多岁了，我不想自由了。三十多岁的自由，那在外人看来是一种"没人要"的流浪。

我只想说，这种自由，还是送给那些想要自由的人吧。我反正是不想要的。我宁愿被婚姻捆绑，被爱情束缚，我也不想做一个孤魂野鬼。

⑧ 我的世界里就只有两个雄性动物

  分手的大忌讳！你越纠缠就越被动越没戏。咱们有骨气点儿，有尊严点儿，好吗？你得做到：不是你在凌晨打电话去求他，而是让他在凌晨打电话求你。
  在我们漫长而短暂的一生里，我们都会遇到很多人，但很多人都只是和我们擦肩而过，有的人可能对我们微笑，有的人可能跟我们交谈，有的甚至连个照面都没打就扬长而去，然后各奔东西，然后，这一生，就再也不会见面。

  夜渐渐地袭来。鲁敏和崔宁这小两口已经入睡，而我却翻来覆去在单人床上睡不着。
  从双人床，到单人床。
  这种感觉谁能懂呢？
  这是进步还是倒退呢？
  也许是失恋的痛还在隐隐发作，也许是因为换了一张床不习惯，我睡不着。哪怕我把自己埋在被子里的黑暗空间里，我依然毫无睡意。
  很快，我突然听到隔壁床吱呀的晃动声，接着是男人和女人的呻吟声，虽然有些压抑，但是在如此静谧的夜晚，还是那么清晰可闻。
  说实在的，搬来和鲁敏合租，我还真没想到如此现实的问题。

这边是独自寂寞,那边是男欢女爱。

我没想过单身的女人该如何解决身体需要。我知道,单身分为伪单身和真单身。伪单身就是虽然是单身的身份,但是有固定或者非固定的性伴侣。而我,显然是真单身,是真的素着的。

不过,对于刚刚经历失恋的我,心里正流着血,身体是完全没有任何需要的。

为了屏蔽这种靡靡之音,我只得打开电脑,再次播放歌曲,林志炫的《单身情歌》适合现在的我。

抓不住爱情的我
总是眼睁睁看它溜走
世界上幸福的人到处有
为何不能算我一个
……

是啊,世界上幸福的人到处有,为何不能算我一个?

漫漫长夜,我该如何度过?

这夜如此的黑,这夜如此漫长。

我在床上翻来覆去,两眼干瞪着天花板就是睡不着,然后,我从抽屉里拿出眼罩戴上,依然睡不着。

如今的我,终于体会到失眠人的痛苦了。如果不是这次失恋的打击,我想我永远都不会明白这种滋味。

我干脆坐了起来,倚在我的单人床上,重新打开了手机,看着手机里和伍宇的合影。我给他过生日的合影,他给我过生日的合影,我们去郊区采草莓的合影……

看着，看着，我不自觉地拨通了伍宇的号码，一秒钟、十秒钟、三十秒钟，伍宇仍然没有接电话。

我生平最讨厌那种打他电话还不接的人，实在不方便接或者没看见倒可以理解，但最讨厌那种他明明看见你的未接电话却连个回复都没有的人。

伍宇居然不接我电话！我的火气从心中"噌"地冒了起来！一个和你生活了七年的男人，他竟然绝情到连你的电话都不接了。

我根本无法接受这个结果。

我一遍一遍地拨伍宇的号码，我就非要拨到他接电话为止！我如同发疯一般，根本已经忘记了此刻已经是半夜了！

我的脑海里开始不自觉地出现了伍宇和别的女人在床上亲热缠绵的画面！"我这边痛苦难眠，你那边逍遥快活！这世界太他妈的不公平了！"

我气得把手机狠狠地砸到了床上，突然有一种前所未有的绝望，一种被抛弃的绝望。

鲁敏也许是出来上卫生间，她听到砸手机的动静，敲我的门："怎么了？搬家折腾了一天，还不累？"

"身体的累，有这里的累吗？"我指着自己的心。

是啊，我的心又疼又累，疼都疼得累了，怎么能睡得着呢？

鲁敏把摔在地上的手机捡起来，一边捡回来一边问："你给伍宇打电话了？"

我呆呆地不说话。我不承认，我知道这是一种很没有骨气的行为。

鲁敏叹了一口气："你说你！都这么晚了还打什么电话？分手的大忌讳！你越纠缠就越被动越没戏。咱们有骨气点儿，有尊严点儿，好吗？你得做到：不是你在凌晨打电话去求他，而是让他在凌晨打电话求你。"

"我,我就是忍不住。你也说,爱情是一种习惯,可是,这个习惯要改,太——他妈的难了!"我如是说。真的,要改掉和一个男人在一起的习惯,真的太难了。七年了,七年,这个男人已经深入到你生活的每个细节里,已经是你生活的一部分。如果有一天,他突然离开了,消失了,不再回来了,你就觉得你生活彻底乱了,你的世界崩塌了。

鲁敏坐在我的身边看着我的眼睛,我知道,我现在特别像一只受伤的小动物。"玉兰,你一定要挺住。我知道你现在很痛苦,这种痛苦我也许无法体会到。不过现在有一个减轻你痛苦的办法,你要试一试吗?"

我一听到可以减轻我的痛苦,眼睛突然绽放光芒。我知道,我的眼睛已经好几天没有神采了,而且眼袋很重。我现在憔悴至极,就差一夜白头。如果一夜白头,我想我真的会以死谢天下了。

"你多交点异性朋友吧。"我这个闺蜜的劝告效用有效。

"异性朋友?"从前,我的世界里就只有两个雄性动物,伍宇和我的上司,如今,伍宇决然地离开了,而我的上司是一个已婚的秃头男。而还有一个雄性动物,那就是我爸,在泸州的老家开面馆呢。

我上哪里去找异性朋友呢?我的社交圈太窄了。这七年来,我就围着伍宇转了,连同学聚会都很少参加了。

"好好想一想,你最近认识的,或者从前你认识的,异性,都重新地建立联系!"鲁敏笑眯眯地做了一个两手相连的姿势,然后打着哈欠回屋去睡觉了。

最近认识的异性?我的脑海里突然冒出了何乐天,那个在飞机上和我吵架的男人,那个借我充电器的男人。

可是，我对何乐天，除了知道一个名字，其他一无所知。他是哪里人，做什么职业，家庭如何……我通通不知。最关键的是，我们都没有给对方留电话号码。我和何乐天，根本就是过客，根本就是路人。

在我们漫长而短暂的一生里，我们都会遇到很多人，但很多人都只是和我们擦肩而过，有的人可能对我们微笑，有的人可能跟我们交谈，有的甚至连个照面都没打就扬长而去，然后各奔东西，然后，这一生，就再也不会见面。

看来，何乐天是不太现实的。那从前认识的呢？我的脑海里出现了张云峰。张云峰是我的大学初恋，我们相恋两年。和所有的毕业即失恋一样，我和张云峰因为去了不同的城市而分开。我留在北京，他回了泸州。我和张云峰的分手，是自然的，是不痛苦的。也许是本来相处的日子就不长，也许是本来就没生活在一起，也许是因为各自为前程考虑，那时一心忙找工作的我，自然也把感情放到了一边。所以，和张云峰的分手是没什么痛苦的，就好像花朵枯萎一般地自然。

正因为和初恋的分手不同，所以这次和伍宇的分手才会比初恋要痛。七年生活在一起，那跟一场离婚又有什么区别呢？

从此，我开始讨厌"七"这个数字，我对于"七"格外敏感，看见它我就会想起七年之痒。

9 以一个背影面对你

> 人世间最无奈的事情,就是你喜欢的人,却以一个背影面对你,而且这背影越来越模糊,直到消失不见。

第二天一早,我依然强打精神去上班。为了掩饰失眠导致的坏脸色,我特意选用了颜色最正的那一款口红。然后,对着镜子中的自己,努力地挤出一丝笑容。

没想到,刚走到办公室楼下,却看见了伍宇,我以为是自己眼花看错了,但是,随着伍宇的身体轮廓越来越清晰,我这才确定。是的,是他。

我的小心脏开始"怦怦"地跳。正如同我第一次见到伍宇的时候。我还清楚地记得第一次见到伍宇时,那是在一个下雨天,是的,那天的雨很大,很大。我从超市里走了出来,那超市袋子里装了什么我已经记不清楚了,应该是两袋酸辣粉吧,是那种很麻很辣的酸辣粉。那时候,北京的川菜馆还没有现在这么多。所以,能够吃到家乡生产的酸辣粉,就是件一饱口福的事情。

雨下得很大,很多人都在躲雨。而我不怕,我不怕雨,我喜欢淋雨。小时候,我就经常淋雨,我觉得在雨中奔跑,或者雨中漫步,是一件非常浪漫的事情。正当我踏出右脚往前冲的时候,却被一只大手给拉了回来。"你不怕生病啊?"我听见一个浑厚的男中音,还挺有磁性。

我回头,面前是一个长相普通的男人,但是眉宇之中却透着一股英气,也许是因为那双浓眉大眼。

"有什么急事儿等雨停了再去做吧。古语云,下雨天,留客天。雨就是让人停留的,你也就别再往前冲了。"

当伍宇说出这番话的时候,我突然对这个长相普通的男人刮目相看。他说的话,竟然和别人不一样,竟然还有一些味道。是啊,下雨天,留客天。我是应该停下来,我不应该往前冲。

那时的伍宇二十八岁,已经褪去了男孩的青涩。尤其是说话做事,已经有了中年男人世故和老练的影子。

如今,伍宇都三十五岁了,更是比从前世故和老练,尤其是在应酬的时候,能够把甲方哄得如同上了天堂。

我的思绪来不及飘很远,就被伍宇一顿雨点般的责骂浇醒了。"半夜十二点还给我打电话,一连给我打了几十个,你还要不要睡觉了?你不睡觉我要睡觉啊!你永远都这么自私,这么霸道,你从来都不为别人考虑!"

听到伍宇这一顿劈头盖脸的责骂,我真的傻了。说实在的,伍宇很少这么骂我的。我突然觉得很悲凉。原来在我爱的男人心里,我竟然是这样的:自私、霸道、从来不为别人考虑。

我也怒了,大吼:"我整夜睡不好,是谁造成的?还不是拜你所赐!你以为我愿意彻夜失眠吗?我多想没心没肺地睡得像猪一样啊。我凭什么要让你睡得好,我就是要让你睡不好!伍宇,我告诉你,你最好态度对我好点,否则,我想不开跳个楼、吃包安眠药什么的,让你一辈子都背着情债!"

我真的怒了,我感觉到热血沸腾,那是愤怒的热血。伍宇估计也很少见我这样,又或者是被我的威胁给镇住了,他没有再说话。

"你知道我心里有多痛吗?可是你呢?你却在床上和别的女人逍遥快活!"

"你总说你的心里有多痛,你总是夸张你的感受,可是我也有难受的时候,也有情绪低谷的时候,失恋算个什么鸟事儿。你很快会好的!"伍宇说完掉头大步就走了,全然不管我的感受。

我只能愣愣地站在原地,看着他离我远去。无可奈何。

人世间最无奈的事情,就是你喜欢的人,却以一个背影面对你,而且这背影越来越模糊,直到消失不见。

此时,我多么渴望下一场大雨,就像当初我见到伍宇那天一样,下一场很大很大的雨,留住他,也留住我。

下雨天,留客天。可是,雨终究没下,阳光反而很刺眼,他当然也没留下。

正当我回头的时候,却发现了一张脸,这张脸有些熟悉,但是又想不起他是谁。我努力地转动脑筋,终于,我的大脑里搜索出了三个字:何乐天。

10 他优不优秀轮不上你评判

这是我和伍宇的私事儿,伍宇再怎么辜负我,我也不希望别人再来评判。这就好比明明我已经很亏了,还有人跑来重复地告诉你:你真的很亏!真的不值得!

这种感觉,分明就是伤口撒盐、雪上加霜嘛。

我是女人嘛,女人不用这么拼的。男人要赚钱养家,当然得要有本事。可是,我很快又否定了自己。我是女人有什么优势吗?指望男人养你一生一世吗?我把那么大的期望放在伍宇身上结果又如何呢?

何乐天穿着一件白色的纯棉T恤,站在那耀眼的阳光下,仿佛被罩上了一层金色的光圈。这阳光虽然是早晨九点的阳光,但已经足以让人敬畏。

我突然意识到,刚才我和伍宇的对话,他应该是听到了。

该怎么办?要不,装作不认识,反正,只有一面之缘,不认识也很正常。我打算来一个自然的转身,可是,已经来不及了,何乐天笑着走到了我的面前,伸出他那晒成小麦色的胳膊:"你好,我们又见面了。"

我只得侧过身子来,面对何乐天伸出的手与他轻握了一下,赶紧收了回来。这种寒暄我实在是不习惯。像我们这种做文案的人,在公司一般都是与电脑为伴,很少去见客户,那就更谈不上与客户握手了。通常,那都是项目经理的事儿,我们文案只需要负责写出漂亮的文稿就行了。所以,像握手这种环节,在我的生活中是少有的情节。我每天的握手,是与电脑的握手。

我不知道该说什么,我其实不善言辞,只得低头检查我的鞋子是否踩到了狗屎。刚才和伍宇狠狠地吵了一架,心中的怒火还没完全消失,现在又发现我的糗样被人看见了。

"刚才那个,就是让你在飞机上哭的男人?"

我没有回应。心想,你一个男人不八卦会死啊。

何乐天摇摇头,叹了口气:"我还以为是多优秀的男人,也就如此嘛!值得让你哭得那么伤心欲绝吗?"

也许是失恋的人本来就很情绪化,也许是刚才伍宇带给我的怒气还没消,我突然觉得面前这个长相阳光的男人很讨厌。我对何乐天的敌意突然涌了上来。

"姐的私事儿,与你无关,劝你这个小屁孩别多管闲事。好好管好你自己的那摊事儿,偿还好你自己的情债。再见!"

我转过身去准备离开,突然想起什么又停下来:"还有,他优秀不优秀,轮不上你来评判。"

是啊,这是我和伍宇的私事儿,伍宇再怎么辜负我,我也不希望别人再来评判。这就好比明明我已经很亏了,还有人跑来重复地告诉你:你真的很亏!真的不值得!

这种感觉,分明就是伤口撒盐、雪上加霜嘛。

然后,我大步流星地走进了办公大厦。

"喂,谁是小屁孩儿!?我已经二十五岁了好不好?"我听到身后的男人在大声嚷嚷。

我突然觉得无比轻松，因为我看见何乐天的脸色变得有多难看。我有一种出气后的爽快。

是啊，既然本人已经三十一了，那就是姐，要的就是御姐范儿！

当我走进宣美的办公室，就被陈总批了一顿，让我觉得自己真的有必要再确定下左脚是否踩了狗屎。

"你看看，都迟到十分钟了，客户都到了，比客户还晚到，成何体统？"陈总指着那手腕上的表，那是一块古董上海表，据说是祖辈留下来的，这年头，有历史就意味着有身价。可对女人来说，却是相反的。

我发现这就是多米诺骨牌效应。因为失恋睡不着，所以深夜打了伍宇的电话，因为惹毛了伍宇，所以第二天一早他来训我一顿，结果被何乐天看见很不好意思，然后我就趁机把怒气撒到何乐天身上，正因此而浪费了时间导致了迟到，刚好迟到被陈总逮到然后又被狠狠批了。

我知道自己迟到理亏，只得赶紧坐到工位上看文案。这是一间名叫"面包心情"的蛋糕店，我们公司负责其广告全案，而我负责的是写广告文案，文案还得针对不同的媒体，比如电视媒体、纸媒以及网媒，然后写出对应的文案。

修改，是我们这行的规矩。自我进了宣美这三年，我就没有碰到过不改文案的客户。每一个客户都秉承"好文案是改出来的"。

所以，我觉得，文案才是老黄牛，才是任劳任怨的。哪怕改了一圈，最后又回到了最初的方案，此时，你可能顶着月经疼痛加班了五个小时，得到客户的反馈是："经过比较，还是觉得之前的那个好。"这时候，你简直杀他的心都有了。

"你，林玉兰，今天的会你也要参加！"陈总把一沓资料放在我面前。我讨厌开会，所以只要有会我能躲就躲。我觉得开会是浪费生命。

　　我习惯单线条的工作。比如上司给我指令，然后我尽力去完成。我不擅长讨论，我更害怕上台去讲案子。只要一上台，我就觉得手心冒汗不知道该怎么说话。

　　"现在，去会议室！"陈总对我发出命令。也许是我们小组的组长刚刚离职，所以这种抛头露面的活儿就交给我了。虽然百般不情愿，但是，为了这微薄的工资，我还是去了。

　　当我走进会议室时，发现一双眼睛正盯着我，这眼神如炬，仿佛能把我烧起来。这不是何乐天吗？他怎么会在这里？莫非，他就是"面包心情"蛋糕店的主人？

　　"何总，给你介绍下，这是我们小组的文案林小姐，别看她不善言辞，她的文笔很不错的。"陈总极力把我介绍给何乐天。

　　从前，陈总很少这么重视我，也许是因为有野心的人走了之后，才会发现我们这种不善表现不会拍马屁的人的忠诚了吧。

　　可是，我还真不稀罕被重视。你被重视了，别人就有不被重视的感觉，就会觉得不公平，肯定就会对你有意见，就会排斥你。

　　没办法，现在有一种鸭子被赶上架的感觉。

　　何乐天伸出手，笑眯眯地要和我握手："初次见面，我们的文案就拜托林小姐了。不过，陈总，我敢打包票，林小姐不仅文笔好，而且口才也一定很好。是吧，林小姐？"

　　我能听出何乐天言下之意，他是在嘲笑我和他对骂时我的毫不示弱。

　　这是今天我第二次握手，还是和同一个男人。我对这种形式主义都不太感冒。我更不太会寒暄拍马屁这一套，我的社交圈很窄，我不善社交、讨厌社交。我觉得那就是戴着面具的聚会，浪费感情。

我觉得很尴尬，手心直冒汗，关键的是，握手时候，何乐天肯定已经察觉到了。他心里一定在想，嘴巴很硬，怎么样，心虚了吧。

此刻的我，再也嚣张不起来了。只是努力地挤出笑容，一个劲儿地点头，就像一个哑巴一样。我知道一个原则，当你不知道说什么好的时候，那闭上嘴最好。这样至少不会出错。

这次开会，幸好不需要我讲什么。我只是一个旁听者。可是我根本就听不进去。我翻看着面前的资料，才发现，这个"小屁孩"根本就不简单，这家面包店是他创立的，而且还有做连锁的野心。

我突然觉得很汗颜。我比他大五岁，却还是一个拿着微薄工资的小文案。

不过，我很快就给自己找了台阶下。虽然我比他大，但我是女人嘛，女人不用这么拼的。男人要赚钱养家，当然得要有本事。可是，我很快又否定了自己。我是女人有什么优势吗？指望男人养你一生一世吗？我把那么大的期望放在伍宇身上结果又如何呢？

我越想越沮丧，我知道，我最近负能量很多。

也不知道过了多久，会议终于结束了。我心中窃喜，猫着腰打算悄悄撤。

可是却被何乐天叫住了："林小姐，那我们店的文案就拜托你了。"陈总见何乐天主动和我说话，十分高兴，"何总你有什么意见尽管提！"

何乐天笑着说："我这个客户可是很挑剔的，你可要有心理准备。"

何乐天说完这句话，转身离开。

我只得留在会议室里发着呆，半晌才回过神来。

这个家伙，我用家乡话说，这龟儿子，是要给我下绊儿了？

谁说过的，情场失意职场会得意，可是我呢，我情场失意也就罢了，如今还要职场失意。反正，我能预见，我的职场肯定日子不好过了。

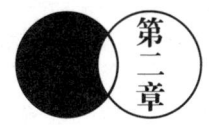

只要你不停地说要结婚,所有的单身男人都会远离

11. 别怕,有我在呢
12. 难道长得不漂亮的女人就没有未来吗
13. 他们越是甜蜜,我就越落寞
14. 你够了!你怎么这么贱!
15. 玉兰,你也要幸福啊,现在就差你了
16. 我可以当这一切都没有发生
17. 只要你不停地说要结婚,所有的单身男人都会远离
18. 白羊座男人的爱情模式是什么样?
19. 就算跪着,我都要走完
20. 反正你闲着也是闲着,不如跟了我
21. 我最恨乘人之危的男人

⑪ 别怕，有我在呢

从前，有伍宇在的时候，我会真的相信，相信有这么一个男人在我害怕和脆弱的时候，对我说："别怕，有我在呢。"

可是，如今，我清醒了。我必须让自己清醒。这个人已经不在了，这个人没有了。这里，只有我自己，没有别人，没有任何一个人能帮我。除了我自己。

不是惊喜，这是惊吓。你还是孩子，就喜欢玩这种 Surprise 的游戏，可是，对不起，我已经三十一岁了，我已经不想玩这种游戏了。我没心情，我没精力。你可以说我老了。

自从伍宇从我的生活里消失，我才发现这个世界还有别的男人。原来，一叶障目说的就是这个道理。我因为"伍宇"这棵树，而忽略了整片森林。

正如鲁敏劝我说的，爱情是一种习惯，其实不一定是我有多爱伍宇，多么舍不得伍宇，是因为我习惯了有伍宇的生活，而突然的改变让我不习惯而已。

鲁敏劝我多认识一些异性朋友。我知道这个行为会有助于我走出情伤。何乐天的再次出现让我开始有了一些遐想，但我很快又否定了自己，这怎么可能？我只喜欢比我大的成熟男人，至少是跟我同龄的男人。这个比我小的男人不是我的菜。

其实，公司里除了头已经有些秃的陈总，还有一个叫小亮的美术设计，陈总在广告界小有名气，也许是工作上太拼，用脑过度，所以不到四十岁头就有些秃了。

最近，我开始跟"面包心情"项目时才与小亮近距离接触。小亮从小学画画，对于服装搭配有自己的见解，当然审美也跟别人有所不同。这种品味是从小从绘画中培养出来的，所以他很擅长服装搭配。

我和小亮几乎是同一时段入职的。我不知道小亮是否对我有印象，但是我对小亮是很有印象的。记得那一天，他穿了一件粉色的衬衫。一个美术设计师居然穿粉色的衬衫，但是穿出来还不是很娘，有自己的风格，这真的需要水平。

谁说只有男人是"视觉动物"，其实女人也是，尤其在衣服上面。

既然现在回到家中也没什么事儿，我打算用工作来疗伤。当我陷入工作的忙碌中，就不会想着去给伍宇打电话了，也就不会被瞧不起了。

分手后两个人中的一个人还一遍一遍地打对方电话，那就变成了纠缠，变成了没有尊严的纠缠。

我必须要克制自己不去碰手机，不去看手机，甚至还逼迫自己到了晚上八点就关掉手机。

"面包心情"是第一个我主导的案子，不管是为了疗情伤，还是为了证明自己的工作能力，我都决定要全力以赴。

晚上十点，我还在办公室加班改文案。我一定要为"面包心情"想出一个很牛很牛的宣传语！这个宣传语以后将会在全国各地流传。一想到此，我就有了压力，但也有点儿小兴奋。

当我去茶水间倒咖啡时，突然看见一个黑影，吓得我赶紧站定，连大气都不敢出。那一刻,我生平看过的仅有的几部恐怖片画面都涌进了我的脑海。不会吧,有鬼?莫非这个大厦有冤鬼?或者是有小偷?万一发现我了怎么办?该不会伤害我吧?莫非是商业间谍,专门来偷商业文件的?

我很佩服自己的想象力,从古代鬼片,到恐怖片和推理片,再到商业片。

此刻,我多么希望天上能够掉下来一个男人,给我一个温暖的拥抱,用那颇具磁性的声音对我说:"别怕,有我在呢。"

我知道,我又陷入一个我想象的世界了。从前,有伍宇在的时候,我会真的相信,相信有这么一个男人在我害怕和脆弱的时候,对我说:"别怕,有我在呢。"

可是,如今,我清醒了。我必须让自己清醒。这个人已经不在了,这个人没有了。这里,只有我自己,没有别人,没有任何一个人能帮我,除了我自己。

突然,我的肩膀被狠狠地拍了一下,那个人就在我的身后。我屏住呼吸,是的,我的小心脏都快停止跳动了。

这一刻,我好后悔当初没有学点儿跆拳道。否则,此时就可以给身后的那个男人一个漂亮的回旋踢了。我快速地思考,该怎么办?是劫财还是劫色?

"这位大哥,有话好好说。我想您一定是走投无路才走这条路的,谁都有困难的时候。钱包可以给你,项链也可以给你,统统都可以给你,当然如果你要是看上我了,那也可以商量。"

其实,从前的我想象过:如果有一天我真的遇到了坏人,我该怎么办?一个弱女子怎么斗得过坏人呢?所以,要用巧劲儿,要用怀柔政策,实在不行也可以使一个美人计。总之,不能硬拼,否则就可能丢了小命，只能攻心为上。

虽然现在的我失恋沮丧，但是还是不想死的。我不想死是因为我不甘心。

身后，依然没有任何回应。

缓缓地，我转过头，打算正面面对身后的这个人。反正，该面对的早晚都要面对。

此时，灯光突然亮了起来。站在我面前的哪是什么歹徒，而是一身黑衣服的何乐天，接下来就是他的哈哈大笑。

"如果你要是看上了我，那也可以商量。那就意味着，你还打算色诱歹徒了？好一个新时代的女人啊！"

听到这哈哈大笑，我的怕劲儿还没过，现在是又囧又恼，大步上前狠狠地给了何乐天一拳。

"有意思吗？有意思吗？吓我有意思吗？逗我有意思吗？"我声音很大，还带着哭腔。

也许是见我真的生气了，何乐天停止了笑。

"对不起，对不起，吓着你了。"何乐天颇为真诚地道歉。

我不理他的道歉，直接转身走到我的工位上。我不能如此轻易地原谅吓我的人。我的怒气还未消。

何乐天走到了我的身边，然后笑嘻嘻地说："今天和陈总通电话，我要最新的方案，陈总让我直接来找你。于是我就来公司找你了。没想到你这么晚还在加班，我就打算给你一个惊喜。"

我瞪了何乐天一眼："不是惊喜，这是惊吓。你还是孩子，就喜欢玩这种Surprise的游戏，可是，对不起，我已经三十一岁了，已经不想玩这种游戏了。我没心情，也没精力。你可以说我老了。"

何乐天皱了皱眉头："三十一岁怎么就老了？人生才刚刚开始。"

我把最新整理的文案夹交到何乐天的手里说:"多谢,多谢你的鼓励。尽管我知道很多鼓励只是精神鸦片。拜拜。"

我拿起包大步地往公司门口走去,刚才的怕劲儿过去之后是哈欠连天。

"喂!等下。"

我很自然地停下:"文案已经交给你了,甲方。"

"你忘了你的充电器!"何乐天拿着苹果充电器走到我身边。

"我故意不带的。反正现在也没男人打给我,所以手机开不开都无所谓。少了手机,可以玩消失,就不用被头儿逮着上班了。充电器,如果你需要的话可以借你一用,反正你用处应该比较大。拜拜。"

说完,我潇洒地走到了电梯口。我的确该为我刚才的潇洒而鼓掌。

可是,我习惯地拿起手机,发现只有一格电了,我要刷朋友圈,万一,万一伍宇给我打电话怎么办?

我又飞速地跑了回去,从何乐天那里一把拿过充电器,然后飞快地按电梯逃走了。

我是一个可以说到但是做不到的人。我飞一般地往前跑,只想逃离。我的头脑又一阵混乱,我不知道,这种看不到目的地的日子要持续多久。

回到家的时候,又是晚上十二点了。鲁敏和她男友已经睡下了,我蹑手蹑脚地回到了我的屋子里。也许是白天太费脑了,也许是长时间的身体透支,身体终于觉得疲惫了。

我沉沉地睡去了,在那个粉衬衫的美术设计师小亮的笑容里沉沉地睡去了。人有了新的念想,总是好的。我其实特别想和鲁敏分享我的新感受和新心思,只是我又不好意思吵醒她。

因为公司里有一个悦目的男人,所以我上班的动力更大了。我开始默默地打听小亮的个人信息，得到的答案是没有女朋友，也没有结婚，最关键是性取向是女的，这点是确定的，只要这点确定了之后我就放心了。

如今，我有天大的便利，因为"面包心情"这个案子，我和小亮的沟通就变得非常自然和必要了。

"我希望，我们的受众看见面包心情的logo时，看见的不仅仅是健康，还是希望，是一天好心情的希望。"我对小亮说。

小亮点点头："兰，那我再调整一下色彩。对了，最近你是不是经常加班？"

我心中窃喜，看来小亮还是很关注我的嘛。我点了点头。

"你看，你的黑眼圈都出来了。这款眼霜口碑很好，送给你。"小亮从抽屉里递给我一瓶眼霜。

这一刻，我惊呆了。说实在的，我真的没有想到，没想到他会送我礼物。我有一种前一刻还在地狱而下一刻在天堂的感觉。我已经很久很久没有收到礼物了。和伍宇恋爱的前三年，我们还会互赠礼物。可是，最近一年多来，每到节日来临，伍宇都总在外地，说到礼物，他都会说：我给你钱你自己去买就好了。

我接过小亮给我的眼霜，紧紧地握在手里不停地说："谢谢，谢谢。"心里升起了一阵暖流。

鲁敏说得没错，多认识一些异性朋友会减轻我失恋的痛苦。

⑫ 难道长得不漂亮的女人就没有未来吗

对抛弃自己的男人最大的报复,就是找到一个比他更好的男人。比他条件更好,或者比他对自己更好。

未来,我看不见未来!如今,我又丑又穷,身材也不好,怎么会有未来?难道长得不漂亮的女人就没有未来吗?难道没有有钱的老爹和干爹的女人,就没有未来吗?

据说,现在有四种男人最受女人欢迎,他们是高富帅、矮富帅、高富丑、矮富丑;现在有四种女人最受男人欢迎,她们是白富美、矮富美、白穷美、矮穷美。总之,男人的利器就是富,女人的利器就是美。这社会多现实啊!

回到家的时候,我将新眼霜拿到鲁敏面前晒了晒。"男的送的?"鲁敏问。

"你怎么知道?"

"自己买的话,有什么可晒的?"鲁敏淡淡地说,拿过眼霜看了一下。

"不错,这个牌子口碑不错。还挺快的嘛。我就说了,只要你别被一棵树挡住了视线,你就会发现,到处都是可以攀爬的大树。"鲁敏一边涂抹着指甲油一边说。

我点了点头:"鲁敏同学是我的心灵导师啦。"

鲁敏赶紧摆手:"得,别捧我啊。有个词叫捧杀,知道吧。对了,改天带我看看，我给你把把关。等靠谱了，可以带出去在伍宇面前遛遛，气死那个伍宇！"

我点了点头。是啊，必须这么办。小亮外形气质都还不错，虽然在北京也没买房子，但是有一份固定的工作，有属于自己的特长，这就很好了，不怕没饭吃。我对小亮很满意。

对抛弃自己的男人最大的报复，就是找到一个比他更好的男人。比他条件更好，或者比他对自己更好。

我往小亮的工位前跑的次数越来越多了。我跟小亮已经很熟了，小亮对我也很贴心，我和他就差捅破一层纸了。

正当我对小亮充满了无限的期望之时，我却被浇了一盆冰冷的水，不是一盆水，而是陷入了一个冰冷的太平洋。

一天早晨，当我走到工位前，发现办公桌前有了一包精致的喜糖。

如今，我害怕看见这玩意儿，会触景伤情。没办法，我还是太敏感。

"这，谁的？"我轻声问。

前台 Sandy 走过来说："小亮的啊。"

我诧异："小亮，哪个小亮？"我心里很慌。

"还能哪个小亮，就是我们的美术设计师啊。"

我一听，终于体会到什么叫意外了，我再次从天堂跌到地狱。

"听说人家娶了一个富家千金呢。女的嫁妆很丰富，有房有车哟。这年头啊，男人也走捷径的。"

如果刚才是被泼了冷水，如今听了这话我感觉自己掉入了冰窖。

富家千金，是啊，我怎么能跟富家千金比呢？

我突然恨不得扇自己一耳光。林玉兰，你都做什么白日梦了，你还梦想着带着这个男人去伍宇面前遛遛呢。你再也别自作多情了！

此时，小亮走了过来，可能是要做新郎官了，他更加有精神气了。

"兰,届时你一定要来哟。"

我努力地挤出笑容直点头:"来,来。"我开始佩服自己,终于学会了言不由衷。

小亮走后,我一个人坐在工位前,怎么也提不起精神。

我的生活中刚刚燃起一丝希望和一点光亮,可很快就又灭掉了。我像是一只泄了气的皮球,再也没有工作的兴致。

偏偏,何乐天今天要来商讨"面包心情"的新方案。我拿起手机正要拨电话给何乐天要求改期。刚好,何乐天的电话来了:"我到了,会议室等你。"

我挂断电话,叹了口气。情非得已,不得已,不得不强颜欢笑,这些词都可以形容我现在的状态了。

我只得拿着新的方案走进办公室,给何乐天从头到尾讲了一遍。

终于讲完了,我觉得口干舌燥,猛喝了半杯水才问:"怎么样,还有什么意见?"

何乐天没有直接回答我的问题:"你的脸色很差,情绪很低落。发生什么事儿了?那个男人又惹你生气了?"

我没有正面回答他的问题,只是沉默。

就在此时,何乐天拉着我的手就往外走。我还没来得及反应过来,就已经进了电梯。

"带着负面情绪工作效率很低的,尤其是像你这种需要激情和创意的行业。不如喝一杯?"何乐天提议。

我点了点头笑着说:"嗯,这是自我认识你以来最棒的提议。"是啊,我根本无法工作了。我感觉自己像是一台随时要坏掉的机器。

"你看,你终于笑了。"

我又笑了。这是无奈的笑,与心情无关。

酒吧里喧嚣不已。各种各样的人，男的女的，老的少的。有的是来寻开心，有的是来买醉的。显然，我是来买醉的。自从失恋后，我还没喝过酒。

我越喝越上瘾，当我喝了五瓶百威之后，何乐天开始劝我别喝了，可我听不进去。

"来，喝！"我像一个男人一样豪爽地要喝酒。

何乐天皱了皱眉头，只得拿起酒瓶跟我继续喝。

喝着喝着，我禁不住哭了起来。反正，何乐天已经不是第一次看见我哭了，我也不怕了。

酒劲儿上来了，情绪上来了，也不管别人的眼光了。

"我问你一个问题。"我醉眼迷离地看着何乐天。

"你说。"何乐天看着我，准备接我的问题。

"你说，像我们这样的女人，还有未来吗？"

何乐天听了我这个问题长舒了一口气，他以为我会问刁难的问题呢。

"未来，当然有啊。你干吗这么悲观。我说过，你的人生才刚刚开始。"

我一听，没有觉得安慰，反而更难过了。我觉得这都是安慰我的话。我虽然醉了，但是头脑还是清醒的。

"未来，我看不见未来！如今，我又丑又穷，身材也不好，怎么会有未来？难道长得不漂亮的女人就没有未来吗？难道没有有钱的老爹和干爹的女人，就没有未来吗？"我不停地发问，声音越来越大，开始有人诧异地看我。

何乐天显然不知道该怎么回答我的问题，他的表情很不自然。他显然不知道发生了什么事儿，不知道我受了什么刺激。

他只能鼓励和安慰我了:"当然有未来了。你根本就不丑,也不老。说不定,转角就遇到爱了。"

我对何乐天摇了摇头:"Stop,别安慰了。如今,心灵鸡汤对我没用了。二十岁,我还会背心灵鸡汤,如今我觉得那就是麻醉药,药劲儿一过就失效了。"

何乐天看着满脸泪痕的我手足无措。此刻,我是一个难伺候的女人。我能看出他的挫败感,源于安抚我失败。

然后,他长长地叹了口气:"你真的伤得不轻!那个男人真该判刑!"

"别说别人了,管好你自己。"我拍了拍他的肩膀。

"喂,我发现你很没良心呢,我是在帮你声讨那个男人呢。"何乐天一脸的无辜。

"据说,现在有四种男人最受女人欢迎,他们是高富帅、矮富帅、高富丑、矮富丑;现在有四种女人最受男人欢迎,她们是白富美、矮富美、白穷美、矮穷美。总之,男人的利器就是富,女人的利器就是美。这社会多现实啊!"我一边喝酒一边声诉这个社会的不公。

何乐天听了皱了皱眉头说:"喂,你这是揭我的伤疤啊,我也没啥钱啊。行了,咱们俩喝一杯互相安慰一下吧。"

哭了一场,发泄了之后,心情好了很多。

不管有没有未来,我已经不想那么多了。此刻,我只想睡了。第二天太阳升起来时,会是崭新的一天吗?

⑬ 他们越是甜蜜,我就越落寞

突然,我感觉自己就像蚁族一般,活得好卑微。在这个城市,居无定所,无依无靠,从这里流浪到那里。我好想有一个小窝,能够自己说了算的小窝,一个可以在里头当国王的小窝,一个可以不被人打扰的小窝,一个可以不用看别人脸色的小窝,一个不用被房东催缴房租或者轰走的小窝。

何乐天把我送回家的时候已经是凌晨了,是鲁敏为我开的门。

鲁敏把门关上的那一刹那刨根问底:"这就是你的新目标?不错嘛,给你点个赞!"

我醉醺醺地倒在沙发上,摆了摆手:"赞,赞个屁,我的新目标刚出现,就被人捕猎了,没我的戏了。"

我万般沮丧。

鲁敏失望地把嘴张成一个"O"形:"不会吧,那个女人下手这么快?!我还等着你给我汇报新进展呢。"

我叹了口气说:"不过这样也好,还没开始就结束,也不至于形成习惯。挺好的。"

鲁敏突然走到我身边笑眯眯地悄声说:"其实,刚才那个新鲜啊,可以考虑哟。"

我最开始还没听明白,过了片刻才明白她说的是何乐天。"什么嘛?八竿子打不到一边去。算了,我还是单身好了。"

我把鲁敏推进她的卧室门口:"好了,你明天还要上班呢,别管我了。快去休息吧。"

等鲁敏进了屋子后,我一个人在沙发上躺了一会儿。其实,我现在不想说话,只想静静地待一会儿。

突然间,我觉得特别恶心,往卫生间直冲进去,却发现崔宁正在卫生间里。我和崔宁都尖叫了一声。我赶紧往后退了三步。

鲁敏听见尖叫声赶紧从卧室里走了出来。"怎么了啊?有蟑螂还是有蛇啊?"

我很尴尬,原来的恶心被惊吓走了。我赶紧坐在沙发上喝水来压惊。其实,我以前不是没有走到男厕所的时候,我照样可以很淡定地对正要小便的男人说声"不好意思"。然后,淡定地退出来。

只是,崔宁是鲁敏的男朋友,是熟人,这真的很尴尬。

显然,鲁敏不用问,也知道刚才发生了什么事儿。她看了我和崔宁笑了笑:"嗨,我以为发现了恐怖炸弹呢。至于吗?还有你,你咋也一惊一乍的。"鲁敏挽着崔宁的胳膊,亲昵地掐了掐崔宁的手背,然后两人走进了卧室。

我回到我的单人床上,感觉很难受。这种难受除了酒醉后的难受,还有心理的难受。显然,后者更让人堵得慌。

虽然鲁敏和崔宁对我都很好。但是,对我再好,我也怎么都有一种"寄人篱下"的感觉。毕竟人家是小两口,过着甜蜜的二人世界，我一个外人进来了，总是不自在。我不自在，相信他俩也不自在。还有，我怕会引起什么误会，如果这种误会破坏了我和鲁敏的友情，那就不划算了。

所以，我做了一个决定。我决定搬家，搬出去自己住。

第一，我不想打扰别人，不想带给别人不方便。哪怕，我现在很需要一个疗伤的港湾，可是显然，鲁敏这里也不是我心目中的港湾。我要的港湾，可以是一个很小很破的房子，哪怕是地下室也好，但要足够自在。

第二，鲁敏的甜蜜对比出我的落寞。我这边孤家寡人，失恋使我痛苦万分，但是鲁敏和崔宁小两口则甜甜蜜蜜。他们越是甜蜜，我就越落寞。我羡慕嫉妒恨。我会不自主地想起我和伍宇同居的日子以及曾经甜蜜的瞬间。而如今，一切都过去了，我更加感伤。

第二天一早，趁着鲁敏要上班前，我对鲁敏说出了我要搬家的意思。鲁敏吃惊地说："为什么要搬走啊？我们是好朋友啊，你现在需要朋友。"

我紧紧地抱着鲁敏说："鲁敏，谢谢你。我知道，你是我生命中最重要的朋友。可是，我个人的感情问题还是要靠我自己来解决。你已经帮了我很多了，我很感激。"这是我发自内心的话，说着说着，我的眼中已经有了泪花。

鲁敏轻拍了我的肩膀，迟疑了一下："既然你决定了，我就不强留你了。记住，我这里的门永远为你开着，多回来坐坐。"

我点了点头。当下之急是要找合适的房子。对我来说，价格是最敏感的因素，然后是地段以及合租的人。

突然，我感觉自己就像蚁族一般，活得好卑微。在这个城市，居无定所，无依无靠，从这里流浪到那里。我好想有一个小窝，能够自己说了算的小窝，一个可以在里头当国王的小窝，一个可以不被人打扰的小窝，一个可以不用看别人脸色的小窝，一个不用被房东催缴房租或者轰走的小窝。

可是，对目前存款不足十万的人来说，在北京买房子简直就是奢望。我还不够在北京买一个厕所呢。

旧的烦恼过去，新的烦恼又来了。昨天我还在为小亮娶了一个富家千金而失落万分，今天又开始为找一个更适合我的小房子而头疼。我在我的各种个人签名端上发布了求租房的信息，同时，我也在同城各种租房论坛上溜达。

于是，我的手机又变得忙碌起来，全都是房产中介的电话。我一面要改"面包心情"的方案，一面又要查看各类房子的情况。

陈总给我打电话，可我的手机总占线。陈总生气地通过座机找到了我："林玉兰，现在是工作时间，个人事情下班后处理！现在马上跟我来何总店里商讨新方案！"

我心情本来就不好，看了几十间房子都不是很满意，不是太贵，就是离公司太远，要不就是隔壁住着小夫妻觉得不方便，要不就是隔壁住着单身男的也觉得不方便或者不安全。我想找个女孩子，最好也是单身的女孩子，这样我和她就可以同病相怜了。

可是就是没有合适的。

陈总在电话里的语气强硬，充满了责备，我又委屈又愤怒："我都要流浪街头了，还谈什么工作？你们要让员工无后顾之忧就应该提供住宿啊。"我直接呛了回去。

此话太犀利，陈总自觉理亏，他是公司的股东之一，可是提供住宿这种待遇一般是餐饮行业和美容行业，像我们这种白领交了房租和车费后,这个月的工资基本就是"白领"了,还不如人家那些餐厅服务员呢。

陈总安抚:"行了,知道你们外地来的不容易。赶紧来店里吧,改完方案再找,或者我帮你找房子。"

听了陈总的这番话,我这才觉得心里舒服了一些。

当我赶到"面包心情"店里时,何乐天以及他的团队已经在店里了,当然还有陈总。

"为了让你对我们的店和产品有更深的了解,我让我们的蛋糕师详细给你介绍一下,同时,让你参观一下我们的面包是怎么做出来的,与别人家的有什么不一样。目前,你做的方案已经很好了,但是我总觉得少了点儿什么。昨天晚上,我终于明白缺少什么了,是缺乏感情!"何乐天对我说,说得头头是道。

"感情?"

我重复了这两个字。跟我这个失恋的人谈感情。我本来就缺乏感情啊,还指望我做出满怀感情的文案,这,这只有天才才能做到吧。我心想。

此刻的何乐天是我的客户,我当然不能这么说。正如陈总以前告诫我说的,客户说什么都是对的,就算是错的,也不能反驳。

陈总点了点头:"玉兰,好好听听何总的意见。我还要去上海出差。何总,你有什么意见就直接跟玉兰沟通。"陈总起身离开。

如今,我还真有一种天降大任于斯人也的感觉。何乐天起身示意我参观他们的产品。

当我看到这些产品时,我惊住了。这哪里是什么产品,这分明是作品,是美食作品。

我看到了法式长棍面包上有笑脸,看见饼干脸上也有笑脸,看见黑森林蛋糕上有漂亮的心形图案。

我仿佛身处在一个面包王国里,每一个面包仿佛都有自己的生命,都有自己的心情。

我被这些微笑着的面包所感染,之前的灰暗心情一扫而空。

⑭ 你够了！你怎么这么贱！

你够了！你怎么这么贱！他都不要你了，不爱你了！你搞清楚没有！你还守着这些东西有什么用？当一个男人不再爱你，这些过去的定情物都是垃圾，就是累赘，就是包袱！

我突然对这个平时有些玩世不恭的小孩有些敬意。我脱口而出："很有创意啊。"我对那些有创意的人心生敬意。没办法，因为我身处在一个创意为王的行业里。

如今，我看到的是充满了创意的蛋糕店，而且蛋糕店的名字还很文艺，这是我喜欢的调调。相信只要是女孩子都会喜欢，本来女孩子就喜欢吃面包，喜欢吃甜点，如果融合了可爱元素和爱情元素的蛋糕，那就更加无法拒绝了。

当我看见 Hello Kitty 的一款慕斯蛋糕时，我走不动了。"这，这舍得吃吗？"我问。真的，太可爱了。要换我，真的不舍得吃。

"谁做的啊？我要见见我的偶像！"我惊呼道。

何乐天摊了摊手:"等以后再给你介绍偶像。你先尝尝味道。光好看还不行,面包终究还是要吃的。"说着,何乐天挑了一款黑森林蛋糕递给我,这款黑森林蛋糕上刷了草莓酱,那草莓酱刚好形成了一颗心的形状,十分精致。

我迟疑着没接过来。

"怎么,怕胖?你太瘦了,男人其实是喜欢有肉的。"何乐天将蛋糕送到我的嘴巴前。这个何乐天,我知道他什么意思,他不就是要说我平胸身材不好吗?

顿时草莓味和蛋糕的香味扑鼻而来,我根本无法抗拒。

"怎么?要我喂你?"何乐天低头凑到我耳边悄声说道。

我一听,赶紧接过黑森林蛋糕,然后再也不管减肥了。反正我瘦了,我需要蛋糕抚慰我受伤的心。

我大口地吃着蛋糕,很快,三角蛋糕就已经在我肚子里了。我突然觉得自己有些吃相不雅,吃得太快。

我只得一个劲儿地点头:"太好吃了,太好吃了,应该细细品味的。"我说着这样的话打着圆场。

何乐天笑着:"只要你让我们的'面包心情'扬名全国,我就给你一个至尊卡会员资格。"

"至尊卡?几折啊?我还以为是终身免费呢。"我笑着打趣。

"如果扬名国际,那可以终身免费啊。"何乐天说。

好家伙,扬名国际,我还没想过我有这么大能耐。我就这么一句玩笑,免费的东西,我又岂敢轻易要?再说了,天下没有免费的午餐。我从来都相信这个道理。

我看了看手表,已经是下班时间了。"今天算是深入产品第一线了,看也看了,吃也吃了,这次收获很大,我想我会有新的文案给你了。

何总要是没有别的事儿的话，我就先走了。"

我准备转身离开，却被何乐天叫住了。

"喂，你不是在找房子吗？我们小区有出租信息，你看看？"何乐天将一张纸递给我，上面有电话，还有房间照片。

我很吃惊，他怎么知道这么多？

"你忘了，你跟陈总通话时，我就在身边。"何乐天仿佛读出我的疑问。

"房东直租，没有中介费，房东还是一个老太太，次卧一千二百元，你的室友是一个电视女编导。"何乐天说。

我心中窃喜。说实在的，这地段和价格都还不错，室友是女的，而且职业也还不错。这些统统都符合我的条件。

我兴奋极了："太好了，就它了！谢谢，谢谢。"我兴奋地紧紧抓住何乐天的手。如今，何乐天简直就是雪中送炭啊。

我叹了口气。"唉，你这样的人，是不会理解我们租房族的艰辛的。"我说。

何乐天笑了笑："我也租房啊，原本老爸给我买了一套房，不过我把它卖了作创业资金了。"

听到何乐天这么说，我不得不重新认识面前这个男孩子。他才二十五岁，怎么有这么大的魄力。多少人在北京努力打拼就是为了买一套房子，而他却把房子卖了去创业。要知道创业的成功率是很低的，很多公司不过一年就倒闭了。要换我，肯定做不到。我要有一套房子，我死活都不会卖的。

不过，我很快想到，何乐天虽然小，但是他是男人，男人就得要有事业心。再说了，就算创业失败了，也没关系，他还年轻。这创业经历也是人生难得的财富，届时随便也能去一个公司当个高管。

于是，周末我从鲁敏家搬了出来。我坚持不让鲁敏帮我搬家，因为我的东西经过上次搬家，本来就不多。我叫了一个车，多给司机一百元作为帮我搬家的劳务费。我不想麻烦朋友，哪怕是最好的朋友。

何乐天得知我已经搬了过来，便来我新家找我。

"怎么样，是不是要感谢我这个中介？"何乐天看了看我的行李。

"好啊，请你吃饭如何？"说实在的,我真的要感谢何乐天。从前，我认为何乐天是一个灾星，如今，从今天开始，我开始把他列入我的幸运星行列。

"好啊，就等你这句话。"

"先声明啊，我现在很穷的，只能请酸辣土豆丝、尖椒肉丝这种的啊。"我说。

何乐天笑了笑："太吝啬了。不过，先留着吧。"

我一边收拾屋子一边和何乐天聊着天，何乐天试图要来帮忙。我赶紧制止："不，不用。"其实，我是很不习惯一个男人和一个女人一起收拾屋子的，那这两个人的关系匪浅吧。我又想起了和伍宇收拾我们小窝的情形。

正整理着书本文件，此时，我的一个盒子打翻了，那里头装着的全是我和伍宇的回忆。有合影照片，还有他送给我的各种礼物。我赶紧猫着腰把这些一一捡起来。仿佛我的秘密被人知道了一样的紧张。

只是，有一个水晶球滚到了何乐天的脚下，何乐天捡了起来，看了看。

"你看，你还留着这些东西，那怎么能忘记这个人呢？来吧。扔了吧。"何乐天抱起那个盒子直接朝门外大步走去。

我不知道他要做什么，直到他走到楼道口的垃圾箱，我才反应过来。

等我跑到何乐天面前时，盒子里的东西已经和垃圾箱的东西融为一体了。而且味道熏人，各种厕所垃圾和厨房垃圾。

我很气愤，挥着拳头狠狠打了何乐天一拳！"你有什么资格？！你有什么权力处理我的东西！"

何乐天被我狠狠打了一拳后，脸上露出无辜的神情，然后说了一句："我是在帮你！"

"我不要你帮我。任何人都帮不了我！"我屏住呼吸，情绪很不稳定，低头试图要去从垃圾箱里找出东西，却被何乐天拉到一边去。

"你够了！你怎么这么贱！他都不要你了，不爱你了！你搞清楚没有！你还守着这些东西有什么用？当一个男人不再爱你时，这些过去的定情物都是垃圾，就是累赘，就是包袱！"何乐天仿佛也被激怒了，也许是忍无可忍了。

我被这一吼镇住了，终于冷静了下来，无力地蹲在墙角，沉默了片刻。我和何乐天就这么僵持着，空气静得可怕。

我的脑海里回荡着何乐天刚才说的话。他说的不无道理。是啊，人都走了，留着这些东西还有什么用？

突然，我飞快地跑进屋子里，然后飞快地搜索着屋子里的东西。情书、明信片、卡片、日记本，我统统都拿了出来，然后使劲儿撕碎，扔进垃圾桶里。撕碎的那一刻，我觉得很过瘾。

伍宇，你撕碎我的未来，那我就撕碎和你的过去。

我露出了满意的笑容。那是一种报复伍宇的笑容。

⑮ 玉兰，你也要幸福啊，现在就差你了

> 我的幸福指数都不如这些共享天伦之乐的同学们。他们才是真的过日子，过自己的小日子。而这种踏实的小日子，正是我渴望的，这是大城市里没有的。大城市里只有拥堵的交通、肮脏的空气、超强的压力、无数的不确定和不靠谱，以及没完没了的浮躁和不安。

自从扔掉所有和伍宇的东西后，我感觉日子恢复了平静。至少眼不见心不烦。

新搬的家还不错，我的编导室友常年加班出差，我还不知道是何方神圣。所以我算赚了一个大便宜，落得很清静。每当想到此，我就对何乐天心存感激。嗯，好人啊，我的幸运星啊。

虽然，晚上也会寂寞，也会感觉到孤独，但是我如今开始追美剧。在美剧中打发时间，晚上也变得好过很多。

可是，平淡安宁的日子没过几天就被打破了。那是从我收到了同学周忆的电子结婚请帖开始。

"玉兰，我们小学可是最好的朋友，我结婚你可一定要回来啊。

你可是在大城市混的,一定要回来给我捧场啊。"周忆在电话里再三叮嘱我。

是啊,周忆是我上小学时的好朋友。我们那时候好到一颗糖都要掰开分着吃,好到就差要穿连裆裤了。如今,周忆在泸州的一家银行上班,老公是儿科医生。其实,在泸州这样的小城市,周忆算是大龄女青年了。

于是,我只得订了早班飞机回到老家泸州,只为参加我最好的朋友的婚礼。

八月的泸州,天气很热,黄果兰树已经过了开花的季节,郁郁葱葱的树叶形成一把把巨大的伞,伞下聚集着卖水果和凉粉的小贩。我又怀念黄果兰花开的时候,站在五百米外,都能闻到那种清香。我渴望那种清香,只是我回家的时节不对。

当我在婚礼上看见一身红衣服的周忆和她的老公在给公婆敬儿媳妇茶的时候,我突然流泪了。

所有的小学同学都纷纷问我同一个问题:"玉兰,你的真命天子什么时候带回来给我们看看啊?"

每问我一句,我就感觉心被刀割了一下。

"玉兰,别挑了,该嫁了。"

"是啊,玉兰,早点儿结婚生孩子,身材也恢复得快。你看我,恢复得还可以吧。"我的小学同桌丽丽,小时候很胖,如今却瘦得跟竹竿一样。不过她的确不像是有两个孩子的妈妈。她只上了高中,十九岁就生了孩子,如今孩子已经快小学毕业了。她的两个小孩就坐在旁边,在为争抢一个玩具而吵闹不休,而丽丽不时拿出家长的权威去调停。

这样的日子离我好遥远,我觉得我离他们的世界好远。

其实，我知道他们是在关心我，可是每询问我一次，我就觉得压力多了一分，甚至感觉他们看我的眼神都有些异样。他们会不会背地里说："瞧，这么大了还嫁不出去啊。书读得好有什么用？在大城市混有什么用？"

我摇摇头，试图要克制自己的负面情绪，也许是我太过敏感。

周忆结婚，她几乎把我们所有的同学都请来了。结果，整整三桌全是同学桌，我的同学们大都结婚生子，拖家带口地来了，所以阵容才会如此强大。只有我，孑然一身，孤零零的。

"你家女儿上的双语幼儿园多少钱啊？"

"你买的奶粉是哪个国家的啊？"

"我想给我儿子拍一套照片，有没有好的摄影师推荐啊？"

……

我的同学们谈论的话题各不相同，但主题都是相同的，都是孩子。

我打开同学们的朋友圈，无一例外地全是孩子的照片，连头像都是孩子或者和孩子的合影。

刹那间，这些同学的交谈声在我耳边形成了蜜蜂的嗡嗡声，我已经听不清了。我只感觉头昏脑涨。

我不知道该跟他们聊什么。在他们的队伍里，我是一个异类。

因为在泸州这样的小城市，气候不错，物价便宜，房价不高，濒临江边，交通便利，生活压力小，工作竞争也不激烈，日子过得很舒服。所以，人们大都早早地结了婚生了子，完成了人生大事。

我很想逃，可是我不能逃，大老远地回老家来参加好朋友的婚礼，必须要等到新郎新娘敬酒后才能撤。

我就在那里熬呀熬，刷着微博和微信朋友圈，等着周忆。终于，周忆和她老公端着酒杯来了,我站起身,端起了一杯白酒直接和周忆碰杯。"小忆,恭喜你,祝你幸福。"我不知道这时候还能说什么,此刻,我只会说这两句话。

我和周忆都干了杯中酒。本来我要说:"你今天喝了太多酒了,喝水就行了。"我心疼周忆,其他桌的同学没少折腾这对新婚夫妇。不过周忆坚持要喝了杯中的酒。

其实,我和周忆已经有五年没见了。每次我回泸州都匆忙,我们都各自有事儿,不是她有事儿,就是我有事儿。我们终于见面了。

我抱着周忆哭了,"我真的很开心,真的。看到有人照顾你,我真的很开心。"

是的,我是真的替周忆开心,她从小父母离婚,在单亲家庭中长大,如今终于觅得好人家了。

周忆听懂了我的话,紧紧地抱着我:"玉兰,你也要幸福啊。现在就差你了。"

是啊,就差我了,就差我的幸福了。

想当初,我和周忆的家只是相隔一条河,我们总是早晨结伴去上学,好到一起去上厕所,好到彼此的家人都互相认识。

那时候,我的成绩比她好,总是借作业给她看。我是班上的学习委员,老师眼中的好孩子。

我从小懂事、听话、为人和气,同学们都喜欢和我做朋友。我走在哪里,都是明星,都是焦点。

如今,我的生活和他们截然不同。我在结婚这条路上已经落后于他们了。从前的成绩以及大城市带来的优越感统统没有了。

此刻,我意识到一点:我的幸福指数都不如这些共享天伦之乐的同学们。他们才是真的过日子,过自己的小日子。而这种踏实的小日子,正是我渴望的,这是大城市里没有的。大城市里只有拥堵的交通、肮脏的空气、超强的压力、无数的不确定和不靠谱,以及没完没了的浮躁和不安。

我借口上厕所,早早地走了。我没有跟周忆告别,我知道这一天她会很忙。走出婚宴酒楼,我感觉自己仿佛走出了一个囚笼。

我一个人在滨江路旁走着,大口地呼吸着空气,怀念童年的点点滴滴。

这是我的家乡,我已经离开十年了,她已经变了模样,原来的青砖老房子已经变成了一幢幢的高楼。唯一留下回忆的是这一棵棵的黄果兰树。

我摘了一片黄果兰树叶子放在手心里,然后拿到鼻子旁,深深地吸了一口气。叶子是如此清香。我小心地把叶子收了起来,我要把它带回去,带到北京去。

既然回了泸州,当然是要看我爸妈的。只是,我很害怕回家。

爸妈看见我回家,有些惊讶。很快,妈就问:"怎么一个人回来?不是说要带伍宇回来吗?你姑姑她们都说要来看看呢。"

我知道她肯定要这么问,早就想好了怎么回答:"他出差了,我也是参加周忆的婚礼才回来的。他说害怕见丈母娘,等他准备好了就来。"

如今,我只有先哄他们。真不敢想象,我告诉他们我和伍宇分手的真相,我老妈会不会拿起菜刀杀了我,又或者是气得胸口疼。

所以,我是不能告诉他们真相的。我只能编借口,能哄一天是一天。

妈妈点头笑了笑:"我又不是母老虎,我有什么可怕的。再说了,你都这把岁数了,我还能怎么挑啊?现在只要有人娶你,我就烧香拜佛了。"

听了妈妈的这番话,我心里很不爽,"妈,你女儿有这么差吗?"

妈妈拉着我的手,语重心长地说:"玉兰啊,别挑了,年龄不等人。你现在晚婚了,熬不起了,再不结婚,以后生孩子就困难了。"

又是这些老生常谈的话题。自从二十八岁之后,妈妈跟我说的永远是这些话题。我听得耳朵都起茧了。

我突然变得不耐烦起来,大声嚷嚷:"行了,我知道了。"我"啪"地把门关上了。

妈妈又在门外和爸爸唠叨,还叹着气说:"你说,玉兰以前上学没让我们操心,工作也没让我们操心,她的个人问题咋就这么让人操心啊。"

爸爸附和道:"当初不让她去北京上学,不让她留在北京就好了,你看她的同学全都有孩子了,好多都能打酱油了。"

爸妈这一唠叨,我越听越难受,真想拎包走人。但是,我不能这么做。我唯一能做的就是把头埋进被子里来躲避他们的唠叨。

巨大的压力席卷而来。

我突然觉得自己站在一个茫茫的大荒原里,不知道该往哪里走。

生命之路,该去向何处?

16 我可以当这一切都没有发生

> 这世道,结了婚的男人都不老实,你还指望没结婚的男人守着你一个人?

你有想过会在什么地点、什么时间再见到你的初恋吗?

反正我是从没想过的。

至少,在我最脆弱、最不堪、最敏感的时候最不是时候。

回老家看望了父母之后,第二天,我就早早收拾行李带了一些家乡特产去了机场。这些特产诸如正宗的花椒和毫无染色的辣椒,两大包,足够我吃一年。这些自己家里带去的东西,跟从超市买来的东西是不一样的。

我没有想到,在我回泸州的这短短两天里,我会再见到张云峰,就在机场托运行李处。

"嗨。"他看见了我,跟我打招呼。

我差点儿没认出他,他胖了一圈,不过现在也不算胖,只是以前偏瘦。

"是你?"

我和他面对面对视了一分钟,却不知道下一句该说什么。

最后他提议去机场咖啡厅坐一坐。

是的,张云峰是我的初恋,是我大学时候的男朋友。那时候,我们都是合唱团的,我唱女高音,他唱男低音。话说,合唱团真的不是一个热门的团体,男生就更加宝贵,因此张云峰很受声乐老师喜欢。

其实,我对音乐根本就是一个外行,连谱都不识,就是因为师姐再三劝说才入的合唱团。因为合唱团实在是太冷门了,我是被抓壮丁一般地拉进去的。说白了,我就是凑人数的。后来想,说不定学一点儿声乐知识也是好的,多一项技能嘛。

我和张云峰第一次见面,就是在学校小教室的排练班上。那天,正在排《半个月亮爬上来》。我的声音尖而细,于是被分到高音区。那天,我唱《半个月亮爬上来》时的"咿呀呀",突然高了一个音,好像是破了,总之,我的声音很不协调,于是引得所有前排的队友都看向我,包括张云峰。我顿时囧坏了,脸立刻就红了。心想,早知如此丢人,凑人数也不要来了。

不过,祸福相依。排练结束后,张云峰叫住了我。"还想不想继续丢人?"

他问得好直接。

我摇头摇得很快。心想,不丢人的一个办法就是——下次不来了,从此再也不来了。

"那我教你识乐谱嘛。"他说出了这句话。我从这句话里听出了熟悉的味道，好像我家乡的味道。

"你是哪里的？"我脱口而出。

"四川泸州的，老乡。"他回答。

我笑了。原来他早就知道我是他老乡了。顿时，我觉得面前的这个人特别亲切。我马上改说四川话了，只要语境在，我就能马上说四川话。

就这样，我和张云峰好了。校园里的爱情，都是天真烂漫的，都是无忧无虑的。直到我大三他大四的时候，所有现实的问题全都迎面扑来。他开始忙着找工作，忙着落户口，而我开始忙着考英语。最关键的是，他面临是否要留在北京的问题。说实话，他希望在北京闯一闯，但他的父母要求他回泸州进检察院系统，因为他的父亲刚好要退休了，希望把他培养起来。我那时对北京满怀憧憬，当然不希望回老家。

于是，在是否留京的问题上，我和张云峰有了分歧。当时，他夹在我和他父母两边，左右为难。

他很痛苦，央求我回泸州："玉兰，泸州是我的地盘，在那里，各个部门我都很熟，家里的关系都能用上，我们何须在这个大城市从零开始呢。我们回泸州吧，等你毕业我们就结婚，先成家后立业。一切都会很好的。"

我劝他留在北京："云峰，我们好不容易考到北京来，那么高的分，这是首都，这里到处都是机会，卧虎藏龙，我们干吗还要回到那个小地方？"

后来，我直接给他下了最后通牒："你要是回泸州，我们就分手！"

最后，他还是选择了回到父母身边，选择了回泸州过稳定且安逸的生活。

于是，张云峰离开北京的那一天，我没有去送他，我害怕离别，害怕感伤，我太容易哭。我知道，此去一别，就是分道扬镳，各奔东西。

于是，这一别就是八年。

我和张云峰已经八年没有见过了。

别说八年，就是八个月，八天，都足以改变两个人的一生。

我和张云峰坐在机场咖啡厅靠窗户的位置旁，竟然不知道说什么。

"我们有八年没见了吧。"他喝了口咖啡问。

"是啊，超过八年了。"如今，我对数字真的很敏感。一提到数字，我就会和自己的年龄挂在一起。

"你还好吗？结婚了吗？"他终于问了，他还是问了，他问了我一个最害怕回答的问题。

我笑了笑："喂，你能不能免俗，每个人都问我同样的问题。我以为你会特殊一点儿。"

"你知道，我比他们更关心你的个人问题。"他真切地看着我。

他这么说，我相信的。他关心我的个人问题，我又何尝不关心他的个人问题。

"那你是不是娃都几个了？"自从张云峰离开北京后，我就删掉了他的所有联系方式，同时也换了我的手机号码，再也没有跟他联系过。我恢复了单身，开始忙着实习找工作，就好像不曾有跟张云峰在一起这一段一般。所以，这八年来，张云峰过得怎么样，发展得怎么样，结婚了没，何时结的婚，有几个小孩，男的还是女的，我统统都不知道。

"是啊，大女儿五岁了，小的那个，还在妈妈肚子里，三个月了，还不知道男孩还是女孩呢。她全职在家。"他如实说。

虽然我已经预见到了是这个答案。可是当他亲口说出来的时候，我的心还是抖了一下，瞬间凉了。

突然之间，我不知道该说什么好。我看了看时间，借口要去买点特产早点去安检。我不敢再和他聊下去了，我怕再待下去一秒，就会在他面前暴露我的脆弱、不安和沮丧。在和他相处的那些日子里，我是自信的、微笑的、兴致勃勃的、满怀希望的。

站起身的刹那，他赶紧递给我一张名片："这是我的号码，我们还可以联系吧？你不知道，在我心里，始终留着你的位置。"

我愣了三秒钟，原本，我的情绪还算控制得住，可是，当他说这句话时，我突然控制不住了，感觉眼泪就要流下来了。我接过他的名片然后飞快地转身。我逃离了。我又一次以一种逃跑的姿态离开。

终于，我来到登机口找个座位坐了下来，看着手中的名片：峰云建筑有限公司总经理，原来他开始做房地产了。如今，他是事业爱情双丰收。而我呢？

我和张云峰，错过就是错过，再也回不去了，如今他已经是两个孩子的爹了。就算他说"心里留着我的位置"那又怎样？就算他对我还有爱还有感情，我也不能去拆散他的家庭，我也不可能去做第三者。

刚开始，我还没太明白他的话，突然我发觉不对，越想越生气：靠！难不成要我做他的小三儿！

我拿起云峰的名片，然后撕得粉碎。相比已经结婚有孩子的云峰来说，伍宇至少还是单身，我不用承担道德责任。

在回程的飞机上，我想了很多很多。也不知道是不是受了云峰已婚有两个孩子的刺激，我开始格外地想念伍宇，开始理解伍宇，开始原谅伍宇了。

这世道,结了婚的男人都不老实,你还指望没结婚的男人守着你一个人?我决定原谅伍宇。

下飞机的第一件事,我不是直接回家,而是去找伍宇。我找到了伍宇的办公室。

"伍宇,我想明白了,我可以当这一切都没有发生,男人嘛,都是下半身动物。我都懂,都理解。我们复合吧。"我像放鞭炮一样地一口气说完了,我怕说得太慢没有勇气说下去。

伍宇睁大眼睛看着我,像是看着一个外星人。

"你,真的能做到当什么事儿都没发生?这不像你啊。"是的,这不像我。换作从前刚烈纯粹的我,哪里能接受自己的男朋友同时还有别的女人呢?是绝对做不到的。不过,如今,我要努力做到。

"别人能做到,我就能做到。"我无比坚定地说,声音也比之前更大声。其实,这大声是为了给我勇气。

伍宇点了点头:"你先回去吧,把行李箱搁下好好洗个澡,我们的事儿回头再说。"

伍宇匆匆地上楼回公司上班了。

伍宇没有直接说 Yes,也没直接说 No。

可是,我依然心存希望,希望和伍宇和好,毕竟我和伍宇七年了,感情基础还是有的,我不相信他会这么绝情。

17 只要你不停地说要结婚，所有的单身男人都会远离

> 我终于体会到：年龄对女人来说就是一个紧箍咒。你的年龄和你身边的男人成反比。
>
> 二十岁时，众星捧月；二十五岁时，有男人为你争风吃醋；二十八岁时，还有男人守在你身边；三十岁时，那个原本守在你身边的男人可能也跑了。
>
> 我终于明白：当年很拽的日子一去不复返了。

虽然回到了北京，但张云峰带给我的刺激还是让我久久不能消散掉。

夜深人静，一想到张云峰，心里就会隐隐作痛。八年前我明明可以嫁那个人，如果我跟他回了泸州，也许我们早就结婚了，小孩都有了，我也就不用再为生计奔波了，也不用再为搬家租房子发愁了，更不用看客户的脸色一遍一遍地改方案了……可是有什么用呢，一切都是如果。

此刻，我只能说，我没那做贵妇的命。

一想到下去跟伍宇求复合，结果也没得到答复，我的心就更加不平静了。

鲁敏给我打来电话，我如实告诉了她最近发生的事情。当她得知我跟伍宇求复合时，她气得冒出了一句脏话："靠。"然后直接"啪"地挂了电话。

我知道鲁敏气我不争气，可是，我当时真的已经顾不上那么多了。什么尊严啊，跷跷板游戏啊，策略啊，全都忘记了。

我只得继续打电话给鲁敏，我知道我即将迎来一顿狠狠的批评。

"林玉兰，你以后别跟我说我认识你！你怎么这么没出息啊，你怎么这么笨啊。你读了这么多年的书，怎么读傻了，是非曲直都分不清了？现在，不是你巴巴地去求复合，而是他来巴巴地求复合。错的是他，现在弄得好像错的是你似的。你说你，现在好了，你彻底输了，输得连态度都没有了！"鲁敏很生气，好像是妈妈在教育一个不成器的孩子，她铿锵有力，字字句句都刺痛着我的心，但都很有道理。

可是，有什么办法，这等傻事儿我已经干了。我承认我傻，我承认我蠢。覆水难收。"输都输了，哪还管什么态度。结果不都是一样。"我说。

"当然不一样。你太不了解男人了。等以后你就明白了。你还是谈恋爱太少。"鲁敏叹了口气，干脆放弃了对我的教育，然后睡觉去了。

深夜十二点，我睡不着，翻了会儿书怎么也看不进去，看视频也看不进去，一个劲儿地点快进。终于，我开了手机，我手贱地又拨了伍宇的号码，我多么希望此刻能听到他的声音啊。这是我最熟悉的声音啊。

可是，电话那头传来的是："对不起，您拨打的电话已关机。"

顿时，我的怒火又燃起来了。我"啪"地把手机扔到床上。我没有扔到地上，因为手机很贵的，我可不想因为一时的发泄而损失了银子。

"这个伍宇,该不会是把我的手机号给屏蔽了吧。"一想到此,我就气得直捶打被子。太残酷了吧,伍宇不会这么对我的,伍宇不会对我这么绝情的。

很快,我又安慰自己:"一定不是这样的。第一,时候不早了,他该休息了。第二,手机有辐射,晚上睡觉时要关手机。"

终于,精神饱满的我开始上网溜达了。突然,我看见了"找丈夫培训班",号称百天找到好男人,还宣称"幸福婚姻可以定制""成为女人中的奢侈品""缘分不过是低情商的借口"……

看见这些口号,我突然兴奋了,好像在黑暗中摸索很久了的人终于看见一丝火花一样。莫非,真的是我情商太低,为什么我就嫁不出去了?为什么伍宇就不肯跟我结婚了?我究竟哪里出问题了?

第二天上班时间,我偷偷地到走廊打电话向培训班咨询:"请问你们什么时候开班啊?你们能保证真的培训后就能找到好男人嫁了吗?"我连续发问,我有太多的问题了。

"小姐,这个培训课程我们已经办了三年了,效果非常好,要是不好,我们也不会继续开下去,是吧。"咨询顾问回答我。这个顾问非常聪明,她没有承诺我,因为他们根本没法承诺,嫁人这种事情,自己都没法确定,别人怎么能替你保证呢,也就只有像我这种在婚姻围城外着急进去的人才会去相信。

"那价格是多少?"这是一个核心问题。

"两万八千八百元。"

"什么?"我没听错吧。

我以为是我听错了,两千八百八十元还差不多,是多了一个零吧。

"没错,你想,两万八千八百元,相比你一辈子的幸福来说,是不是成本也不高啊。"咨询顾问这么回答我。

我想了想，说得也有道理。的确还不贵。不过，我转念一想，还是很贵啊。我五个月的工资呢。刚交了房租的我，卡上已经没多少银子了。我赶紧打电话查了一下银行卡余额，余额不足两万元。此刻，我只想骂娘。但是毕竟在公司，我还是忍住了。

陶渊明不为五斗米折腰，可是，我林玉兰的嫁人大业可能就真的要折在这银两上了。

我垂头丧气地回到了自己的办公室。好吧，这期报不上，那就等钱够了再去上下一期好了。我把咨询电话存在了本子上，上面写着"找丈夫培训班"。

可就在此时，何乐天就站在我的身旁，他好像看见我写的字了，虽然我在第一时间把它藏了起来。

"何总，你有什么新的指示？"我笑着掩饰心中的尴尬。

何乐天扫视了周围，刚好同事们都外出忙别的项目了。

何乐天摇摇头说："找丈夫培训班，这年头，赚钱真容易。尤其是女人的钱。女人真愚蠢啊。"

"你说谁愚蠢呢？"我心里很不爽。

"这里除了你还有别人吗？"

"我跟你讲，上这种培训班，还不如去练高尔夫，不如去玩户外探险上MBA呢，不过后者也有很多水分。这些培训班就是骗你们这种恨嫁的女人的。"何乐天语重心长地说。

恨嫁，我从没想过这两个字会和我有什么关系。但是，如今却从别人的口中听到我是恨嫁的女人。

恨嫁，我恨这两个字，我恨这两个字跟我有关系。

想当初，我林玉兰也是学校的风云人物，我刚进公司的时候也颇得男同事喜爱。可是自从二十八岁之后，围在我身边的异性朋友越来越少。当然，最主要是我以为我找到了真命天子，自然心无旁骛，其他狂蜂浪蝶也就不搭理了。

这年头，狂蜂浪蝶也是非常现实的，当你迟迟没回应，人家就调转方向朝别的山头进攻去了。

于是，当我三十一岁和伍宇分手后，才发现身边连个像样的异性朋友也没有，一个像样的备胎都没有。

我终于体会到：年龄对女人来说就是一个紧箍咒。你的年龄和你身边的男人成反比。

二十岁时，众星捧月；二十五岁时，有男人为你争风吃醋；二十八岁时，还有男人守在你身边；三十一岁时，那个原本守在你身边的男人可能也跑了。

我终于明白：当年很拽的日子一去不复返了。

正如王洛宾的歌词里唱的："我的青春小鸟一样不回来。"

是的，我终于承认我着急了。我再也 hold 不住了。

也许有的女人会矜持会装一下，如今我装也装不了了。否则，我也不会去报什么"找丈夫培训班"。我都到了这一步，还提什么尊严啊。

"是啊，我就是恨嫁。我就是要嫁人。我必须在今年嫁出去，必须明年就要生孩子。"我说。这是我原本的计划。

我就不信，我就要结婚，就要生孩子，不管和谁。

何乐天摇了摇头："你难道没有听过一个规律？"

"什么规律？"

"只要你不停地说要结婚，所有的单身男人就会远离你。"当我听到这句话时，思维停了一秒，细细地回味这句话，发现的确还有些道理。

"你算吗?你要远离我吗?"我下意识地问。

"你说呢?"他反问我。

"谁知道你是真单身还是伪单身。不过这些都不重要。你是我的客户,这才是最重要的。不过,还是要感谢你给我的婚恋建议。我也希望你能幸福。"我提醒自己不能跑题,马上又自然地和他拉开了距离。

感情的事儿毕竟是私人的事儿。只是,我陷入感情的泥潭里,不知道什么时候才能拔出来,或者说我根本就不想出来。

18 白羊座男人的爱情模式是什么样?

白羊男,他们聪明、冲动、绝对的外貌协会,他们的感情来得快去得也快,永远不甘心同时只有一个女人。所以,白羊男给人的感觉是花心的,他们是玩暧昧的高手,他们是搭讪的高手。但是他们只要看上一个女人,就会发动所有火力,渴望在最短时间内拿下,即所谓的"快准狠"方针。没办法,他们那时候的雄性激素丰富。可是,如果一旦你被他征服,当他们发现你已经没了神秘可言,那么他们对你的兴趣就会大大降低,然后就开始锁定下一个征服目标了。

如今,搬入新家后,虽然是合租,但大部分算是我一个人住。相比之前寄住在鲁敏那里,的确是自由了很多。但是坏处很快来了:一旦你突然大姨妈来了刚好卫生巾用完了,也没个人可以借;一旦你得了重感冒啥的,也没人给你煲个粥递杯水。最关键的是,《BJ单身日记》里的画面又浮现在我脑海里——有天突发心脏病啥的,死在家里都没人知道。

不过,换个角度想,人都没了,结婚这件事没有了主体,也提不上日程了。

好吧,我不该拿这件事来调侃的。不过如果我能调侃是不是说明心情好一些了呢?

是的，我心情好一些了，源于我对伍宇，对伍宇的这个星座——白羊座有了比从前更深的理解。

白羊男，他们聪明、冲动，绝对的外貌协会，他们的感情来得快去得也快，永远不甘心同时只有一个女人。所以，白羊男给人的感觉是花心的，他们是玩暧昧的高手，他们是搭讪的高手。但是他们只要看上一个女人，就会发动所有火力，渴望在最短时间内拿下，即所谓的"快准狠"方针。没办法，他们那时候的雄性激素丰富。可是，如果一旦你被他征服，当他们发现你已经没了神秘可言，那么他们对你的兴趣就会大大降低，然后就开始锁定下一个征服目标了。

所以，跟白羊男在一起的女人是很难有安全感的。如果不能接受他喜欢美女、天生花心的本质，那就会被伤害得体无完肤。

现在回想起来，伍宇就是典型的白羊男。记得他刚追我的时候，那时候他给我打了长达八个小时的电话，而在一起后，他连三分钟的电话都觉得长。他的兴趣已经放在那些新鲜的目标上了。

如果这是伍宇天生的本质，那我也没有什么可抱怨的了。我试着给原谅伍宇找很多很多的借口。星座论就是典型的一个。这就好像是一种"免责声明"。

很快，我又给伍宇找了"男人动物论"：男人在占有异性方面有一种本能，那就是占有更多的异性。这是雄性动物的本能。所以，就算他们找到了爱情，对方很完美，才貌双全、温柔体贴，但都不够，还是无法满足他对数量的追求和新鲜感的追求。

所以，从这个理论来看，伍宇花心也是很正常的。天下男人都是这样的，只是很多男人偷吃了抹了嘴，女人不知道而已，或者说女人根本就睁只眼闭只眼，假装不知道了。

想到这些，我的心情真的好了好多。我也不知道这算不算"自我催眠"。

此刻，我一心想要跟伍宇复合。可是鲁敏却反对我复合。所以，我只能在网上寻求答案。诸如"老婆如何智斗小三儿"这样的文章。

我和伍宇好歹已经有七年的感情了，所以也算是半个老婆了，面对他外面的女人，我该怎么办呢？

七年的青春都奉献了，如果就此罢手，那岂不是我这七年白熬了。如果就此跟伍宇分手，那岂不是便宜那个小三儿了。不行，我不甘心。

我必须要把伍宇争取回来。

情感专家的理论是：一旦男人有了小三儿，通常都会采取如下策略。第一，把握或者收缴财政大权，从经济上遏制和制约。届时就算有小三儿，就让他们苦着住地下室吧。当然如果小三儿愿意倒贴另谈。第二，包容，与男人站在一起，而不是将男人往小三儿那里推。第三，提升自己魅力。自己光彩照人了，重新吸引男人的兴趣和目光。

我将这些观点告诉了鲁敏。我准备被她骂得狗血淋头。不过，这次她没有骂我："你要真觉得没有伍宇活不下去了，那你可以这么做。"

我心里还暗自高兴，心想鲁敏终于不阻拦我了。

没想到鲁敏抛出了一句："以后我可不想从你嘴里听到有关伍宇两个字，以后可别来找我哭鼻子。"

我知道，在鲁敏那里我是无可救药了。她将各种大道理都跟我讲清楚了，可终究我还是自我主张，冥顽不灵。

我感觉我要和伍宇复合的行为有些众叛亲离的感觉。就好像一个富家千金和穷小子私奔，被所有人都不看好。例如"王宝钏与薛平贵"的故事，"卓文君和司马相如"的故事。王宝钏和卓文君当初都为了自己的爱情而遭遇家人的强烈反对,卓文君是私奔,彻底地放弃了殷实的家庭。不过,后来两人都经历了贫穷,经历了背叛,好在薛平贵和司马相如终究是善良不忘本的,王宝钏和卓文君才得以善终。

只是,王宝钏等了薛平贵十八年,足足十八年,薛平贵在边疆都另娶了老婆,这十八年是多么难熬?只是,卓文君等司马相如光宗耀祖名扬天下,哪知道司马相如名扬天下后却乐不思蜀,差点儿娶了小老婆,好在卓文君的一首《白头吟》让司马相如回心转意:"春华竞芳,五色凌素,琴尚在御,而新声代故!锦水有鸳,汉宫有木,彼物而新,嗟世之人兮,瞀于淫而不悟!朱弦断,明镜缺,朝露晞,芳时歇,白头吟,伤离别,努力加餐勿念妾,锦水汤汤,与君长诀!"

而我,我该怎么挽回伍宇的心呢?说实在的,我真的做不到像王宝钏一样,一等等十八年;我也做不到像卓文君那样,我没有那样的文采。

我只有用我的真诚。

我再一次去伍宇的公司等他下班。上次是上班时间,他还得上班,自然心思不在个人问题上。下班后,这下刚好可以谈了。

我和伍宇约在了"四川会馆"里,这里有正宗的川菜,最关键的是,这是伍宇第一次正式约我吃饭的地方。这么做,当然是要唤起伍宇的回忆。

温情牌,怀旧牌,这是我今天的主打牌。我点了招牌的"夫妻肺片""麻婆豆腐""水煮鱼"等。

"我们已经好久没来这里吃了,你总是很忙。"我当然没说他和别的女人闹腾。我不能提这个,绝口不提这个,我要做到好像什么事情都没发生过。

伍宇点点头："因为你，我才变得能吃辣的。"嗯，这就是我要的效果。果然，伍宇没有了从前的不耐烦，音调也变得柔和了很多。白羊座是典型的吃软不吃硬，所以我就只能走柔情加委屈政策，绝对不能走暴力加威胁政策，后者只会把他推得更远。

"伍宇，我发现以前我不懂你，现在，我尝试着开始懂你了。我不仅可以原谅你的过去，还可以容忍你有别的女人，只要你别做得太过分。"我发自内心地说。

显然，伍宇没想过我会说这番话。我想他是惊住了，所以他半晌也没说话。

片刻，伍宇叹口气，紧紧地握住我的手说："玉兰，我知道你为了我受了很多委屈，可是，我真的值得你这么做吗？我怕到头来，伤你伤得更深啊。"

我能够感受到伍宇大手的温度，这是我习惯了的体温。我禁不住地依偎在伍宇的怀里："为了你，我什么都能做到，只要你别扔下我。"

我以为这是电视剧里才会有的台词，如今却被我林玉兰亲口说出，而且说得还这么自然。

我，林玉兰，真的为了挽回爱情改变了很多。

那天，伍宇送我回家，态度没有从前的强硬，变得温柔，就好像没有分过手一样。临别，他在我脸上轻轻吻了一下："最近发生了很多事情，我要好好处理一下。等我信儿。"

听了伍宇的这番话，我心中宽慰了很多。显然，今晚的这一切都是有效的。我满心欢喜，等着伍宇给我的好消息，等着他回头和我复合。

于是，在这样美丽的期望下，我安然入睡，而且还做了一个美梦。

⑲ 就算跪着，我都要走完

是啊，我和伍宇复合，这是我的选择。他们不知道我是做了多大的改变才做了这个选择。既然做了这个选择，不管前面的路有多崎岖，就算跪着，我都要走完。

第二天上班，我特地穿了好久没穿的玫瑰红色长裙，涂抹了颜色最正的口红。心情好了，才有心情好好打扮自己。

当我走进办公室时，我发现所有的同事都向我行注目礼。我这才意识到，我已经很久很久没有捯饬自己了。那一刻，我开始检讨自己，我从前太懒惰了，以为自己有主了，就无须打扮得这么招人，现在发现全是错的。

后来，在小会议室里，当何乐天见到我的这身装扮时，差点儿没认出来。

"哟，我还以为是哪里来的模特呢。"他打趣地说。

"有一米六的模特吗？"

"怎么？看起来心情不错，莫非，找到新男朋友了？"他凑到我耳边悄悄地问。

我略得意地摇摇头。

"那，中彩票了？"

我凑到他耳边吐出了两个字："复合。"

何乐天再次惊住了，只吐出了一个字："啊！"

何乐天顿了片刻，然后又凑到我耳边问："告诉我你用了什么灵芝妙药？"

我如实地告诉了何乐天。我以为他会夸我诸如"不简单啊，大气，没有几个女人能做到"。

"你有病啊，你怎么这么贱？这么卑微？这么没有尊严？"他大骂我。

"你们男人不都希望找这样的女人，可以容忍他有别的女人。这样多和谐啊。"

"放屁。你就作践自己吧。"

"天下乌鸦一般黑，你也好不了哪里去。你别把自己整得多专一多高尚。越是这样的人，说不定私下越滥情越花心呢。"我也毫不留情地反驳。

片刻，何乐天点点头："行了，反正这是你的选择。作为你的朋友，我尊重你的选择。祝你幸福。"

我点了点头："就是嘛，言归正传，讨论新方案吧。"

是啊，我和伍宇复合，这是我的选择。他们不知道我是做了多大的改变才做了这个选择。既然做了这个选择，不管前面的路有多崎岖，就算跪着，我都要走完。

"面包心情，针对的是追求精致生活的小资人群，宗旨就是：来面包心情,就有好心情。不管你是单身,还是恋爱,都要有好心情。美食与恋爱的关系,从来都是密不可分的。食色,性也,正如有电影叫《饮食男女》,所以,我打算在整个品牌定位上,将面包心情和感情联系在一起。这样更感性,更能打动消费者的心。"我在台上讲我的新PPT,台下坐着何乐天和他的合伙人,还有我的上司陈总以及同事小亮等。

我终于体会到失恋的好处了。失恋真的会让你在看事情的角度上变得不同。比如,我开始懂得将这份对感情的深刻理解放到我的案子中。

当我讲完PPT,迎来的是全场的掌声。

这样的掌声,我已经很久很久没有听到了。从小,我成绩不错,但是我并不擅长拉帮结派,更不擅长演讲拉人气。所以,我当不了班长,只能当一个学习委员,我属于内秀型。工作之后,我也是靠着自己的勤勉和内秀,在一个小岗位上怡然自得,以为守住了一份爱情就足以幸福到老。

如今,生活逼得我不得不上台,虽然我普通话并不好,还带着一丝丝乡音。虽然我依然不太懂得互动和调动气氛,不过靠着成熟的PPT方案和独有的想法,还算过关。

我看见了何乐天脸上满意的笑容,也看见了陈总赞许的目光。

从前,我都是幕后工作人员,为项目经理写好文案,然后交给他去谈、去秀、去博弈。

当我站在台上时,我发现其实也没那么可怕,大不了自嘲一番,照样继续。运气好的话,还会得到鼓励的掌声。

临结束时,何乐天走到我身旁伸出手,轻声地说:"合作愉快!你将是我们面包心情第一位终身免费的会员!"

终身免费！我想起了那些可爱的向日葵般的面包，觉得内心温暖。

"谢谢。"我只说了这两个字。

何乐天和他的团队走了不久，我也快下班了，一边打着哈欠一边收拾着文件，准备下班。

此时，陈总走到我的工位上对我说："玉兰，来我办公室下。"

20 反正你闲着也是闲着，不如跟了我

如果人生总是这样逃跑、仓促、无助、惊慌、不知所措，那么这样的人生该有多可悲。而我，何时才能稍微安定一些呢，何时才不四处逃窜呢？

陈总的办公室不大，墙壁上挂着大大的一个"静"字。陈总见我走了进来，忙起身笑眯眯地示意我坐下："玉兰啊，你是大功臣啊。面包心情这个案子，你立功了。"

我知道自己立功了。不过，心想，既然立功了那就拿出点儿实际的表示一下啊。如今，自己要独立承担房租的我，没有比给我奖金和涨工资更实际的事情了。钱包干瘪，想要旅行都走不远，卡里钱太少，就算干得不开心也不敢随便辞职。

我以为陈总下一句说的是："这个月给你涨工资。"我满心期待地等着他金口一开。

结果，我就是没有等来这句话。

"玉兰啊,听说你失恋了。"陈总关上了电脑,脸上挂着笑容,以一种关心的口气问我。此刻,仿佛现在是私人时间。

我忘了我是否跟陈总说过我的个人问题,也许是我前段的状态已经不言而明,或者是我失恋的事儿已经传遍了公司,自然也传到了陈总的耳朵里。

我心想,领导关心下属的生活,也算正常吧。

我点了点头。我当然不能否认啊。丢人也丢过了,也不怕再丢一次。反正伤疤被揭过很多次了,也不怕再揭一次。

这时候,陈总站起身笑呵呵地走到我身旁:"玉兰啊,那个男人有眼无珠,不懂得欣赏,那是他没有福气。"

我理解这句话是一个男人对一个弱者的安慰。可是,我越发觉得不对,因为话音刚落,我感觉身后有一双大手落在我的腰上,我反射性地推开了后面的大手并尖叫了一声。

我和陈总四目相对,我又惊慌又愤怒。此刻,我已经明白自己遭遇到了什么。对,这就是性骚扰。

我不知道该怎么办,是该踹他一脚还是甩他一耳光。不过,我还是忍住了。我主动给陈总一个台阶下:"陈总,您一定是喝酒了。你该回家休息了。"我打算从旁边赶紧溜出去。

正当我走到另一角时,没想到陈总竟然又过来堵住我:"玉兰,反正闲着也是闲着,不如跟了我,我不会让你吃亏的。"

我一听这一句话,什么"闲着也是闲着",多难听啊。靠!把老娘当什么了?没男人就不行的女人吗?没男人要的女人吗?

我的怒火再也控制不住了。我脱下我的右脚高跟鞋狠狠地锤向他,只听得一声尖叫。

今天穿的高跟鞋正好是细跟,一定很疼。我心想:活该,你个大色狼。趁着他还在痛苦中,我飞快地跑出了办公室。只听后面传来他气愤的声音:"林玉兰,敬酒不吃吃罚酒,看你以后在公司怎么混?有刺的玫瑰,我还就喜欢!"

我再一次逃跑了。

逃跑,我已经忘了这一个月来,我逃跑了多少次。

如果人生总是这样逃跑,仓促、无助、惊慌、不知所措,那么这样的人生该有多可悲。而我,何时才能稍微安定一些呢,何时才不四处逃窜呢?

我一边跑一边大口地喘气,抬头看了看天空,没有阳光,没有云朵,只有阴霾,只有这严重污染的空气。

突然,那一刻,我觉得我的身心无处安放。

我跑累了,坐在广场的椅子上,轻抚着怦怦跳的小心脏,如果再这么跑下去,非得跑出胃病或者心脏病不可。

随着心跳慢慢放缓,我这才意识到一个严重的问题:我这班还要不要上了。如今,和陈总闹得如此尴尬,我还能当什么事儿都没发生吗?

我一想起陈总那双咸猪手,就不自觉地发抖。我一想起他的笑容,就感觉是淫笑,那么恶心,怎么都感觉像是抗日剧的鬼子要对良家妇女欲行不轨的表情!

我该怎么办?

辞职吧!第一,这份工作我刚刚才找到一些成就感,刚刚业务上有了新的进展。第二,银行存款太少,扣除房租之后,坐吃山空也吃不了几个月。第三,现在经济形势不好,找个合适的工作比较难。

不辞职吧!可如今却面临上司的骚扰,甚至还要让我做他的情人,还要让我就范。我怎么能就范呢?我林玉兰一世清名怎么就毁在这个男人手里了？我可以卑微地求伍宇跟我复合，但不可以下贱地做已婚上司的情人。

竟碰到这种垃圾男人！

如今，我想到的第一个求助的人是鲁敏。可是我拨打鲁敏的电话，拨了好久依旧是无人接听。

好吧，就算我有鲁敏这个军师诸葛亮，可是她也不是二十四小时待命的。

经过一番激烈的思想挣扎后，我决定第二天当什么事儿都没发生。不就装吗？既然我可以当伍宇从来没背叛过我，那我也就可以当陈总从来没有骚扰过我。

我自己都没有想到，原来我的内心可以变得如此强大。

21 我最恨乘人之危的男人

> 我终于明白了那句话的真谛：所谓的成功，不是你能做喜欢的事情，是你可以不做不喜欢的事情。

第二天早晨五点我就醒了。心中有事儿，怎么能睡得香呢？

这是我第一次害怕去上班。陈总那带着淫笑的脸仿佛浮现在我眼前，我就想躲在被窝里不想起床。

我终于明白了那句话的真谛：所谓的成功，不是你能做喜欢的事情，是你可以不做不喜欢的事情。

而对我这样的职场小鸟来说，哪里有拒绝的资格呢？我深吸一口气，然后快速地洗漱一番，准备去上班。

我对着镜子里的我说："玉兰，就当一切都没发生！你要学会装！装得连自己都被骗了那才是水平！加油！"

一早，进大厦电梯时，居然发现陈总就在电梯里。我还笑着跟他打招呼:"陈总,早。"

说实在的,当我说出这句话,我真的开始佩服我自己了。

不过,小女子为了生活,强颜欢笑,容易吗?瞬间,我又开始自怜起来。突然间,我感觉自己就像青楼里卖唱的女子。

此刻,我想起了张云峰,想起了他那养尊处优的全职主妇太太。我禁不住伤感起来。

人各有命。我林玉兰也就只有这种奔波操劳的命吧。我努力地挤出笑容,准备投入到新一天的工作中。

此时,陈总让他的秘书叫我去他的办公室。我扫了一眼秘书的大胸脯,心里突然明白了不少。估计她是没逃过魔掌吧。如今,我一听去他的办公室就有些胆战心惊。

终于,我鼓起勇气准备进去。我心想:大白天的,外面那么多同事在,他应该不会胡来的。

我走进陈总的办公室,故意没关上门,哪知道,陈总却起身自动地带上了门。

"玉兰,我知道你需要这份工作,反正你现在没有男朋友,不如就从了我,等你有了男朋友,我绝对不会拦着你的!"陈总又重复了昨天的话。只是他的话带着威胁,他清楚我的七寸,那就是我真的很需要这份工作。

突然间,我觉得面前的这个男人丑陋无比!他不仅是色狼,还是一个恶魔。我再也无法忍受下去!

我"啪"地扇了陈总一个耳光:"我最恨乘人之危的男人!本小姐还真不稀罕这份工作!"

骂完,我飞快地拉开门大步离去,以最快的速度收拾桌子上的东西。同事们显然不知道发生了什么,都奇怪地看着我,但又不敢来问我。

我很后悔，应该昨天就辞职走人的，今天干吗还要装得这么辛苦？关键是这个男人还得寸进尺！是啊，我最恨的就是这种乘人之危的男人。

对于我的辞职，我绝对不会后悔的，因为我已经尽力了。

在北京这样的大城市，多少人为了名为了利，没有底线出卖自己的尊严，挑战自己的底线，最后也许他们得到了想要的东西。但是，这一定不是我的路径。

如果是这样，我还不如回老家去，去考个小学老师来当，我才不要过这种生活。

这是我第一次动了回泸州的念头。

半个月前，我失恋了。

半个月后，我失业了。

此刻，我并没有哭。也许这一个月来，我哭得已经够多了，泪水都哭干了。

我拨打伍宇的电话，可是电话却迟迟未接，我一遍一遍地打，歇斯底里地打。

那一刻，我突然有一种被遗弃的感觉。我感觉，我是这个世界的孤儿，而伍宇把我丢了。

过了很久，伍宇才发来一条短信："西安出差，有事晚点儿说。"

在我最需要的时候，他们都不在我身边。

莫非，是我太过软弱？太过依赖人？

我躲在我的小床上，双手抱着头，蜷缩在一起，是那么无助。

突然，我大笑起来，将一大堆的书都扔到地上，站了起来，对着天花板歇斯底里地大喊："上天，你为什么要这么对我？我只是一个弱女子。"

很快，我笑了起来：我倒要看看，你还会让我跌得有多惨？

笑着笑着，我的泪水从脸颊滑落，那滚烫的泪水仿佛灼烧着我的脸颊。

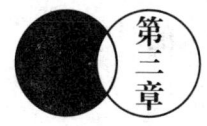

逆袭的戏码

22. 你不是那个女人的对手

23. 如果再为这个男人掉一滴泪

24. 为我们的单身岁月干杯

25. 我很好,我必须很好很好

26. 我开始习惯一个人的生活

27. 逆袭的戏码

22 你不是那个女人的对手

> 玩游戏也许像是感情,当你已经打通了对方所有的关卡,你就对对方丧失兴趣了,于是就是GAME OVER了,开始玩新的游戏。

一切都发生得太快,我还没来得及反应过来。

我待在我的小屋子里的床上,一遍一遍地玩着iPad上的旧游戏《植物大战僵尸》。我是一个游戏白痴,最开始的时候,我总是被僵尸吃掉,如今,不管海陆空,不管带着什么大炮还是坦克,甚至是热气球的僵尸,我统统都能给灭掉。

是伍宇教会我选道具,教我要养向日葵可以增加分值,我成了玩这款游戏的高手,可是伍宇呢,我能追回伍宇吗?

当你很快懂得玩游戏的门道,就会觉得这款游戏索然无味。

玩了一会儿,我就玩不下去了,把iPad放在一边。

玩游戏也许像是感情,当你已经打通了对方所有的关卡,你就对对方丧失兴趣了,于是就是 GAME OVER 了,开始玩新的游戏。

如果我早点儿懂得,也许和伍宇就不会有这样的结局。

突然,我感觉到凉意。这已经是秋天了,秋风瑟瑟,是天气凉还是心里凉呢?也许都有一点儿。

这时候,我的手机有短信提示声,还有谁会找我?我是一个不被需要的人,工作不再需要我,感情不再需要我。估计都是各种卖房卖车开发票的广告短信吧,或者还捎带点儿诈骗短信。

响了一声后,我并没立即去查看,身体很疲惫,连起身都觉得累。可是,短信声不断地响起,这发广告的也太猖狂了吧,一连发好几条。

我终于拿起手机来翻看,当我看的第一眼,我就后悔了。

"喂,你别再纠缠伍宇了,我跟他挺相爱的。他跟你说他出差是吧,他骗你的,其实,他跟我在海边度假呢。"

随后,就是各种他和伍宇甜蜜缠绵的照片。

我多么希望从来没打开过这条短信啊。我多么希望我从来没看过这些亲密的照片啊。

这些照片好像针一样,深深地刺痛着我的眼睛,再一针一针地刺痛着我的心。从前,我对伍宇是抱有希望的,我还可以听他的谎言,至少一切非我亲自所见,所以还可以骗自己。

如今,我怎么骗自己呢?我怎么装下去呢?

虽然,我知道我不应该再继续看这些亲密的照片,应该立即删掉。但是在巨大的好奇下,我还是看了!

多么甜蜜的情侣啊,穿着泳装的情侣,多么羡煞旁人啊。

我再次感觉我被生活狠狠地扇了一耳光!

我该怎么办?

突然,我狠狠地扇了自己一耳光。眼泪禁不住流了下来。

林玉兰，你这个大傻瓜，你这个天下第一大傻瓜！你还那么卑微地跟伍宇去求复合，你还以为你和伍宇还有感情！

这世界，早已经在不知不觉中变天了。伍宇，早已经在我不知不觉的时候不爱我，爱上了别人。

我想起了鲁敏和何乐天之前骂我的话，他们果然有先见之明啊。果然，我这个一意孤行的女人，终于尝到了滑铁卢的滋味。

这不仅仅是滑铁卢，这还是我林玉兰活这么大以来遭遇到的最大耻辱。

我再也无法控制自己的情绪，开始疯狂地拨伍宇的手机。终于，伍宇接通了。也许，他知道发生了什么事情。也许，他知道迟早要给我一句交代。

"伍宇，你骗我还要骗到什么时候，你不觉得很累吗？"我质问他。

"你不是说你可以做到我有别的女人吗？"伍宇反问我，好像很无辜一般。

"可是，你不能骗我啊，我最讨厌别人欺骗我了！"我声音更大了。被欺骗的感觉就好像被愚弄一般。这感觉糟透了。

"可，可——"伍宇还想争辩什么。

"现在你不用这么累了。OK，我分手，我祝你们幸福！我林玉兰要是再纠缠你，再给你打电话，我就不姓林！我就是狗娘养的！再见！"

我一口气说完这通话，然后"啪"地挂断了电话，把电池给卸了下来。

好了，这下世界安静了，再也没有人来骚扰我了。可是，我内心怎么能平静呢，早已经翻江倒海。

23 如果再为这个男人掉一滴泪

> 你不是那个女人的对手,她这是故意激怒你,是故意破坏你对伍宇的感情,让你从此不再相信这个男人。你知道吗,信任是感情的基石,如果你没了信任,那这段感情就玩完了!
>
> 此刻,我觉得轻松了,我解脱了,我终于要从情感泥潭里挣扎出来了!哪怕是我带着全身的伤痕,但好在我终于决定爬出来了!

生活总是发生意外,剧本总是要临时改写,身为演员的我们,你甚至不知道对手是谁,你不知道该怎么演,甚至你都不知道台词,可你却已经被推到了台前。

我的感情生活就是如此。

后来,我把小三儿亲密照示威的事情告诉了鲁敏,鲁敏叹了口气:"玉兰啊,你不是那个女人的对手,她这是故意激怒你,是故意破坏你对伍宇的感情,让你从此不再相信这个男人。你知道吗,信任是感情的基石,如果你没了信任,那这段感情就玩完了!"

鲁敏说得很对。是的,我讨厌被欺骗,讨厌被蒙在鼓里。我想这世上没有几个女人能做到面对欺骗还能笑看风云。至少,我还没那样的段位。

显然,我是中计了。中了那个女人的计啊。我第一次觉得好累,要守住一段感情好累。

我不停地捶打着棉被:我够忍让了,我够妥协了,为什么你连一段满是窟窿的感情都不给我?

正当我痛苦、烦躁不已时,听见了敲门声。我很诧异,这个点儿是上班时间,况且,我新家的地址也没有几个人知道。

打开门,当何乐天的脸出现在我面前时,我这才想起来了。是啊,从某种意义上,他是我的房子中介人呢。

"你怎么辞职了?"他开门见山地问。

"每个人辞职都有他自己的理由,我也一样。"我强作镇定地给他倒水喝。

"什么理由?"

"不得已的理由。乐天,你知道吗?我现在才明白,什么叫苦衷?"我依然强作镇定。

"能告诉我吗?面包心情对我很重要,也许,对你来说只是一个项目,可是对我来说是背水一战的事业。"何乐天很着急。

我明白他的着急,负责项目的人换了,势必对其进度和风格上会有所影响。

"什么时候,我一个小小的文案变得如此重要了?你放心,离开了我,你的面包心情宣传会如期面世,我的前东家也会照样运转。我从来都知道自己几斤几两,这个世界不是没有谁就不能活。何况我这样的小兵呢。"我淡淡地说。

也许我的这番话激怒了他,他很失望地说:"林玉兰,你怎么能这样?你怎么能这么轻易地去放弃?"

何乐天摇了摇头，叹了口气："我终于明白了，你为什么到现在还一事无成，还嫁不出去，你应该找找你自己身上的问题！"

这番话彻底击中了我内心最脆弱的神经。

我哈哈地大笑了起来。

"是啊，你不用提醒我，我自己来说！我三十一岁了，我一无所有！事业先不说，现在连工作都没有了，还被男朋友甩了！是啊，我是一个失败者，一个彻头彻尾的失败者！"

很快，我由大笑变成了大哭。

也许是爆发在心中的情绪突然间爆发，这情绪包括愤怒、失望、伤心，何乐天有些被惊住了。

何乐天见状，意识到自己失言了，赶紧上前来道歉："对不起，对不起。"

我沉默了片刻，平复了一下心情，意识到自己刚才的冲动和失态，然后摇摇头："你不用说对不起，你说的是事实。谢谢你提醒我，提醒我是多么失败，我是多么愚蠢！不过，我没事儿了。真相本来就很残酷的嘛。"

何乐天见我这么说，更加不安了，有些担心地说："你真的没事儿了？那你的感情怎么办？"

提到感情，提到伍宇，刚才的画面又浮现在我脑海里。

我找出手机打开了递给他看，他看完各种亲密照后，只冒出了一句："Shit！"

我突然站起身，拿起纸巾擦干了眼泪信誓旦旦："何乐天，今天你作证，我林玉兰，如果再为这个男人掉一滴泪，我就不姓林，我就是狗娘养的，你给我作证！"

何乐天半信半疑，但很快鼓掌："好样的，好样的！"

我点了点头:"从前,你和我好朋友都骂我,骂我为什么这么卑微地求复合,不过这样也好,只有这样,我才能看清楚这个男人,只有这样才能让我彻底死心。这也不失为一件好事儿!是不是?"

何乐天听了我的这番话,想了一下,然后点了点头:"你要能这么想,那就最好。"

我知道,何乐天对我的这番话是半信半疑的。不过,没有关系。因为我知道,这次我和伍宇是彻底结束了。

我打开窗户,顿时凉飕飕的秋风钻了进来,我的全身更加冷了。不过,没关系,冷才会让人清醒。我闭上眼睛,大口地呼吸着空气。

此刻,我觉得轻松了,我解脱了,我终于要从情感泥潭里挣扎出来了!哪怕是我带着全身的伤痕,但好在我终于决定爬出来了!

24 为我们的单身岁月干杯

可别指望男人成功,成功了就变成陈世美,抛妻弃子,然后找更年轻漂亮的去了。

好男人还是有的,就是好男人都结婚了。

结婚的男人也不见得是好男人,他们才不老实呢,别以为婚姻就能拴住他们,他们一边享受着老婆的正餐,一边在外面偷吃甜点呢。

"这次,我是真的分手了。我不会对伍宇抱任何希望了。这次是真的。"

在商场的露天咖啡厅,我喝了一杯冰芒果汁,对鲁敏说这番话,我以为她会竖起大拇指,特别兴奋地握着我的双手说:"玉兰,恭喜你。"

哪知道,她反应很平静。

"是吗?很好啊。我也分手了。"我以为我听错了。

"什么?你和崔宁分手了?"我惊叹道。

鲁敏依然是面无表情地点点头,仿佛是在说的别人的故事,完全不像是一个分手的人该有的状态。

不过，鲁敏一定不是被甩的那个，是她甩了崔宁。

"来，为我们好不容易的自由，为我们的单身岁月干杯！"鲁敏举起她的西瓜汁杯子碰了碰我的芒果汁杯子。

"可是——"我有很多的疑问想要问鲁敏，鲁敏摆摆手示意我不要再问，她拿出手机戴上耳机，闭着眼睛，头半仰着看着蓝天，阳光洒在她那五官颇为立体的脸上。

此刻，我看见她的脸上不仅撒了阳光，更有一种难得的淡定和自信。同样是三十一岁，鲁敏可以为勇敢抛弃一段稳定的感情而庆幸，而我却为丢掉一段变质的感情而哭泣。

那一刻，我终于看到了自己和鲁敏的差距。

鲁敏和我告别时，她在我的耳边悄悄地说了句："玉兰，好好享受你的单身生活。"然后，鲁敏就扭着她的小腰上了辆出租车。

我看着鲁敏乘坐的出租车从我眼前消失，回味着鲁敏的话："好好享受你的单身生活。"我该怎么享受呢？我依然满心疑惑。

话说，物以类聚人以群分。自从我重新回到单身后，发现周围全是单身女人，或者是离婚后的单身女人。就好像你是孕妇，结果你会发现满大街都是孕妇，因为你对自己在意的事情特别敏感。

正当我裹着浴巾从浴室里出来时，门突然开了，吓了我一大跳，我以为是有小偷或者抢劫犯。同时，我也听到了尖叫声，是女声。

我很快反应过来，面前的这个拎着行李箱的女人，应该就是我的室友吧。

"嗨，我是你的室友，林玉兰。"我一手捂住浴巾，一手伸出来和她握手。

"哎呀，吓我一跳，我以为家里闹鬼了。叫我佳佳吧。"

这是我第一次见佳佳，她估计比我大一点儿，干练的短发，带有一点儿小卷，显得很时尚。之前就听房东讲，她是做旅游节目的编导，自然就全国甚至全世界飞了。能够公费旅游，这是天下一大美事啊。

很快，我和佳佳就熟悉了。佳佳是那种洒脱豪爽的女子，有时候还有些不拘小节。她累得瘫倒在沙发上半眯着眼睛一个劲儿地说："累死了，累死了。这个时候，要是有个男人给我按摩，我肯定会毫不犹豫地嫁给他！"

我凑上前去给她按摩双肩，她"噌"地弹跳起来："啊，真有男人啊！"结果，她看见旁边的是我，这才把心放回了肚子里："哦，幸好你不是男的。我就这么一说。你说我都坚持三十五年了，哪能随便找个男人啊。"

佳佳大大方方地暴露了她的年龄。我很喜欢佳佳的性格。

第二天傍晚，等佳佳时差倒过来时，她更加活力四射了。她拉着我去酒吧。

结果，等我到了酒吧时，发现她还叫了一帮朋友，都是清一色的熟女，而我已经算年龄小的了。

很快，跟着佳佳和她们喝了一轮之后，我知道了我们聚在一起的缘由——那就是我们都是单身！单身熟女！说得难听一点儿，我们就是一帮单身老女人。

女人在一起怎么会不聊男人呢？尤其是七八个没嫁出去的老女人在一起，不仅仅是聊男人，而是异口同声地骂男人了。

"世风日下，这世界好男人都绝种了。"

"是啊，可别指望男人成功，成功了就变成陈世美，抛妻弃子，然后找更年轻漂亮的去了。"

"我觉得吧，好男人还是有的，就是好男人都结婚了。"

"屁呢,结婚的男人也不见得是好男人,他们才不老实呢,别以为婚姻就能拴住他们,他们一边享受着老婆的正餐,一边在外面偷吃甜点呢。"

这帮女人们你一句我一句,一声比一声高,俨然是一个男人声讨大会,不时引得邻桌的男士们回头。

不过女人们依旧声讨得热烈,才不管别人的眼光。这就是熟女,全然没有羞涩,反而是想说什么就说什么,说得洒脱。或者说,熟女们更加自我,或者说,这帮单身女人们早就看够了男人脸色。我默不作声,只是一个旁观者,偶尔也附和一下或者喝一杯。

终于,邻桌的男士们实在是听不过去了,拿着酒杯过来开始反击:"光说这世上没什么好男人,那有几个好女人呢?现在的女人,十几岁,毛都没长齐就被人破了身,到二十几岁都不晓得被多少个男人上过了,也不晓得喊过多少人老公了,还口口声声地叫嚣着,这世界上没好男人了,没有真爱了。这种女人活该剩下!"

没想到,此番话引起了所有女人的公愤,包括我。

佳佳尤其气愤,抓起酒杯洒了那个男人一身:"要是没有你们这些花心的男人,会有那么多女人婚前失身吗?骂女人不守贞洁的时候,麻烦你回去检查自己的下半身是否听话!"

眼看两边就要交战。果然,这是男人和女人的战争。这时候,酒吧老板赶紧出来了,求爷爷告奶奶地说:"抱歉,各位,各位,有话好好说,大家出来是寻开心的。"酒吧老板苦苦相劝,他是担心他的桌椅啊。

自从经历了这次和佳佳的酒局之后,我再也不去参加了。我发现,一帮失落的老女人在一起骂男人,过了一把嘴瘾之后,依然毫无作用,还徒增了很多负能量。所以,我还不如在家玩一会儿没营养的游戏,或者看美剧学一点儿英语。

  我又想起了鲁敏的话:"好好享受你的单身生活。"对我来说,单身的确是自由的,是无拘无束的。我可以蓬头垢面,反正也没人欣赏,化妆干吗呢?我可以成天地看剧,反正也没人来管我,饿了就订个外卖到家,反正也不会有人责备我:这多没营养啊,你太不贤惠了!

  于是,我的小窝里,杂乱无章,垃圾桶里全是外卖盒子。我一天只出一趟门,那还是睡衣也不换地将外套披在身上,然后快速地扔个垃圾袋回来继续窝在被窝里嗑着瓜子看着美剧。

  我开始了我的"宅生活"。我的生活里,不再有感情,我对伍宇彻底死了心,我的生活终于平静了,我的情绪终于不再波动了,除了美剧里的美式英语发音。

25 我很好，我必须很好很好

> 我喜欢猫。女孩子喜欢养猫，说是因为女人如猫。其实，我喜欢猫是因为猫也害怕寂寞、也爱黏人。
>
> 酸甜苦辣，这才是人生。如今你经历了苦，下一步你就要享受甜了。

最近，何乐天也渐渐地不再和我联系了。从前，我们的见面是因为工作的缘由。如今，我已经不在宣美了，自然联系就少了。当然，他不联系我，我也不会联系他。

鲁敏自从分手后，辞职回了武汉。一切都归于平静。于是，我清楚地感觉到，我比从前更寂寞了。同时，佳佳依然经常出差。在夜深人静时，我真的感到很寂寞。

当佳佳得知我失业后，她开始让我给她写节目脚本。这倒解了我的燃眉之急。我就这样一边做着兼职，一边通过美剧英剧学英语。

有时候，在给佳佳写节目脚本时，背景音乐变成了杨坤的《我比从前更寂寞》：

美梦做了又很紧张
得到越多折磨越多
这不是我要的生活
天没亮我很难过
拿着电话不知给谁拨
得到了所谓的太多
我却比从前越来越寂寞
……

寂寞。我不得不承认,我很寂寞。深入骨髓的寂寞。

于是,我在微博上帮人养了一只猫。只是短时间的,因为主人要出差。

我喜欢猫。女孩子喜欢养猫,说是因为女人如猫。其实,我喜欢猫是因为猫也害怕寂寞、也爱黏人。

这只不太纯的英国短毛猫曾经是一只流浪猫,但依然不影响它的漂亮,我给它取名"小可爱",最关键的是,它是如此黏我,只要我外出去超市买东西回来,它都会跑出来迎接我;当我在电脑旁写东西时,它都会蹲在我脚边守着我;当我来大姨妈肚子疼时,它都会偎在我的肚子上暖着我;当我准备上床睡觉时,它都会第一时间跳进被窝里等着我。

我抱着我的"小可爱"看着美剧,心里有了慰藉,也许下半辈子只有宠物相伴,这日子也不错。那些结婚生子的老头老太太们,最后不就是只有宠物相伴嘛。我们楼上的一个老太太,每天定点出门遛狗,对她的狗狗就像儿子一般疼爱,六十多岁的她,老伴儿离去,儿子和女儿都在国外,她一个人在国内和狗狗相伴。

很快，秋天过去了，就是冬天。我知道：冬天来了，春节就来了。

我害怕过春节，太害怕了。我害怕父母和三姑六婆的催婚，尤其害怕回老家看到同学们一个个都拖家带口的拜年，就我是孤家寡人。

关键是，我爸妈根本就不知道我和伍宇分手了。我终于明白淘宝上的"租个男友回家过年"为啥火爆了，因为真的有市场。

问题是，我没法把伍宇带回家，我也做不到去租个男人回家过年，我更没法再忍受爸妈的催婚。所以，我决定今年过年不回家了。

我宁愿在异乡孤独地过年，也不要为面对父母苦苦编造为什么没带男朋友回家的借口。我累了。编借口我也编累了。

可是，不回家，我也要编借口。我编了一个借口，那就是：换礼品公司了，节假日最忙。

终于，这个借口勉强过关了。

于是，大年三十，我一个人在家吃着火锅，看着春节联欢晚会，就着青岛啤酒，看着窗外绽放的烟花。

我的春节，没有爱人在身边，没有亲人在身边，只有一个人的晚餐。窗外的璀璨烟花，热闹的鞭炮声，以及那些电视里的天伦之乐阖家团圆，统统都不属于我。

喝完了一听青岛啤酒，我的眼泪终于没有忍住。也许是啤酒化成了泪水。

那一刻，我感觉自己是丧家之犬。

我暗暗地对自己说：林玉兰，明年春节，你一定不能过得这么惨！

不过，我又很快安慰自己：林玉兰，酸甜苦辣，这才是人生。如今你经历了苦，下一步你就要享受甜了。

此刻，手机里各种拜年短信蜂拥而来。

我收到了何乐天的短信问候，我只发了三个字："我很好。"
然后，我关掉了手机。
是啊，我很好。
我必须很好很好。

26 我开始习惯一个人的生活

这年头还有什么比钱更实在的,你不收,他也给别的女人花了。什么感情啊,那都是虚的。什么甜言蜜语啊,那也都是虚的。

我开始尝试习惯一个人的生活。
我开始尝试习惯天要下雨时不再有人提醒我要带伞。
我开始尝试习惯天气转凉时不再有人提醒我要添衣服。
我开始尝试习惯一个人抱着一桶爆米花去看午夜场电影。
我开始尝试习惯一个人坐在大排档前啃着烤串就着啤酒。
我开始尝试习惯在深夜回家的时候只有猫咪来门口迎接我。
我开始尝试习惯灯泡坏了马桶坏了下水道堵了靠我自己去搞定。
我开始尝试习惯冰冷的被窝,不再期望有个高热量的人给我暖被窝。
我开始尝试习惯回到家中只做一个人的饭和菜,可每次都超量造成浪费，然后一个人在夜灯下看着美剧慢慢地吃完。

我开始尝试习惯下飞机的时候，不再给谁发平安短信，也不再期望有人问候我是否平安着落。

我开始尝试习惯晚上打出租车时不再给谁发出租车车牌号过去以保我平安，也不再期望有人叮嘱我注意安全。

我开始尝试习惯自己的喜怒哀乐和他的喜怒哀乐，都不再有直接的关系。

……

总之，所有的尝试只有一个目的，就是忘记过去，忘记伍宇。

生活就是这么戏剧。你苦心要抓住时，他却拼命要溜走。你决心要放弃时，他却又回头了。

我没想到，伍宇会主动找我。我不知道他是怎么找到我的，毕竟相处了七年，他对我也够了解，要有心找我肯定是找得到的。

他来到我租住的房间，当我开门的刹那，看见他的脸庞，我第一次觉得有些陌生。

我终于体验到了"习惯"的力量。因为我开始尝试"习惯"没有他的日子，如今他突然冒出来，我反而不习惯了。

我嘲讽伍宇："你不是希望我不纠缠你吗？怎么，你倒是要来纠缠我了？"

伍宇径直推开门进了客厅一把坐在沙发上，并将一张银行卡放在我面前。

"玉兰，我不知道你现在境况这么艰难，是我不好，是我的错，这算是我对你的一点儿补偿。"伍宇说得很恳切。

补偿？这就是传说中的分手补偿？

"补偿？我跟你又没有结婚，你没有义务给我分手费或者赡养费。"我淡淡地说。是啊,我跟伍宇本来就没结婚,谈恋爱分手是很正常的事情。

"玉兰,就算我们没在一起,我也希望你好,过着安逸的生活。我们做不成夫妻,做不成恋人,还可以做亲人,还可以做朋友。"伍宇抬头看着我,他的眼神明亮,透着恳切。

我差点儿被这恳切的眼神给感动了。但很快,我又想起了他从前的谎言和对我的欺骗。

"亲人,朋友?对不起,我做不到!我们只能做陌生人,只能做最熟悉的陌生人!"

是啊,我好不容易开始习惯一个人生活,习惯伍宇从我生活中消失,然后,他冒出来说我们还可以做亲人和朋友。那么,我的下半辈子岂不是毁在这个男人手里了,让我走不出过去,也看不到未来。

"而且,我相信,从最熟悉的陌生人,到真正的陌生人。因为,假以时日,我将彻底忘记你,你就再也不是我熟悉的人了。"我说出了我的心里话。就冲今天他站在门口的刹那,我觉得陌生的刹那,我知道,我林玉兰是可以做到的。

伍宇叹口气颇为自责地说:"玉兰,我做不到你想要的样子,我就是天生热爱自由,热爱追逐,我做不到你想要的忠诚和专一,虽然你口头说可以接受和包容,但是,你越这样为我改变,我就越会愧疚。这里有五十万,是我这些年的积蓄,我留给你,你凑一凑估计够一套小房子的首付了。"

此刻,我什么都听不进去了,我拿起银行卡,看了看,然后"啪"地扔到了地上,情绪瞬间很激动:"谁要做你的亲人?谁要做你的朋友?谁稀罕要你的补偿?我要是一辈子不幸福的话,我就要你愧疚一辈子!"

伍宇见我情绪不稳，直接转身要离去，我追上去把银行卡硬塞还给了他，心想：我才不要你的补偿费，我就要你永远欠我的！

后来，鲁敏知道伍宇要给我五十万分手补偿时，一个劲儿批评我："你说，你就是傻！这年头还有什么比钱更实在的，你不收，他也给别的女人花了。什么感情啊，那都是虚的。什么甜言蜜语啊，那也都是虚的。从这个角度来看，伍宇也算个男人算个爷们儿！他能给你分手补偿，说明他还算有些良心，说明他对你有愧疚，有愧疚就是因为有感情。再说了，你现在就一穷光蛋，装什么大款啊！"

我估计很多人都会说我傻，既然留不住人，那留住一些钱财也是好的。人和财，总得有一样吧，不能人财两失啊。

说实在的，后来，当我在ATM机旁看着银行卡仅有的余额，当我又要开始交一个季度的房租时，我真的有些后悔，差点儿打电话给伍宇说："上次的银行卡给我吧。"

不过，我还是忍住了。我对伍宇有恨！如果我收下了伍宇的分手费，那他就可以心安理得了，那他就觉得两不相欠了。

不，我要他欠我的，欠我一辈子！

当然，还有另一个原因，如果收了伍宇的钱去买了房子，那我就可能天天住在有伍宇回忆的房子里，那我怎么会彻底忘记他开始我的新生活呢？

终于熬到了大年初六，返京的人多了起来，火车票依然一票难求，而飞机票更是没有一点折扣。看着熙熙攘攘排队买票的人群，我心里有一丝丝的安慰，这就是过年不回家的好处，至少我不用挤入这春运大流，这种拥挤，挤得毫无尊严。最关键的是，我省钱了。这年头，荷包不鼓，回趟家都回不起了。来回路费可能就得四千，再加上各种礼物和红包，上万就轻松地花出去了。

那些在外打了一年工的农民工，为了买到一张回家的火车票，彻夜排着长队，虽然很辛苦，但是他们内心欢喜，他们是为了家里等着他们的老母亲和妻子儿女。那样的普通家庭，其实很幸福。打拼的人幸福，等待的人也幸福。

我知道，那是家的召唤。

可过了年之后，他们又开始排着长队买票去外乡赚钱，带着亲人的期望。

而我的家呢，家里只有催婚的亲人。我害怕面对他们。所以，我选择了留在北京，哪怕孤独，哪怕寂寞，也不愿意承受亲人给我的压力，哪怕我知道他们是出于关心我。

当大家要忙着上班的时候，开始一年新计划的时候，伍宇又来找我了，这次他拎来了一大堆礼物。

"这是给你爸妈的礼物。"伍宇说。

是啊，每年过年，伍宇都让我带礼物回家给爸妈，大都是一些补品什么的。这次是一些东北的人参。每次爸妈收到这些礼物，嘴里说着："哎呀，破费了。"其实，心里总是美滋滋的。

伍宇肯定猜到了我还没有告诉父母我和他分手的事实，所以这次依旧按照习惯带来了礼物。

我把这堆包装华美的礼物扔到了地上："不用了。梦，终究会醒的。我不想做梦了！以后，你也别再为我父母准备礼物了！因为你已经没有资格了！"

当我说出"你已经没有资格了"这句话时，我有一种说不出的畅快。

伍宇的脸上是愧疚和无奈。

我把他的一大堆礼物塞到了他怀里，然后把他推出了门，再"砰"

地把门关上。

是啊，梦终究会醒的。

骗了一次，那就要继续骗下去，那得骗到何时？我可不想伍宇再出现在我的生活里，我不想再和他有任何瓜葛了。

伍宇，你已经没有资格，你就等着后悔吧，后悔错过了我，后悔没有好好珍惜我！

那么，我林玉兰必须要逆袭啊！

27 逆袭的戏码

你看看你，蓬头垢面，整天看美剧玩游戏，垃圾桶里全是一次性餐具，洗衣机里全是没洗的衣服！你说，你这样的女人，还有哪个男人要你，还有什么未来？

你想要有未来的话，就必须改变，必须蜕变！这个日记本将记录你的蜕变过程！这个日记本将见证你的蜕变过程！如何？

逆袭的戏码我只在影视剧中看见过，而且还是那种偶像剧。

可是生活不是偶像剧，生活是狗血的伦理剧，残酷荒诞比想象中还要现实。

可该如何逆袭呢？真的能逆袭吗？我非常怀疑。

所以，我还是照样看美剧玩游戏。只有在看美剧和玩游戏时，我才不觉得寂寞，我才可以忘记自己的失败。沉醉在"植物大战僵尸"里一道道通关的成就感中。虽然我知道游戏就是精神鸦片，可是爱情不也是精神鸦片吗？我只是用一种鸦片代替了另外一种鸦片。

也许是熬夜玩游戏，所以我在第二天快中午时才醒来。这时候，我好像听到了有人敲门。心想，这人可真及时，我刚起床就来敲门。早一分钟，我都还在睡觉呢。

我揉着眼睛开了门，看见门口站着一个穿着咖啡色毛衣的帅哥，透着英伦范儿。我定了定神，嗯，是何乐天。

"才起床？"何乐天一边进门一边问。

"明知故问。"我拨弄着凌乱的头发，有些漫不经心，或者说起床后头脑还没完全清醒吧。

这时候，我听到一声长长的叹息。

我诧异地看着他。

"玉兰，你不是不止一次地问我，三十多岁还单身的女人是否还有未来吗？我告诉你，如果就像你这样的话，那注定是没有未来的！"何乐天的声音非常严厉，前所未有的严厉，而且眼神充满了鄙视。这种眼神真的很伤人。

我没有说话，只是听着。

这时候，何乐天从桌子上拿过我的镜子递到我面前："你看看你，蓬头垢面，整天看美剧玩游戏，垃圾桶里全是一次性餐具，洗衣机里全是没洗的衣服！你说，你这样的女人，还有哪个男人要你，还有什么未来？"

何乐天指着客厅里的垃圾袋，再指着旁边的洗衣机。屋子小，家里的陈设他很快就知道。他的话就好像一把尖锐的刀，刺入我的心脏。

好疼，好疼。

"我有没有未来，不关你的事！你是我什么人？我们井水不犯河水，你给我出去！带着你的优越感给我出去！"也许是被刺得太疼，我开始反击。

我气愤地把何乐天推出了门,然后"砰"地关上了门。

当我回到客厅时,看着垃圾桶里的一次性餐盒,禁不住大哭了起来。我拿起一次性筷子一次次地戳着一次性餐盒,发泄我的愤怒。

"蓬头垢面,整天看美剧玩游戏,垃圾桶里全是一次性餐具,洗衣机里全是没洗的衣服!你说,你这样的女人,还有哪个男人要你,还有什么未来?"我咀嚼着何乐天的话。虽然如此刺耳,但他说的却是事实。

哭了一段之后,我才渐渐平静了情绪。我干吗要对何乐天发火呢?我拿着镜子看着自己的脸,是啊,最近总熬夜,皮肤太差了。

也许是因为单身的原因,觉得没有装扮的必要,也变得懒散了。所以,才会有现在的懒散的我。

第二天,我主动打电话给何乐天,鼓起勇气说:"乐天,昨天是我情绪失控,其实,你说的有道理。也许,我真的到了非得改变的时刻了。只是,每次想法和行为总是不一致。"其实,我何尝不知道我该改变,我何尝不知道再这样下去肯定完蛋,可是当面临现实是,我选择了懒散和放纵。

何乐天听了我这番话,心情自然很好:"哦,昨天我说话也过了一点儿。"

这句之后,电话里出现了沉默。我不知道该说什么。

"那,挂了啊。"我说。

"等,等一下,对了,晚上见个面吧。有事儿。"

"好。"我回答得简单干脆。

我赶紧收拾了屋子,也收拾了下自己。我可不想这次何乐天见到我还骂我没有未来。

很快,晚上八点,何乐天拎着公文包来我家串门了。他说有事儿,会有什么事儿呢？我正好奇。

当何乐天走进来，看见收拾得干干净净的屋子，以及化了妆的我，略有些惊讶，不过他什么都没有说。

此时，何乐天从兜里拿出一个包装很精美的礼物递给我："你的，新年礼物。"

我迟疑了一下，我实在没有想过会在过年收到新年礼物。

我还是收了，因为我实在好奇他会送我什么礼物。

一边拆一边说："来串门就串门嘛，还带什么礼物。"

拆开层层精美的包装纸，终于，我看见了，是一个日记本，是一个很精美的日记本。

这家伙，送我日记本干什么？我早就过了写日记的年龄啊。写日记，那是很久以前的事情了，小学时，老师让我们每天都要写日记，通常日记上写着："今天，我在上学的路上，看见了一个老婆婆过马路，于是，我赶紧上前扶她过马路，然后老婆婆拉着我的手说：'小朋友，你是乖孩子。'我听了很开心，心里觉得比吃了蜜还要甜。"又或者写着："今天，我在放学的路上捡到了钱包，我大声问是谁丢了钱包，结果没有人回应我，于是我把钱包交到了警察叔叔手里。警察叔叔夸我拾金不昧。"……

可是，如今，我看见了老婆婆过马路，可能还是会去扶，只是我会担心她会不会假装摔倒讹我；如今，我捡到钱包还是会交给警察，只是我担心这些钱是否能归还给失主。

我不写日记很多年。一度，我觉得写日记是很傻的行为。

记得，我情窦初开的时候，也在日记本上写过暗恋谁谁、希望和他同桌的日记。那日记本是上锁的，非常精美，那时候同学间的生日礼物就有送日记本的。

结果，我明明上锁的日记本竟被我妈偷看了，她还告诉了我爸，还在饭桌上批评我："你现在的主业是学习，是考重点高中，不要去谈恋爱！"我当时就很生气，本来情窦初开就不好意思，结果就这么被揭发了。

后来，我发誓不再写日记了。如果我把最真实的想法都写在日记里，那么有一天别人看见了日记就了解了我内心的所有秘密，这太恐怖了。我不要别人猜透我的内心，否则就像一杯白开水没意思了。

直到现在我才发现，我和伍宇分手也许就是因为他太过熟悉我，熟悉我内心的想法，所以，我对他来说就是一杯没有味道的白开水吧。

之前在网上看到过某局长写桃色日记被曝光在网上的新闻，我只想说，这些人太他妈的傻了。

如今，看到何乐天送给我的日记本，我笑了笑："很特别的礼物。谢谢。"

何乐天突然很严肃地看着我："你想要有未来的话，就必须改变，必须蜕变！这个日记本将记录你的蜕变过程！这个日记本将见证你的蜕变过程！如何？"

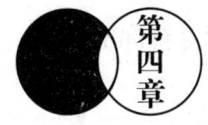

没钱没能力恋爱，更没能力单身

28. 这个日记本里装着你的未来

29. 没钱没能力恋爱，更没能力单身

30. 我丝毫没有讨价还价的资格

31. 我永远都不会原谅你

32. 狗血的人生不需要解释

33. 因为孩子而存在的早已腐朽的婚姻

34. 在爱人之前先爱这个世界，在爱这个世界之前先爱自己

35. 直面单身，单身并不是可耻的

36. 有情人也许不是真的终成眷属

37. 单身女人的生理需求如何解决？

28 这个日记本里装着你的未来

我的改变从生活习惯开始。我不再睡懒觉,不再熬夜,不再吃没营养的外卖。我可不想在没找到男人之前就满脸皱纹,我可不想在没找到男人之前就挂掉了。

虽然说最美的时间遇到最好的人是一件幸福的事情。但是,有多少女人能如此幸运呢。所以我得保证在遇到对的男人时,我还有青春,还是比较美的样子。

对!就是要俗,你看这在世上活得好的人,哪个不俗?不俗那是仙!你不仅要把自己当成一件商品,还得是一件有价值的商品,而不是一件无价值的废品。废品,注定是要被人抛弃的。

我没想到何乐天会对我说这番话。心有灵犀,说的就是这种情况吧。

我才想过要来一场"逆袭"呢,他就拿出日记本要我记录我的蜕变。

好家伙,仿佛这个日记本里就装着我的未来一样。

这一刻,我突然意识到,何乐天对我来说就是一个天使、一个贵人,就是我的阳光。难怪他叫"乐天",他的名字对我来说就是满满的正能量。

我发现,我不能小看站在我身边的这个比我小的男人。他的心智比我成熟,他比我有魄力,比我勇敢,他能将房子卖了去创业,去追求高风险、高回报，去面对一个不确定的未来。

我愣了片刻，开始翻看日记本。这是一个很可爱的日记本，每一页都有一个 Hello Kitty 的小头像，还有各种心灵鸡汤的句子。

何乐天从兜里掏出一支签字笔，在日记本第一页上写着："Lan 之蜕变"的标题，然后把笔递给我。

我惊讶地说："你干吗对我这么好？不会对我有什么想法吧？"
我顺口一问。

没想到何乐天回答得比什么都快："想法？当然有了，好莱坞电影看过吧，超人、蝙蝠侠、蜘蛛侠，等等各种侠，我就是那某一类，喜欢拯救别人于水深火热之中。"

听了这番话，我心想也是，我又穷又老又丑，他哪里还会对我有什么想法呢。英雄情结，男人都有英雄情结。这点，我还是懂的。

我点点头开始全身上下打量他："嗯，那我就放心了。成就感，我懂的。可是你也没内裤外穿啊，你也没长蝙蝠翅膀，也没结蜘蛛网啊。"我打趣道。

何乐天被我打量得不自在了，笑着说："拜托，新超人内裤已经不外穿了，不过你要看，我倒可以给你看。"何乐天作势要脱裤子。

我大手捶了他一下："去，我才不要看！"

"哎哟，"何乐天尖叫了一声，"你还真使劲儿啊。"

"我当然真使劲儿了，你又不是纸做的！对了，你不是英雄吗？还怕这一下啊。"

何乐天摇摇头反驳："英雄也不能总当英雄啊，英雄也有普通人的一面好不好。"

也对啊。超人在没拯救世界时也是普通人。

突然，何乐天的表情又严肃了，他每次要说正事儿时表情都很严肃,前一秒还插科打诨,下一秒就铁面无私一般。

"知道第一页第一步写什么了吗?"他像一个考官一般地看着我。

我拿起这个精致的日记本,然后在日记本上写了这么几个字:第一步:养成积极的生活习惯,做一个精致的女人。

是啊,我必须得改变了,我不得不改变了。我可不想真的有一天孤独终老,白发苍苍步履蹒跚地在老人院里等死,甚至到了六十岁还要被房东催房租四处搬家流浪。

我的改变从生活习惯开始。我不再睡懒觉,不再熬夜,不再吃没营养的外卖。我可不想在没找到男人之前就满脸皱纹,我可不想在没找到男人之前就挂掉了。

虽然说最美的时间遇到最好的人是一件幸福的事情。但是,有多少女人能如此幸运呢。所以,我得保证在遇到对的男人时,我还有青春,还是比较美的样子。

"也许我已经不再青春,但是我可以做一个精致的女人,我再也不会蓬头垢面了,再也不会邋遢散漫了。"我下了很大的决心。如今,我亲自写下了宣言,一定要遵守。

何乐天对我的回答非常满意,一个劲儿地点头:"嗯,有悟性嘛。这就对了,你说,你总熬夜加班倒还算了,是玩游戏,玩游戏又没人给你发工资,熬夜毁皮肤,那可是再贵的化妆品也换不回来的,还有,你说你总点外卖,那多没营养啊。瞧你这脸色,一看就是营养不良!"

我一个劲儿地点头:"嗯,有道理,有道理。好啦,我明天就去买猪蹄炖汤!"

这时候,何乐天的脸上终于露出了笑容,然后我也跟着笑了起来。

"那我第二步该怎么做?"

是啊，养成积极的生活习惯，做一个精致的女人。这是从外在改变我自己，可是我知道这远远不够。

何乐天又从我手里取过笔在本子上一个字一个字地写上："第二步，Sense，培养理财意识和经营意识。"

何乐天一边写一边说："意识决定行为，你想要蜕变，想要逆袭，那就要从根本上的意识——Sense 的改变开始。你现在单身，想要老了以后不流浪街头，就要学会理财，更要学会经营你自己的人生。记住，现在是我投资你，而你却要投资你自己。"

是啊，我的前三十年过得太随意了，过得太依赖别人了，缺乏理财意识，缺乏经营意识，这才导致我三十岁后一事无成、一无所有。我意识到一个问题，那就是把我放在人才市场上，我是那种没有核心竞争力、随时都可以被替代的人。这太可怕了。

"投资自己？那岂不是把自己当成一件商品？那多俗啊！那多赤裸裸啊！"我有些不明白。我怎么能是商品呢？我怎么能是随意被买卖的商品呢？

"对！就是要俗，你看这世上活得好的人，哪个不俗？不俗那是仙！你不仅要把自己当成一件商品，还得是一件有价值的商品，而不是做一件无价值的废品。废品，注定是要被人抛弃的。"何乐天继续说，此刻，他的做派像极了大学老师。

何乐天说得有道理。我林玉兰，从前就是太清高了，太不把"钱"当回事儿了。认为没钱也可以过很快乐的生活。可是，我快乐吗？我并不快乐啊。

我一听"抛弃"这个词，小心脏被触动了一下。天！我不就是被伍宇抛弃了吗？

"我不要做被人抛弃的废品，我要做有价值的商品，我要做被无数人争相抢购的商品,甚至还需要提前订购才能买到。"

书上说"二十几岁决定女人"的一生,那么,我的二十几岁则是以惨淡收场,难道我的一生就这么完蛋了吗?

不是,不是的。如果就这么完蛋了,我是不甘心的。

那一刻,我有一些感动:"乐天,谢谢你。"

何乐天笑了笑:"大恩不言谢,以后再慢慢回报我吧。我这个人喜欢做投资,而且愿意冒风险,除了投资面包店,我还投资——人。记住,我看好你!"

"可是,为——"我正要问"为什么",何乐天摇了摇头严肃地说:"不要问为什么,这世界不是每个人做每件事都是有原因的。有时候,更多的时候是一种情不自禁。我只想帮你,我也想证明我自己。"

于是,我又把心中的疑虑埋了下来。我不再问。

不过,被何乐天这么一鼓励,我的心情好了很多。被人投资,被人看好,这是天大的好事啊。我林玉兰,一无所有的林玉兰,居然还有被投资的价值,所以我还不是很惨嘛。

我收下了何乐天的日记本,细细地揣摩着他写给我的话。他说,剩下的让我自己去把这个日记本填满。

我抱着日记本,坐在窗前的摇摇椅上,窗外的阳光刚好沐浴在我的脸上。

在黑暗的荒原里,我仿佛看见了一丝光亮。

我闭上双眼,嘴角终于露出了一丝微笑。

嗯,有一本日记,就算有一天,我孤独终老去世后,还有东西证明我在这个世界来过,那也方便有人给我写本回忆录啊。

29 没钱没能力恋爱,更没能力单身

如果你没钱,单身对你就更是灾难了,这灾难不输于世界末日。想要一个人生活,就必须要有经济保障。所谓单身,那就真的意味着没有男人养你,没有让你做家庭主妇的机会,那就更得要有经济实力了。所以,女人,在你遇到愿意保护你、疼爱你、宠爱你的那个男人之前,你必须要像一个男人一样去奋斗和生活。

当一个女人能够掌控她自己人生的时候,她嫁给谁都不会畏惧,都不会惧怕,都不会因为谁不要自己而难过。感情这事是人生中的小事,经营自己的人生才是大事!

最近,我越来越认识到一个道理:没钱没能力恋爱,更没能力单身。

前者很好理解,特别是男孩子谈个恋爱,吃个饭看个电影打个车,约会一次几百元就没了。这对那些领着几千元工资还租着房子的屌丝男们来说,真的是一笔不小的开支。

后者呢,如果你没钱,单身对你就更是灾难了,这灾难不输于世界末日。想要一个人生活,就必须要有经济保障。所谓单身,那就真的意味着没有男人养你,没有让你做家庭主妇的机会,那就更得要有经济实力了。所以,女人,在你遇到愿意保护你、疼爱你、宠爱你的那个男人之前,你必须要像一个男人一样去奋斗和生活。

如果你有一项属于自己的事业、一份喜欢的工作、一张足够自己花的银行卡，那么就算单身你也不至于恐慌，因为就算不结婚，也不会影响生活质量。

鲁敏跟我说："当一个女人能够掌控她自己人生的时候，她嫁给谁都不会畏惧，都不会惧怕，都不会因为谁不要自己而难过。感情这事是人生中的小事，经营自己的人生才是大事！"

如今想来，鲁敏要和崔宁分手，也许是她经营人生的某一步吧。

我完全赞同何乐天写的："第二步，Sense，培养理财意识和经营意识。"

问题是：我现在无财可理啊，我现在也没什么可经营的啊。迄今为止，我银行卡上的余额除去房租后不到一万元。在北京这样的高消费城市，仅仅靠兼职这种不固定的收入是远远不行的。我是丝毫没有安全感的，就连做梦都梦见没钱了被房东扫地出门。

我把这个问题反馈给何乐天，何乐天的回答是：首先，你在日记本上可以记账，理财意识从掌握你每天的收入和支出开始，这样，你就知道每天挣了多少钱和花了多少钱。

话说，我从前是从来不记账的。我总认为只有那种上市大公司才需要记账。我们这种月薪才几千元的小白领何须记账呢，因为一共也没几个银子。不过，每个月还没到月底，上个月工资就花得差不多了，但又想不起来花在了哪里，我相信很多人都有这种感觉。

所以，我听从了何乐天的建议：

第一，我开始尝试记账，从买米买菜到为地铁卡充值，我都通通记上。

第二，我开始关注财经新闻和股市动态。像我这种写文案的小女生（瞧，我到现在还不承认我已经是熟女了，内心还是住着一个小女生），从前是丝毫不关心GDP、上市公司动态、道琼斯指数、黄金白银涨跌的，最多关心一下房价涨了多少。

最开始，看这些财经新闻很枯燥，但很快，我就发现，经济和生活如此息息相关。于是，我开始养成了一个习惯，每天早晚都会关注一下财经新闻。换从前，都是关注明星八卦。

三十岁之后，我不能再去追星了，追布拉德皮特、张东健、玄彬。我认识明星，可明星不认识我；我关注明星私生活，可明星不管我死活。

理财意识有了，经营意识呢？我经营什么？我又没店铺可经营。"你自己，你自己就是最好的品牌，你的人生就是最值得经营的。就像你拿了一副牌，你不好好打，也会照样输掉。何况，你拿的牌并不是很好，那就更要花心思了。"他的这番话好比警钟一般在我耳边敲打。

可如今，意识是改变了，但更急需改变的是我的银行卡余额。

所以，我在我的日记本上写了第三步：Money，赚钱，增强自己的经济实力！

说得直白一点，就是我要赚钱，赚钱，赚钱。我恨不得把貔貅、金蟾、财神爷都请进家里来。

我开始佩服那些经济独立且具有经济实力的女人，我甚至开始佩服那些女强人。她们是多么了不起啊！

我开始明白：每个独立的女人心里都住着一个男人。

如果不是生活所迫，我是不愿意变得这么俗的。从前，我觉得《芙蓉镇》里的豆腐西施或者是《生活秀》里卖鸭脖的来双杨那样的女人太过市井气，太过铜臭味。

现在，我才明白，不论是豆腐西施还是来双杨，哪个不是为生活所迫呢？哪个是生下来就喜欢在露天摆个摊儿使劲儿吆喝的？哪个不希望过着养一养花、逗一逗猫咪、弹一弹钢琴的养尊处优的日子呢。

只是，命不同。

既然，我没有生在富贵人家，我就必须世俗、现实且独立。

30 我丝毫没有讨价还价的资格

你要学会管理自己的情绪！不能让自己这么情绪化。记住，一个成功的人，一定是一个懂得控制情绪的人！

我想起了从前伍宇对我说的："玉兰，我就爱你这种脱俗的气质，就像你们家的黄果兰花香，不艳丽，但沁人心脾。"

后来，伍宇又对我抱怨过："玉兰，你就是太脱俗了，我是做工程的，我要讨好客户，去应酬，我去风月场所那都是情非得已。这世界不只有黑与白，还有大片的灰色地带。"

是啊，我的脱俗，既是优点，也是缺点。爱你的时候，就是优点，不爱的时候，就是缺点。

现在，我终于明白，像我这种在这个大城市无依无靠的人，只能变得现实了。我买一斤西红柿也必须要讨价还价，哪里像富家千金或者干女儿们买个爱马仕那么二话不说，还可以说每种颜色来一个。

可是如何增强我的经济实力呢？如今，仅仅靠给佳佳的旅游栏目写脚本是不够的，我还得寻找更多的赚钱机会。比如，给更多公关公司写文案。

可是，接活儿这种事儿，自己根本无法控制，旱涝不保。

看来，我还是找个工作吧，至少每个月能拿到固定的薪水，旱涝保收。可是，刚开年来，虽然机会多，但是大家都在跳槽，竞争也很大。

其实我已经有三年没有找过工作了，我已经在"宣美"待了三年。如今又要加入求职大军，穿梭于各大招聘会，在拥挤得让人喘不过气来的招聘会大厅里，我再一次感受到生活的残酷和现实。

我看着面前的简历表，在二十四岁至三十岁的岁月中，可填的干货实在是少之又少。我发现适合我的职位少之又少。行政和前台，我已经过了那个年纪了，那是年轻貌美的刚毕业姑娘的职位。各公司都缺销售，可是我没经验，更没客户资源，再说了做销售就难免要喝酒，我一滴白酒都沾不了。所以，销售这碗饭，我是吃不了的。

我有什么本事？我有什么才能？我能做什么？我还能做什么？我不断地反问自己。从前，我从来没有思考过这些问题。

最后，我得出一个结论：除了干老本行文案之外，我什么也干不了。

难道我一辈子就要当一个小文案吗？一想到这个问题，我就开始心慌。从前，我没有职业规划，如今，一旦有了规划意识，才发现自己的底子太差了。

不过换个角度想，至少我是在三十一岁的时候问自己这个问题，如果再晚一点，那要调转船头就很难了。

这就是我缺乏经营意识带来的结果。所以，我处于被人选择的局面,丝毫没有讨价还价的资格。

我像是那菜市场里摆着的苦命挣扎的鱼,待价而沽。

我终于感受到了前所未有的危机,也感受到了前所未有的痛苦。如果,我不在这时候醒悟过来,这一辈子可能就再也无法翻盘了,也更不用谈逆袭了。

我坐在书桌旁,翻看着何乐天送给我的日记本,看着他给我写的"Lan之蜕变":第二步,Sense,培养理财意识和经营自己的意识。

我一遍一遍地念着这一条,我要强化意识!我要熟记在心。问题是,我该如何突破呢?我像一只急躁的小狮子,在小屋子里不安地踱步。光有观念是不行的,我怎么去赚钱啊。我没什么特殊技能,更没资金,我的人脉单纯得就剩同学了,我该怎么去赚钱啊!

赚钱,唉,以前有男朋友的时候,根本就不用担心这个问题。我一直认为,"赚钱养家"这种事情是男人干的,女人只需要温柔体贴会花钱就好了。以前,伍宇就这么对我说的:"玉兰,我不希望你工作太辛苦,你就赚点零花钱就好了。大钱我来赚。"那时候,听到这样的话,心里那个美啊。

所以,在从前的七年里,我是没有什么赚钱观念的,在工作上更无上进心。这一刻,我有些恨伍宇。如果我一开始就没遇到伍宇,如果我一开始就单身,那我在七年前就已经学会赚钱,学会如何养活自己,不至于在三十一岁这个尴尬的年龄一切都要从头开始。

要么别给希望,最怕给你希望最后又带给你失望,然后留给自己的就是失望。

这时候,何乐天打来电话:"干吗呢?"

"烦躁中,想死的心都有了。"我如实说。是的,我此刻的心情很糟糕。

"别啊。坚持一下,这蜕变啊,就像毛毛虫化羽成蝶,之前都是痛苦的。好好熟悉我给你的蜕变秘籍,要理解其精髓啊。"

"好吧,我知道了,你就是来监督工作的!"

"是啊,我是你的投资人,我要对你负责。当然,你也要对我负责。"

"嗯。"然而此刻,我的脑海里是伍宇。我对伍宇充满了抱怨。

"怎么不开心了?又想起他了?"何乐天从我的语气里听出了不开心。

"嗯。"我也不隐瞒。我没必要隐瞒,隐瞒多累啊。

何乐天在电话那头沉默了片刻说:"玉兰,你要学会管理自己的情绪!不能让自己这么情绪化。记住,一个成功的人,一定是一个懂得控制情绪的人!你不能让你的过去毁了你的现在!还有,以后想他难受的时候,就给我打电话或者找我吧。"

"好吧,我知道了,我会调整好的。"我说。

是的,我会调整好的。听到何乐天的这番话,我的心底升起了一股暖流。

31 我永远都不会原谅你

我知道,再也没有一个男人保护我,再也没有一个男人去帮我抵御这个成人世界的虚伪、欺骗、伤害了。更残酷的是,那个宣称要保护我的男人,却带给了我最大的欺骗和伤害。

真正的忘记,就是你听见一切有关他的消息,看见一切有关他的东西,都没感觉了。那才是真的忘记。

正当我在小屋子里烦躁不安地来回踱步规划自己的职业时,伍宇出现了。

"你来干吗?我这里可没你什么东西。"我作势要关门。

他眼明手快地制止我关门,然后飞快地从包里拿出银行卡递给我:"玉兰,别再逞强了,生活很现实的。"

"逞强?你以为我是在逞强?你是不是断定我林玉兰没有你就过得特别惨?"我的情绪又开始不稳定了。何乐天告诫我要控制情绪的话早就抛到脑后了。

伍宇没有说话。

"是啊,现实,我现在知道什么是现实了。是谁说过要保护我不让我变得世俗和现实的？"往事历历在目，我的眼泪在眼眶里打转，硬是没有让它掉下来。

我知道，再也没有一个男人保护我，再也没有一个男人去帮我抵御这个成人世界的虚伪、欺骗、伤害了。更残酷的是，那个宣称要保护我的男人，却带给了我最大的欺骗和伤害。

"我希望我爱过的女人一世安好，你以后缺什么、有什么困难，我都会第一时间帮忙的。"伍宇留下了这句话就转身离开了。

我对着他的背影大吼："你别以为你说这些话我就会原谅你，我永远都不会原谅你！"

伍宇走后，我整理茶几，才发现伍宇把银行卡放在了杯子底下，卡下还有一张字条："密码是你手机号的后六位。"

我端详着这几个字，一时竟然无语凝噎。这字体，曾经是多么熟悉啊。可如今，竟有一种恍如隔世的感觉。

我把伍宇给我银行卡的事儿告诉了鲁敏，鲁敏匆匆接了电话，她现在换了工作搬了家，仿佛很忙的样子。她说晚些打给我。

鲁敏和崔宁的分手，跟我和伍宇的性质是完全不一样的。对于鲁敏来说，分手是一种解脱，没有丝毫的痛苦，而我对于鲁敏和崔宁的分手只是觉得很可惜。

后来，在咖啡厅里，我问她："你放弃了崔宁，一个有才华对你又好的男人，你就不怕后悔吗？"她笑了，抿了一口拿铁说道："后悔，那是未来的事情，至少现在我不会后悔。"

"这个伍宇还挺坚持的啊，他是真心想要以这种方式跟你道歉。这年头，男人能给你物质补偿已经算是有良心的了，而且还一次又一次，挺有诚意的。"

"可是，可是，我现在努力想要忘记他，他这么做，我怎么能彻底忘记?"我很苦恼。其实,我已经扔掉了伍宇的所有纪念品,如今,这张银行卡我一旦看见,还是会想起他。

鲁敏摇摇头:"你啊。忘记,这些都是形式主义。真正的忘记,就是你听见一切有关他的消息,看见一切有关他的东西,都没感觉了。那才是真的忘记。"

鲁敏的真的忘记,我做不到,至少现在还做不到。

"很多男人就算你跟他结了婚,伺候他爹妈,给他生了孩子,离婚的时候照样一个子儿都不给你。你可别不信,真的有这样的男人。我身边有个阿姨就是这样,都五十岁了,离婚后啥也没有,无房无车无存款。哭,哭也没用啊。"鲁敏仿佛看尽人间百态,她的脸青春具有弹性,可她的心却无比沧桑。

我知道有这样的男人,自己做错了事,伙同外面的女人,让自己的发妻在青春逝去、容貌衰老时,一无所有。这样的男人,太过残忍,真的应该送去判刑。当然,我相信,只有一部分男人是这样的,大部分还是不错的。

听了鲁敏的这番话,我对银行卡没有那么拒绝了。是啊,谁跟钱有仇啊。我对自己说:如果有一天,实在混得没饭吃了,这倒可以当救济金。

32 狗血的人生不需要解释

> 一个女人成熟的标志,就是学会狠心,学会独立,学会微笑,学会丢弃不值得的感情。

那天,在微博里看见了一句话,深得我心:一个女人成熟的标志,就是学会狠心,学会独立,学会微笑,学会丢弃不值得的感情。

多么精辟啊。我正在努力中。

我想起了鲁敏说的那个五十岁离婚一无所有的阿姨,突然觉得上天对我还不薄。上天没有让我在五十岁的时候一无所有,而是让我在三十一岁的时候一无所有。

一个三十一岁的女人,虽然已经不年轻了,但还是会有翻盘的机会。我深信。

因为,我已经开始改变了,我已经开始勤奋了,我已经开始奋斗了。

我在日记本上写了第四步：忘记，丢弃。

是啊，我要忘记那些让我不快乐的人，我要丢弃不值得的感情。尽管，我知道这不是一天两天的事情。但是，我在努力做到。

何乐天给我的日记本，我已经开始一页一页地填写了。

"你一定要坚持写日记，一天计划，一周计划，一月计划，半年计划，一年计划。头天晚上就把明天的事情都记下来，然后第二天一一去执行、去实现，第二天晚上，你再对比下，看你完成了多少，完成的就打钩，没完成的就打叉。这样长此以往，不到一年，林玉兰，你就会看见自己的变化。相信我！"

何乐天通过微信语音这么跟我说的。他时不时地问我有没有坚持写日记，充当了一个监督者。他经常出差，经常飞来飞去。毕竟，创业不容易。员工有员工的不容易，老板也有老板的不容易。尤其是对他这么一个破釜沉舟卖掉房子来赌的年轻人来说，压力肯定是很大的。

只是，我每次见他，他都是笑眯眯的，都是阳光并带有一丝酷酷的感觉。我在他的脸上看不到压力，看见的是满满的斗志和激情。也许，这就是年轻的资本。一个二十六岁的男人，他是多么的年轻啊，他的未来前途无限。

从他跟我讲的这些话中，我看见了他的抱负和野心，也看到了他的成熟和睿智。他已经超过了他这个年龄该有的心智。

一个二十六岁的男人，好多才研究生毕业没多久，好多还在基层里锻炼，好多还在拿着大钱买一个国企编制，好多还在父母的翅膀下躲着暴风雨，好多还在理所当然地啃老，而他，已经开始迎接暴风雨了，开始去独自闯世界了。不管未来的成败，有这经历就已经很彪悍了。

那才叫"彪悍的人生不需要解释"。而我，我的可以叫作"狗血的人生不需要解释"。

狗血的事情正在上演。

一天，我正要下楼去超市买点东西，一个穿着超短裙染着红头发的女孩突然冲到我面前大嚷："林玉兰，你这个贱人，分手了还要纠缠他，怎么那么不要脸啊，你还要讹他分手费，你怎么那么爱钱啊？"

我停了下来，打量了面前的这个女人，Wow，这就是那个给我打电话要跟我挑战的女人，这就是那个给我发他们的亲热照片气我的女人，她就是那个叫作晓笛的女人。

我没找她，她居然来找我；我没骂她贱人，她居然骂我贱人；我没骂她不要脸，她居然骂我不要脸。这个世界怎么了？太可笑了！简直就是黑白颠倒！

我曾想过无数次和她见面的场景，我曾气得想要去找她大骂一场，但是我忍住了。因为我知道见到她只会更生气。所以，我宁愿一辈子也不要见到这个女人，这个摧毁我爱情、摧毁我下半辈子幸福的女人。

有时，你不去找事儿，可是事儿来找你。

平心而论，晓笛的脸也不算漂亮，只是年轻，青春无敌，全身上下都透着青春的味道，那张脸就算没化妆肤色也很好，就算穿着普通的白色 T 恤和牛仔短裙也一样很美，尤其是短裙下的长腿，要换我是男人，也会忍不住多看一眼。

那一刻，我突然理解了伍宇。这新鲜诱人的肉体，还不让色狼流口水啊。

那一刻，我有些心酸。

她比我足足小了十岁，我拿什么去跟她争？

但我很快又自我安慰：青春，就像是一次性餐具，用过了，就失效了。现在你很青春，再过十年，看你还嚣张不？

晓笛的话引得周围的邻居驻足围观。既然战争已经开始，我有什么理由逃跑呢。我不想开战，可是炮火已经扔到了你的面前。

"你少在别人家门口像一条野狗似的乱吠！你仗着年轻就嚣张，故意发你和伍宇的亲密照片就是让我气愤，故意在网上晒恩爱就是让我知难而退，故意让我揭穿伍宇对我撒的谎就是破坏我对他的信任感。你好歹毒，好有心计！恭喜你，你的所有计谋得逞了，我退出了，我投降了，伍宇这样的男人，送给你，你好好享用吧。"

我一口气把心中一直想要说的话统统都说了。说完的那一刻，我竟然如此轻松。

二女争一男，那个女人用的手腕和心计，也许当时我会中招，但是我不是傻子，事后我也明白。

第一次，我有了咒骂她的念头。果然，狐狸精是多么招人讨厌。我开始想象，如果我是法海就好了，我能用法力把这个嚣张跋扈的狐狸精给收了。《画皮》里的狐狸精是善良的，为爱可以牺牲自己千年的修炼，而现实中的狐狸精，则是不择手段地抢夺原本属于别人的幸福。

这时候，伍宇赶来了，气喘吁吁。

"你——你们别闹了。求求你们了。你，回去，你回去。"伍宇分别对我和晓笛苦苦哀求。

"刚好伍宇也在这里，那银行卡，我可不稀罕要，没办法，是他一次又一次地送来的，我也就勉强收了。不收估计他睡不着觉啊。所以，现在不是我缠着他，是他缠着我；现在不是我要他钱，是他非要给我钱。"

我说出了这番话,然后潇洒转身,快步离开。

一边走一边看了看头上的蓝天,长呼一口气,然后露出了笑容。

我想起了伍宇和晓笛那惨白的脸,第一次觉得无比痛快。我心想:这下好了,两人可真要吵一架或者打一架了。活该。

果然,晓笛开始对伍宇大声嚷嚷:"伍宇,你跟我说清楚,不跟我说清楚,我跟你没完!"

我没想到,这一幕戏被何乐天看见了。当我、伍宇、晓笛三人对质的时候,他估计就在某个角落里观战呢。

33 因为孩子而存在的早已腐朽的婚姻

这的确是中国式婚姻吧,很多夫妻因为孩子在维持早已腐朽的婚姻。对于婚姻中的女人来说,她们的寄托早就不在丈夫身上,而是孩子身上了。

早已经不再相爱的两个人,却因为孩子拴在一起,目的是为了孩子的健康成长。这人道吗?可早已不再相爱的两个人,毅然离婚去追求自己的第二春,可能会组成新的家庭,也可能成为单亲家庭,这可能会影响孩子的成长,这也可取吗?

我刚出电梯,正要拿出钥匙开门。

何乐天出现在我面前:"不错,很好的开始!你现在已经有智商了!情绪是不能解决任何问题的,只有这里——"何乐天用手敲了敲脑袋。

"只有这里才能让你解决问题,击败敌人。"

我笑了笑:"我本来就不傻,好不好?"

"你,有什么事儿吗?"我看了看他,脸上有些倦容,也许是刚出差回来。

"哦,就是我们现在有一个新的宣传计划,是和商场合作,你来做文案吧。走了。"

说完,他转身就按电梯。

他来找我就是给我活儿干,他知道我现在缺钱。我理解他的用意。此刻,我的内心感受到了温暖。

我走上前去叫住了他:"乐天,谢谢你。"

"你忘了,你是我的投资对象!你好了我也有份!你知道天使投资吗?就是在公司价值很小的时候,天使投资人给创始人一笔钱,比如五十万或者一百万,然后让其成长壮大,期间也许会给予一些支持和帮助,然后创始人把公司做得更大,最后原来投资的钱翻了一千倍!"他说。

"一千倍是多少?"我开始心算,谁让我从小数学就不如语文好呢。

"还不止,百度的天使投资人 Robert 夫妇投资了一百万美元,结果百度上市时这一百万美元翻了三千五百倍。加油哟!"

何乐天走进了电梯,在电梯门快要关上时向我挥了挥手。我回味着何乐天刚才跟我说的一番话。

投资,投资,那我要好好经营自己啊。如果有人投资我,说明我还是很有潜力的嘛。我想到这里,嘴角不自觉地露出了微笑。

当我回到屋子里时,接到了李珊珊的电话。李珊珊是我的大学同学,她歌唱得极好,可就是英语很差,考试时总是抄我的。没想到,毕业后,她在一次面试中因为英语不好受到主考官的打击,立志学好英语。结果,当年英语最烂的她,变成了英语好到可以做翻译的程度。然后,她顺理成章地嫁了一个金融机构驻京的高管。

其实,自从大学毕业后,我和她只在后海喝过下午茶,从此之后,也就最多打个电话联络一下,大都是一年一两个。

李珊珊这次依然约我在后海喝下午茶。

天气很好，冬天过后雪开始化了，阳光出来了，照在身上暖洋洋的。

李珊珊喝了一口玫瑰花茶感叹了一下："哎呀，时间真快啊，我们都有五年没见了吧。"

我点了点头："是啊，五年。你结婚了，我呢，还是单身。真羡慕你啊。"

我把我已经分手的事告诉了李珊珊。

李珊珊又喝了一口玫瑰花茶，半响不语。

过了片刻，她叹了口气："我的婚姻，是腐朽的婚姻，是名存实亡的婚姻。现在，我们各过各的，他交他的女朋友，我交我的男朋友。"

李珊珊淡淡地说着，脸上毫无表情。

这番话对我来说可是大新闻。李珊珊这样的状况我以前虽然听过，但是却没想到就发生在我的身边。

"你们各过各的，各自有自己的伴儿，那多别扭啊，多不自由啊，为啥不离婚啊？"

"孩子呗。现在才三岁。中国无数的婚姻不就是因为孩子才维持的吗？"李珊珊说着拿出手机给我看她女儿的照片，真的很可爱。离婚，真的会对她伤害很大。

这的确是中国式婚姻吧，很多夫妻因为孩子在维持早已腐朽的婚姻。对于婚姻中的女人来说，她们的寄托早就不在丈夫身上，而是孩子身上了。

早已经不再相爱的两个人，却因为孩子拴在一起，目的是为了孩子的健康成长。这人道吗？可早已不再相爱的两个人，毅然离婚去追求自己的第二春，可能会组成新的家庭，也可能成为单亲家庭，这可能会影响孩子的成长，这也可取吗？

那一刻，我的感觉很复杂。我不知道该怎么去安慰李珊珊。

从前，我觉得自己大龄未婚已经够可悲和可怜的了，可是如今看见李珊珊在腐朽的婚姻里进退两难，突然轻松了很多。

原来，不幸的人各有各的不幸啊。

果然，那句话很对啊。单身的同居，已婚的则分居。

如果是我，我会因为孩子维持腐朽的婚姻吗？换你，你会怎么做呢？

㉞ 在爱人之前先爱这个世界，在爱这个世界之前先爱自己

> 你看这个世界多么美好。这个世界有那么多东西值得我爱，我干吗要执着我自己是否有没有爱的人呢？我要去玻利维亚的乌尤尼盐湖看天空之镜，我要去土耳其看棉花堡，我要去南极看埃里伯斯火山的冰塔，我要去阿根廷看月亮谷……

原来，我们的不快乐，往往是以为别人比我们过得更快乐。

其实，并不然。

见完李珊珊回来的路上，已经是傍晚，夕阳洒满了我的全身，我第一次觉得如此温暖。

我第一次没有那种失败者的状态，第一次不着急往婚姻的围城里钻了。

关于婚姻，钱钟书早就在《围城》里讲得很透彻了：婚姻就是，围城外的人想要进去，围城里的人想要出来。

我们都认为彼岸会更好。

围城外的人想要安全，围城里的人想要自由。

我第一次站在婚姻围城外,迟疑了。

像李珊珊那样,守着腐朽的婚姻,既没有安全感,还丧失了自由。那才亏呢。

而我呢,还不至于那么惨,至少还有自由啊。

这个城市的冬天终于过去了,春天到来了,街角公园的桃树已经露出了粉嫩的花苞。

属于我的春天,已经到来了吗?属于我的桃花,何时才会开呢?

我回到家时,发现佳佳的大箱子,不知道这个旅行箱陪伴她走了多少地方。

佳佳用一个热烈的拥抱迎接我:"玉兰,你终于回来了,告诉你一个好消息!"

我一听好消息就有精神了,准备洗耳恭听。

"我辞职啦!"佳佳大声地欢呼。

"啊?辞职?"我惊叫了起来,心情跌落到谷底。如果佳佳辞职的话,那我电视台脚本的兼职可能就要泡汤了。

如今,我最怕听到的就是"辞职""失业"这样的字眼。"辞职""失业"意味着你的经济将会出现危机,除非你有足够强大的经济储备。

佳佳拍了拍我的肩膀,仿佛看穿了我的心思,两眼放着光芒继续说:"你放心,我已经把你介绍给我的同事了,我们头儿看了,说你的脚本还不错,很感性。"

我听了佳佳的这番话,心里的石头才稍微放了下来。只是,我心里还是有些隐忧。这种找工作、等活儿的日子,始终不是办法。我必须要找到一个好的出路,一个最好我有话语权的出路。可是,这条出路是什么呢?通常,创业是一个能自己说了算的办法,就像何乐天开面包店一样。可是,我没资金、没经验,更没什么商业头脑，是不可能去创业的。不过开个淘宝店倒还可以，但是如今淘宝店竞争很激烈，都是大鱼吃小鱼、小鱼吃虾米，新店要出来也太难了。我摇摇头，这条出路还是慢慢摸索吧。

"那么好的工作，你怎么说辞就辞了啊？要换我，我要能免费去世界各地旅游，我做梦都会笑醒的！"有些人就是身在福中不知福。

佳佳看了看我的表情，突然跺了一下脚："对哟，我可以推荐你啊。反正你也给我们做过兼职了，头儿对你也有一些了解了。"

"我能行吗？"佳佳的提议让我心头一振，原本失落的心又看到了希望，但我担心这希望很快又破灭。

佳佳又拍了拍我的肩膀说："等我信儿。"短发的她充满了活力，说话总是伴着动作，也许因为长期在外旅行，她的皮肤被晒成了古铜色。

"那你接下来有什么打算？"这是我很关心的问题。因为经历了经济危机和财政赤字，我开始变得格外务实。如果腰包没有底气，猫着腰忍着气也要熬。

不过，我依然不后悔在"宣美"辞职，我想着秃头陈总的嘴脸就恶心。不就是吃鱼翅和喝粥的区别嘛，我宁愿喝粥；不就是买名牌和买地摊货的区别嘛，我宁愿用地摊货。身体享受了，精神却在遭罪，这点我是做不到的。

"我啊，我要做一个环球旅行家！"佳佳看着远方，仿佛远方就是那金光闪闪的彼岸。

环球旅行家？我对这个职业还不是很了解。

"我在旅行圈还有一些人脉和资源，所以我可以选择我喜欢的旅行路线了。"我明白了，佳佳是要去自己喜欢的地方，而凭她现在的行业地位，可以做到去哪里都不用花钱，都有机构给她买单了。相比在电视台的旅行节目做编导，如今没有单位的她更自由了。

对佳佳的这个选择，我突然明白了，当然也更羡慕了。

我突然想起了何乐天对我说的："当你自己是一个品牌的时候，你就成了。"那么佳佳在旅行圈有一定的地位，那就是说，佳佳已经是一个品牌了。用他们的行话叫"旅行达人"，说得更大一点叫"环球旅行家"。

不一会儿，佳佳从屋子里拿来了护照，我接过护照一看，天啊，满满的十多页，全是各个国家的戳，意大利的、巴西的、肯尼亚的……

"接下来，我还要去南极，我还要去很多普通人没去过的地方。我们节目去的那些地方，我都去过了，没意思了。"佳佳很兴奋地说着。我也被她的激情所感染了。

"那你这么跑来跑去的，怎么谈恋爱啊？怎么嫁人啊？"我问了一个我最关心的问题，也是最担心她的问题。

佳佳刚才兴奋的表情瞬间没有了，我很后悔问了这个敏感的问题。

过了片刻，佳佳耸了耸肩："我决定了,在爱人之前先爱这个世界，在爱这个世界之前先爱自己。"

佳佳停顿了片刻,继续说："我想明白了,你看这个世界多么美好。这个世界有那么多东西值得我爱，我干吗要执着我自己是否有没有爱的人呢？我要去玻利维亚的乌尤尼盐湖看天空之镜，我要去土耳其看棉花堡，我要去南极看埃里伯斯火山的冰塔，我要去阿根廷看月亮谷……"佳佳滔滔不绝。

她说的那些地方我都没有听过。但是，我知道那一定很美很美，是那种醉人的美。

在爱人之前先爱这个世界，在爱这个世界之前先爱自己。

多么精辟的话啊，说得我也热血沸腾。

我很快就把这句话放到了我的各种签名上。

我开始反思自己，从前，我的世界只有伍宇，其实伍宇是伍宇，伍宇之外的这个世界，是多么美好，多么值得我去探究。

为了一个男人，放弃了这个大千世界，这不是一个好的选择啊。

那一刻，我有些豁然开朗的感觉。

这是自从和李珊珊喝完茶之后，我收到的第二个好消息。只是，这种生活方式我目前做不到。我也想去看那些世界美景，可我还没有自己的品牌，还没有足够的经济储备。

我紧握着佳佳的手说："佳佳，我等着你回来写旅行攻略给我，我等着我能去的那一天。"

佳佳笑着说："玉兰，你一定有那个机会的！"

35 直面单身,单身并不是可耻的

你以为夫妻恩爱的楷模,可能已经分居多时了。你以为一直单身的人,可能孩子都可以打酱油了。所以,用眼睛看到的,未必是真实的。

所谓名花有主,名草有主,都是令人伤感的事情。因为当你面临一朵美丽的花,或者一根英俊的草,但是却属于别人,自己已经没机会了,那就只能伤感。就好像一个好吃的糖果被人放兜里或者吃掉了一样感伤。

此时,在泸州的老妈来电话了:"玉兰啊,你过年说公司忙,说机票贵,现在机票才几百块钱,你就不回来看看我们?你爸还说,养个女儿白养了,过年都不回来看我们,还有啊,你爸说等着和伍宇喝两杯呢。"

妈妈的语气中透着责备。我知道,我作为一个未嫁的女儿,过年不回家是一件很不孝的行为。

其实,公司忙和机票贵全都是我的借口。我工作早都丢了,哪里还有什么忙的呢,机票倒的确贵。只是,我最大的心结就是我不知道该如何跟父母说,我无法满足他们的要求——把伍宇带回家过年。

思考再三，我决定回家，我决定跟爸妈摊牌。一个谎言要千百个谎言去圆。我不想一直骗下去。骗父母，本来就不孝，自己也觉得累。

至少现在，我比去年年底的状态好一些了，至少我已经有一些勇气和底气了。

我在日记本上写了第五步：直面单身。

是啊，我决定直面单身。

这是我在思维上的一次大解放。从前，别人要是说我嫁不出去，或者剩女，或者败犬，我都非常敏感。

可是，如今，我不会了。

我听说很多丈夫下班开车回家，明明到家了，还要在车上待一会儿，因为那是他难得的独处时间。回到家时，他就是丈夫，就是父亲，就是儿子。他根本不能做自己了。

一想到此，我顿时发现自己的内心原来强大了不少。

我对何乐天说："你现在要跟我提单身这个话题，我是不会敏感的啦。没事儿。单身有什么可耻的？这世界那么多单身的，我要活出我单身的精彩！"

何乐天开心地笑起来："哎呀，我总算松了一口气，以前跟你说话，都要小心翼翼的，生怕触碰了你那根伤痛的神经，勾起你不愿意回忆的往事，引发你不该发的感叹。现在好了，现在好了。"

我回头看着他大笑的脸："小心翼翼？感觉你跟我见面有多辛苦似的。"我永远还是有什么说什么。

何乐天愣了愣："什么啊，跟你见面，我很开心啊，看见你的变化，我超级有成就感。"

"嗯，我这下才算明白了。你是拿我当试验品！"我说。

何乐天一听有些急："什么试验品啊？你可是我最重视的——"

"最重视的一个试验品！我知道。不管是不是试验品，只要方向和结果是好的，我不介意啊。"我说出了我的心里话。

如今，我开始无比期待自己的蜕变了。我真的很想成为那只缤纷的蝴蝶，扇动着美丽的翅膀，引得无数人追逐。

一想到此，我的心里就美美的。

"所以，像你这样的非单身人士，就不用同情我们这种单身人士了。因为我觉得，我们不需要同情。"

"什么非单身？我也单身啊？"何乐天赶紧解释。

这是我和何乐天第一次直白地聊他的感情问题。他在我面前从来没有提过他的女朋友，我也从来没问过。我们的对话从来都是工作、我的感情、我的蜕变，主要就是这三个方面。

其实，我也好奇他的情感问题。为什么我就从来没见过他女朋友呢？难道是有地下女友？我知道有些男人为了维持自己钻石王老五的形象，会来一个"伪单身"。

我笑了笑，对何乐天的回答表示不信。

何乐天急了："我真的单身啊！要我怎么证明？你看我天天工作这么忙，哪有时间去恋爱？女人心海底针，谈恋爱这回事儿，太累了。要我天天哄女人，猜女人的心思，这真的是太难了。再说了，我觉得男人还是要先立业的。"

何乐天说了一堆，貌似还比较有道理。是啊，他还这么年轻，一旦立了业的男人，又何愁女人呢？七十岁立了业的男人照样可以找二十岁的美女。

我努力要套出何乐天的个人问题，最后还是以失败告终。不过，可以确定的是，何乐天是没有和女人同居的，我和他住得这么近，如果他带女人回家，总是有机会被我撞见的。

"就算你也单身，那我们也不是同一个战壕的。我是被单身，你是主动单身。"我说。

何乐天表示很无奈。"你要非给我贴上标签，我也无可奈何。我总算明白了，你就是要跟我划分界限！"

现如今，要想了解别人的真实情感问题，实在是太难了。你以为夫妻恩爱的楷模，可能已经分居多时了；你以为一直单身的人，可能孩子都可以打酱油了。所以，用眼睛看到的，未必是真实的。

其实，从何乐天嘴里得知他单身的事，我内心有一种很轻松的感觉。虽然，也许事实并非如此。但是，我又何必挖得那么清楚呢。

"谢天谢地，要是你有女朋友，我可就成电灯泡了，届时你女朋友就该怪我了。"我说了大实话。是啊，要是何乐天有女朋友，原本除去工作就没多少时间的他再把时间给女朋友，哪有给我这个朋友的时间呢。

我突然有一种感觉：所谓名花有主，名草有主，都是令人伤感的事情。因为当你面临一朵美丽的花，或者一根英俊的草，但是却属于别人，自己已经没机会了，那就只能伤感。就好像一个好吃的糖果被人放兜里或者吃掉了一样伤感。

有时候，可能性是很诱人的。

也许你知道你得到的机会很小，但是你却不愿意接受他被别人得到的事实。或者，干脆就高高地放在那里，大家都别得到。但大家都着急地望着，心存一份希望甚至幻想。

我突然明白，为啥各大天王都要宣称单身，就是要让无数的女粉丝心存幻想。

这就是大众情人,他属于大众,但实际谁也不属于。

我想起了上海滩的交际花,周旋于无数男人之间,属于那些男人,但其实又不属于那些男人。

然后,我联想起了何乐天,他不会也要做大众情人吧。天,我是不是想得太多了?

36 有情人也许不是真的终成眷属

> 那些说结婚时机还没到的人,其实是因为不够爱,或者不满意。这才是真的爱啊,爱就是希望对方好。

我买了特价机票回了泸州,礼物大都是实惠的保暖内衣什么的。错过春节回老家的好处就是,你不用跟各路朋友寒暄聊近况了,因为他们都在各个城市工作,我不用说着各种言不由衷的话了。当然还有一个更实际的是,我不用给亲戚的孩子压岁钱了,因为年已经过了。真是精神和物质的大解放啊。

可是,我能逃过同学和亲戚这一关,逃不过父母这一关。

我一个人只身回家,妈妈脸上挂满了愁容:"怎么又一个人回来?伍宇呢?"

我从箱子里拿出给爸妈的礼物,再一一递给他们。

妈妈没接礼物,脸色颇为难看:"买这些干吗?现在给我们最好的礼物，就是你的男朋友。"

我放下礼物，长吁了一口气，然后清了清嗓子："其实，我跟伍宇——分手了。"

这句话在我脑海里已经演习了无数次。今天，我终于说出来了。

我突然觉得轻松了好多，心中的这块石头终于放下了。

如今，我已经做好了迎接暴风雨的准备。

我低着头，等着他们狠狠地批评我。

可是，爸妈沉默了半晌，没有任何动静，他们只是互相看了一眼对方。

"你说你当初不挑就好了，也不至于现在还嫁不出去！人家张云峰身家都快上亿了。"妈妈开始抱怨我了，抱怨我当初和张云峰分手的事儿。

妈妈一提张云峰，我心里突然不淡定了，心中的遗憾和失落就冒了出来。本来，我觉得我的心情调整得差不多了，此刻，又提起了我的伤心事儿。

"是你女儿没那福气，要不你再生个女儿，最好生个漂亮一点儿的，嫁一个像张云峰那样的大款吧。"我对我妈冷言嘲讽。

爸爸一听不高兴了，分贝突然高了起来："有你这么跟你妈说话的吗？白养了你一场！你这个不孝女！"

我一听爸妈说我不孝，心里更不高兴了："我怎么不孝了？我要不孝的话，我就不会回家来看你们！你以为我想这样啊，你以为我喜欢一个人孤零零地过大年夜啊，你以为我喜欢被人甩啊！"

我变得很激动。我收拾起箱子，火速地离开："这个家，我再也没法待了，你们再生一个吧，别指望我了，就当白养我了。"

我一气之下上了去机场的出租车，坐在后座上的我已经泪流满面。

世界之大，为何我连一个家都回不了。

想到这里，我更伤心了，伤心得差点儿抽噎起来。

突然，我感觉自己好像孤魂野鬼一般，还是不被人理解的孤魂野鬼。

就这样，我像风一般地又回到了北京，两手空空。由于和父母闹得很僵，所以这次箱子里什么特产都没有，香肠、腊肉、牛肉干、辣椒、豆瓣酱和花椒，统统都没有。

刚回北京，鲁敏就来找我了。她容光焕发，头发换成了大卷发，比从前还有女人味。在她面前，我的气色黯淡不少。

"玉兰，你可要做我的伴娘哟，现在找伴娘不好找。"鲁敏从包里递给我火烫烫的请帖。我当然知道，鲁敏的同龄人大都结婚了，也就剩我这么一个单身的人可做伴娘了。

我一下子明白了，鲁敏为啥容光焕发，因为她已经找到了觉得可以结婚的人。既然她决定了结婚，那她一定是觉得这个人很好。

我还没打开请帖就已经知道，新郎一定不是崔宁。如果是，早在几年前就是了，也不用拖到现在。

我明白一个道理：那些说结婚时机还没到的人，其实是因为不够爱，或者不满意。比如，我和伍宇。

那一刻，我有一丝悲伤，是替崔宁悲伤，其实也是替我自己悲伤。

"那你一定很爱他。"我说。

鲁敏笑了笑："玉兰，恋爱和结婚是两码事儿。我只是觉得他是一个很不错的结婚对象。至于我和崔宁嘛，我已经爱过了，我已经奋斗过了，我已经给过他机会了。只是，我不想再等他了。"

结婚那天，我穿着淡蓝色的伴娘服，和鲁敏庞大的伴娘团在一起，淹没在里头。我这才知道鲁敏说的是"很好的结婚对象"。

鲁敏的老公长相一般，身材微胖，年龄比她大一点，但不超过五岁，不过气质很好，这是一种好家世透出来的修养和味道。那种举手投足，都是那么的刚刚好。

鲁敏的婚礼是在她家的私家花园里举办的，那花园就有两个篮球场那么大。原来，很好的结婚对象其实就是经济条件很好。有精致的点心和蛋糕，喝不完的红酒和香槟，以及各种盛装出席的客人，在谈论商业并购、中美关系以及明星绯闻。

我有一种自己置身于十九世纪巴黎上流社会聚会的幻觉。

那一刻，我真的觉得鲁敏很厉害：能够在不到半年的时间里和崔宁分手，再恋爱，然后成功嫁人，而且嫁得还很好（至少目前看来）。

有些人，也许天生就情商高，我只能望尘莫及。

也许是香槟喝多了，想去洗手间。房子太大的一个坏处就是去洗手间要走很长的路。

在走廊转角处，我看见了一个熟悉的身影，是崔宁。

崔宁的脸色很憔悴，是啊，自己喜欢的女人却跟别人结了婚。这事儿换谁都难受。从前，崔宁穿的衣服都很艺术、很前卫，可今天我觉得他穿的衣服好颓废。那是一种自暴自弃的颓废。

那一刻，我不知道该对崔宁说什么。这时候，说什么都是苍白无力的。

他应该是悄悄来观礼的，或许鲁敏都不知道呢。我真的担心他会有什么不满情绪，搞个什么破坏活动，那就不好了。

我回头一看，鲁敏和她的老公在举着酒杯和客人碰杯，脸上笑得开了花似的。

我走到崔宁身边，拍了拍肩膀："一切已成定局，算了吧，忘了吧。"

崔宁低下头，哽咽了一下："我只是来看看，确认她有个不错的归宿。现在我知道了，他应该比我更能给她幸福，这下，我就放心了。我也不知道何时才能出人头地，这样也好。你替我转达，祝他们百年好合。"

崔宁说完，扭过头，努力不让眼泪流下来，毕竟男儿有泪不轻弹。

当我听到崔宁的这些话，内心一颤，他努力不哭，可是我却要哭了。我对崔宁瞬间刮目相看。

这才是真爱啊，爱就是希望对方好。

我不知道是该为鲁敏庆幸还是惋惜。庆幸的是他碰到一个心肠好不捣乱的前男友，惋惜的是她可能错过了这辈子最爱她的男人。

崔宁说完，转身跑步离去。

我停在原地，看着他的背影离去，百感交集。

我一回头，看见鲁敏走了过来。鲁敏的眼神也是朝着崔宁的方向。

鲁敏刚才的笑容不见了。

"他让我转达：祝你们百年好合。"我淡淡地说。

鲁敏把杯里的红酒一饮而尽，说了一句："我一定不负众望。"

此时，只听见有人喊："鲁敏！"我和鲁敏同时回头，原来是鲁敏的老公叫她。鲁敏转身离开了。

我看着鲁敏的背影，看着她走向她老公的背影。

我只是很感伤。

有情人也许不是真的终成眷属。

37 单身女人的生理需求如何解决？

当你懂得克制欲望的时候，你就离成功更进了一步。欲望可以成就人，但是欲望更容易毁灭人。如今，我就从克制性欲开始。

作为一个超过三十岁的单身女人，最无法回避的一个问题就是生理需求该怎么解决。话说"女人三十如狼，四十如虎"，在这个如狼的年龄里，像我们这种素单身的怎么办？

这年头，单身也分两种：素单身和荤单身。素单身，就是指那种真的彻底没有性伴侣的人；荤单身，当然是指有固定或者不固定性伴侣的人。

二十岁左右的小女孩，有性生活或者没有都无所谓，因为本身的需求并不旺盛。可是，女人一旦过了三十，那就真的不一样了。

从前，我二十岁的时候，根本就觉得做爱这档事儿好麻烦，好浪费时间，还不如踏踏实实地睡一觉呢，那时，还得伍宇求爷爷告奶奶地哄着上床,然后在各种诱导之下才从了。可是,如今呢,每当到月经来临前夕,身体真的会有一种莫名的躁动。也难怪有那句话:"二十五岁的女孩选名车,三十五岁的女人选男孩。"也就是说,对一个熟女来说,健康体魄的男孩比那拉风炫目的名车还有吸引力。

该怎么办?就像很多女人一样,搜索周围的人变成性伴侣,互不干涉对方的感情和未来?或者通过微信摇一摇来一个一夜情,天亮之后说分手,激情之后成陌生人。

作为一个从小地方出来的人,作为一个受传统家庭教育的人,不论是找性伴侣还是玩一夜情,我都做不到。如果要是被爸妈知道了,那非得被打死不可。

所以,我在我的日记本上写下第六步:克制欲望,单身但不廉价。

我不太能相信那种一夜情,确切地说是一夜情最后还能谈恋爱,甚至结婚的。开局没有诚意,又怎么能指望会有善终呢?

尽管我身处人生灰暗的低谷,但并不影响我对幸福和光明的渴望。我很怕因为糜烂的过去而影响到未来的幸福。所以,我宁愿身体寂寞,正所谓寂寞寂寞就好,寂寞寂寞就过去了。

自从开始真正的素单身生活,我才明白为什么那么多男男女女害怕单身,那通常意味着他们的性生活没了保证。虽然男人可能选择性多一些,但是只要性不要爱,女人不答应啊,去风月场所找小姐要花钱,而且还不一定干净。所以,大多数男人都渴望有固定的女朋友,每月定时交"公粮",然后偶尔能偷吃一把。

自从开始真正的素单身生活,我也开始理解了那些有固定性伴侣的男男女女。比如,我认识一个做珠宝的三十五岁未婚女人,她就没男朋友,但是有固定性伴侣。只要是双方本着默契和不伤害对方的原则,那也未尝不可。但是,要做好安全措施,一不小心整出艾滋病，或者整出一个孩子，那就是事故了。

只是这些一开始谈好的只要性不要爱到最后说不定某一方渐渐有了感情，那这种关系就失衡了，就会产生伤害。

因为爱，所以才会有伤害。如果不爱，那是断不可能有伤害的。

从前，婚前同居是大忌，但那时候的女孩子十五岁就嫁人了，而如今的女人三十岁没嫁人的还大有人在。所以，这也就是婚前同居被大家认可和接受的缘故。那是年龄和身体使然，否则就太不人道了。

每当身体躁动的时候，我就开始听轻缓的音乐，让身心都安静下来，想想那些戒欲的人，想想那些坚持在婚前无性行为的佛教徒或者基督徒。欲望有时候就像一股闪电，只要过去就好了。

记得我在一本书上看见一个观点：当你懂得克制欲望的时候，你就离成功更进了一步。欲望可以成就人，但是欲望更容易毁灭人。如今，我就从克制性欲开始。

同时，我又采取了自我安慰法。

一、都说每个人的高潮时间是有定数的，这就好像一杯水，如果现在消耗了太多，那杯水溢了太多，那以后就少了。如果我现在消耗得少，那意味着存量多。

二、虽然如今单身过着无性生活，可是很多在婚姻中的女人不照样过着无性生活吗？

单身人士没有正常性生活，这很正常，可很多婚姻中的女人同样没有性生活，比如鲁敏的婆婆。

鲁敏婚后有一天和我喝下午茶时对我说，她说她的婚姻什么都好，就是婆媳关系不好，婆婆对她充满了敌意，成天挑剔她。

"不过，我也挺同情她的。我公公常年出差，一个月才回家一两次,她典型的性生活不协调啊,缺爱又缺性,脾气能好吗?所以呢,我现在就躲着她点儿,尽量不在她面前和我老公晒恩爱,否则就是找死。"鲁敏耸耸肩说道。

所以,一想起鲁敏的婆婆,一个缺爱又缺性的女人,虽然有刷不爆的信用卡,住着豪宅、开着名车、雇着菲佣,也照样不幸福。一想到此,心里就好些了。

我叹了一口气。

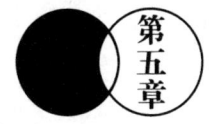

女人总是无爱可做的时候才做事

38. 单身人士的特权

39. 你以后不许开这样的玩笑!

40. 处女罗马式决斗

41. 我愿意做你的备胎

42. 大龄未婚女与大龄离异女哪个有前途

43. 女人总是无爱可做的时候才做事

44. 看一出怀孕逼宫的戏

45. 说"三十不结婚违法"的人才违法

38 单身人士的特权

> 这世界,拥有选择权就是最牛逼的事情。我单身,我可以选择找个性伴侣,可以选择不找性伴侣,也可以选择赶紧找个男人谈恋爱。
>
> 每个阶段都有每个阶段的朋友,我必须要随着年龄层刷新朋友圈。
>
> 你可以没有男人,没有爱情,但是不能没有朋友,绝对不能。

鲁敏拍了拍我的手背,那贴了水钻的指甲格外耀眼:"你叹气个屁啊。我跟你讲,你别自怨自艾了。你比我婆婆强多了,我婆婆那是守活寡,但是有老公在,有婚姻在,她也不能找小伙儿啊,而你呢,你没有婚姻束缚,你有无数的选择!这世界,拥有选择权就是最牛逼的事情。"鲁敏说的的确是大实话。

这世界,拥有选择权就是最牛逼的事情。我单身,我可以选择找个性伴侣,可以选择不找性伴侣,也可以选择赶紧找个男人谈恋爱。

经过鲁敏这一劝慰,我觉得心里轻松了好多。

鲁敏一身香奈儿黑白格子套装配 2.55 包,绝对贵妇范儿。

她叹了口气:"玉兰,其实单身真的挺好的。嫁人就不一样了,那是嫁给了一个家庭，哎哟，真是累啊。我现在都不能睡懒觉了，我不能起得比婆婆还晚啊，可是我婆婆六点半就起床在花园里练太极了。"

是啊，鲁敏嫁的不仅是一个家庭，还是一个大家庭，能不累吗？如果嫁给崔宁，她睡到十二点还会有人给她做早午餐。这是她的选择，所以，我心里想但没这么说。

的确，如今单身的我，虽然没有长期饭票，没有生活保障，但真的是"一个人吃饱全家不饿"。我就是我小屋子里的女王，哪怕是租来的。

如今，我发现单身的好处实在是很多，当然，你可以理解我是吃不到葡萄说葡萄酸。

我可以睡大懒觉，不用费心去准备约会。

我可以顶着大素颜，不用担心不化妆就没法见人，因为我不用见人。

我可以跟任何一个感觉还不错的异性朋友吃饭，不用良心上过不去。

我可以睡得跟猪一样，不用因为思念而睡不着觉。

我可以情绪稳定，不用为一个陌生女人吃醋而跟人吵架生气。

我还可以节约电话费，降低手机辐射，不用天天等着他的电话。

我还可以省钱、省心思，不用为他的生日准备各种礼物。

……

这些就是"单身人士特权"。上天让单身人士失去很多东西，但也让单身人士得到很多东西。上天其实是很公平的。

走出茶餐厅的那一刻，我感觉身心轻盈。第一次，我觉得无性无爱无牵挂其实也挺好。而伍宇，再也不是我的世界，也不是我的唯一,更不再出现在我的梦里了。

何乐天依然忙着他的"面包心情",他不跟我讲商业上的事情,我也不问,反正我也不懂。

他时不时地会打个电话:"怎么样?日记有没有照常写啊?计划有没有照做啊?"何乐天果然是一个督军,好在我如今是一个听话的好学生。

"对了,玉兰,你总宅在家里是不行的,总沉浸在网络里是不行的,你得有朋友。"

"我有朋友啊。"我说。鲁敏、周忆、李珊珊、佳佳都是我的朋友。

"你的那些朋友啊,那都是什么时候的了?你得刷新你的朋友圈了!"何乐天提醒我。是啊,鲁敏、周忆、李珊珊都是我十年的好朋友了,只有佳佳是最近才认识的朋友。

自毕业以来,我的朋友圈都没有扩大和提升,也没有沉淀下几个像样的朋友。以前的同事,都是离职后就不再联系了。

也难怪,我的机会少是因为我朋友太少了。

"你知道一个互联网名词吗?弱链接。最亲近的朋友可能生活圈子和你差不多,你们的生活几乎完全重合。而那些久不见面的人,他们可能掌握了很多你并不了解的情况。只有这些微弱关系的存在,信息才能在不同的圈子中流传。"何乐天提醒我去看一些互联网的书。

以前我认为:人生一二知己足矣。可是,按照这个理论,我不仅得有最核心、最铁的知己,还得有一定合作关系的朋友,还要有一种见面说"嗨"再见说"拜"的浅层次朋友。

就在此时,佳佳回家了,她一进门就开始呼喊我的名字:"玉兰,玉兰!"

她永远精神饱满,就连喊人名字都觉得那么铿锵有力。

"你通过了,头儿答应了,你可以去《最假期》做实习编导了!一个月要出两次外景,就是很累,多涂防晒,别整的跟我一样像非洲人似的啊。"佳佳兴奋地对我说。

我最开始不相信,当我再次确认佳佳的眼神,兴奋地一把抱住她:"谢谢你,谢谢你,佳佳。"

我的人生,终于开始慢慢地翻盘了。

我终于迎来了我喜欢的工作,这是一份体面的长见识的工作,最关键是我将有固定的工资了,这可是解决了最重要的第三步——增强经济实力。

正如佳佳所说,在爱人之前先爱这个世界,在爱这个世界之前先爱自己。这个世界有那么多东西值得我爱的,我干吗要执着我自己是否有没有爱的人呢?去玻利维亚的乌尤尼盐湖看天空之镜,去土耳其看棉花堡,去南极看埃里伯斯火山的冰塔,去阿根廷看月亮谷……

虽然我还不能像佳佳那么潇洒,但是我可以以工作的名义去看世界了。

佳佳带给我的好消息让我兴奋得睡不着觉,我赶紧把这个好消息告诉了何乐天,总之,就是第一时间告诉他了:"喂,你不用费心给我找活儿了,我现在有工作啦,是做旅游节目编导,我的同屋推荐的。"

何乐天最开始是恭喜我,然后他说:"你看,这就是弱链接的威力。你和你的同屋不太熟,所以圈子没有重叠,自然就有无数的惊喜和机会。"

何乐天的这番话点醒了我。

如果只是理论教育,我不会有这么深的感受,如今我是"弱链接"

的受益者，我不得不重视朋友圈了。

于是，我在日记本上又写上了：第七步，刷新朋友圈。

这次是佳佳给我推荐了工作，那下次说不定就给我介绍男朋友呢。

我开始意识到经营人脉关系的重要性。如果三十岁了，人脉还没有扩展和提升，那注定是失败的。

我终于意识到一个问题：每个阶段都有每个阶段的朋友，我必须要随着年龄层刷新朋友圈。

第一，很多朋友，随着各自的工作和生活变化，渐渐地会没有共同话题了。尤其是像我这个年龄，很多同龄朋友结婚生子后，都把精力奉献给了家庭，再也没精力给朋友了。所以，这样的朋友，注定会淡出我的朋友圈。

第二，人是变化的，从前是好朋友，但是各种观念变化后，也许现在不适合做朋友了。

第三，再比如，在泸州的周忆和我从小关系就很好，可是毕竟在两个城市。所谓远朋不如近邻，我也必须在北京多发展一些朋友了。

第四，吸引力法则讲得很清楚，我得交一些正能量的朋友，一些能带给我积极影响的朋友。我不能跟着一帮单身的怨女一起喝酒、抽烟、骂男人，那只会让我越来越没有未来。所以，我不会再去参加单身怨女的聚会，因为每次参加回来后都会觉得沮丧无比。

所以，单身的我明白了一个真理：你可以没有男人，没有爱情，但是不能没有朋友，绝对不能。

39 你以后不许开这样的玩笑!

塞林格在《麦田里的守望者》里写道:一个不成熟的人的标志是他愿意为了某个理由而轰轰烈烈地死去,而一个成熟的人的标志是他愿意为了某个理由而谦恭地活下去。

如今,我过了三十岁,我可以卖萌,但是我也无法拒绝不再年轻的事实。我必须谦恭地活下去。正如我面对现在的工作,为了我可以全国甚至全世界免费旅游的梦想,我必须谦恭地活下去,熬下去。

去《最假期》上班的路上,阳光灿烂,我仿佛听到了路旁的鸟儿在歌唱。这种感觉已经很久很久没有了。也许,就算路旁的鸟儿有歌唱,我也是听不到的,因为我的耳朵和心门都是关着的。

作为节目编导,我的任务是与当地旅游局联系采访,前期做好采访方案,然后带上我的摄影团队,有时候还会有外景主持人,一起去当地一边采访一边旅行,采访回来后写脚本,最后由剪辑师剪辑出节目,配上音乐、字幕以及资料,那么,一期成熟的旅游节目就做好了。

作为实习编导,我得跟着成熟的编导学习一段,写脚本是我擅长的,不过前期的外联工作对我来说就有些挑战了。

于是，我开始上网搜旅游局以及旅游机构的电话，这并不是我一开始憧憬的一进栏目组就能免费吃喝玩乐的好差事。我想得太美好了。由于《最假期》栏目并不是全国知名的栏目，同时，有时候大的专题还需要旅游局提供经费，所以我们编导的外联工作不太好干。旅游局对于来宣传的电视节目当然是欢迎的，但是一旦提到要提供宣传费，那就开始打哈哈了。

所以，在疯狂地上网搜索大黄页和打了无数个电话后，我的脸皮也开始变厚了。虽然，我每天会收到很多拒绝："不好意思，我们不需要。""我们今年的预算花完了。"

如果换作从前，也许我会放弃，我会选择回到电脑旁继续写我的文案，继续修改我的文案。可是，如今我必须得挑战自己，我得多一些生存技能，不能指着一样技能过活。

正如逆袭计划第三步提到的：增强自己的经济实力。看在钱的分上，我也必须坚持下去。

塞林格在《麦田里的守望者》里写道：一个不成熟的人的标志是他愿意为了某个理由而轰轰烈烈地死去，而一个成熟的人的标志是他愿意为了某个理由而谦恭地活下去。

如今，我过了三十岁，我可以卖萌，但是我也无法拒绝不再年轻的事实。我必须谦恭地活下去。正如我面对现在的工作，为了我可以全国甚至全世界免费旅游的梦想，我必须谦恭地活下去，熬下去。

何乐天对我的表现很是赞赏。如今，我是真的在履行我的逆袭计划第三步。

周末，何乐天来我家里，带着一个小蛋糕。

我笑着说："来就来嘛，还带什么礼物。"

如今，和何乐天已经熟了，我也就不客气了。其实，我是被那蛋糕吸引了，我以前只知道蛋糕和水果放在一起既好看又美味。如今，何乐天将鲜花和蛋糕放在一起，更加秀色可餐，而且还是浪漫的玫瑰蛋糕。

我拍了拍何乐天的肩膀："你，你也太懂女人了。我怀疑你是同性恋！"

何乐天愣了愣："说什么呢？我怎么会是同性恋！你才是同性恋！"

"急了？越着急越说明内心有鬼哟。"说完，我赶紧咬了一口蛋糕。顿时，玫瑰的清香和蛋糕的清香一起，充盈了我所有的感知器官。

而此刻的何乐天还在为我刚才的话着急："不信！不信的话，要不你试试？"何乐天低头凑到我耳边说了这句。正吃着蛋糕的我呛了一口。

何乐天的这句话着实吓着我了，着实太暧昧了，我差点儿脸红了，不过低头使劲儿咳嗽的我终于掩藏了我的尴尬。

"所以，试了不就知道了，免得总冤枉我。"何乐天一副无辜样。

"你——以后不许开这样的玩笑！"我指着何乐天的鼻子郑重其事地说，表情很严肃。

我知道何乐天人不错，长得也不错，虽然现在还不是有钱人，但凭他的本事，绝对是一只潜力股。

可是，这跟我林玉兰有什么关系呢？等他有一天从潜力股变成了绩优股，也许早就把我给忘了。所以，我绝对不允许自己对何乐天有任何想法。

何乐天见状两手一摊："好吧，不开就不开。"

"你看你，吃相优雅一点儿，否则哪个男人还敢要你？"何乐天知道我心情不错,所以他已经开始开我的玩笑,而且是针对我最敏感的点。要换从前,比如第一次在飞机上的时候,我是会当众翻脸的。

"不要就不要,我现在不是活得好好的。还有,你别在我享受美食的时候开我的玩笑!浪费美食!"我伸出食指轻轻地戳了他的胸膛。

"怎么样?味道不错吧。"何乐天一副求赞的模样。

我使劲儿地点点头,在美食上,我绝对是无法隐藏自己真实感受的。

"我当试吃员吧,看在熟人的分上,免费!你知道吗,现在有一种职业叫酒店试睡员,不仅免费住酒店,而且还有钱拿。我就不要你的钱了。这款玫瑰蛋糕,味道和创意都很棒,你们可以做情侣定制单品啊,还可以定制表白的话语! Wow,简直太浪漫了!"

我的想象力开始发挥作用了。我的脑海里浮现出了男人拿着这款蛋糕去跟女生表白的场景,女生又惊讶又欣喜,热泪盈眶中答应了,然后男人靠这款蛋糕抱得美人归。

"好啊,不错的主意,看来蛋糕没白吃啊。"

"那是,我跟你讲,你不要小看了你的生意,这是在积德呢,你制作代表爱情信物的蛋糕,促成了那么多的情侣和婚姻,你以后一定会很好很好的。"我发自内心地说。

成人之美,永远是最有成就感的事情。

何乐天被我这么一说,而且提了这么高一个高度,兴奋地摩拳擦掌。

突然,我想起了什么,表情严肃了起来:"乐天,我可以做你们店里的免费文案顾问,总之,以后你别给我费用了。我吃人嘴软。"我指着已经空了的蛋糕盒子。

"可是——"

"别说可是,如果你给我钱,我就跟你翻脸,以后我就不吃你的蛋糕了。"我依然很严肃,不容得他继续说。

何乐天点了点头,表示接受了我的提议。

我是不想欠人情的人。何乐天给了我那么多帮助,我只想以这种方式来回馈他。虽然我知道这也不及他给我的帮助,但是我目前只有这个能力。

我笑了笑拍了拍他的肩膀:"下次试吃第一时间给我拿来啊。"

何乐天立刻站直身子行了一个礼:"Yes,madam!"

我被这突然的举动逗乐了,哈哈大笑。

就在此时,有人敲门,我开门一看,门口站着的是伍宇。

40 处女罗马式决斗

其实,女人都有虚荣心。如果活那么大还没有男人为你打架,那实在是白活了。而我在等了漫长的三十年之后,终于等来了。虽然有些晚,但至少还是来了。

人生为什么要设计好?正是这种不确定和可能性,才是人生的趣味所在。

我和何乐天脸上的笑容还挂在脸上,伍宇的突然出现让我和乐天都觉得好意外。同时,伍宇也没想到会是这种画面,他的表情也很僵硬。

我轻声地责备伍宇:"你来做什么?我跟你没关系了。"

伍宇瞄了一眼何乐天,又瞄了瞄客厅里的蛋糕袋子,声音怪怪的:"看来我来得不是时候啊?"

我本来想赶紧辩解,比如:他只是我的前客户、我的房屋中介员、我的邻居。

不过我看着有些酸酸的伍宇,心里觉得很爽,便走出门外,故意对伍宇说:"是啊,你来得真不是时候呢,你坏了我们的好事!"

伍宇听了表情更难看了："你，你不会真的跟他有什么吧？"

"这年头，猪都能上树，还有什么不可能呢？你只是不能接受被你抛弃的林玉兰有了新欢而已吧。"我直接说中伍宇的内心。

如今，我已经不再是沉溺情海的那个失落女人，我的智商已经恢复，我的情商也在提升。

伍宇更着急了："我只是替你担心，担心你被骗，你看你，年龄也不小了，找个比你小的，人家是男的，本来就不显老，有的是青春，你呢，你耗得起吗？"

我知道，伍宇说的都是大实话，这也是我明白的道理。

只是如今看着伍宇又生气又着急的表情，我很爽，要是那个晓笛见了以后，估计会气疯吧。

"担心我被骗，你是贼喊捉贼，色狼喊色狼。你不就骗了我七年？"如今，我言辞犀利。

这句话把伍宇问到了。伍宇开始沉默了。他的脸上写满了愧疚。我相信，这种愧疚是发自内心的。

也许是我和伍宇的对话时间有些久了，何乐天打开了门，脸上充满了愤怒："你耗了玉兰整整七年，你不能给玉兰幸福也就罢了，还来纠缠玉兰，还要阻止她有新的生活。我为你感到不耻！"

伍宇被何乐天狠狠地批了一通，很快，脸上的愧疚变成了敌意："我和玉兰的私事儿，关你屁事儿！"

何乐天一听更加生气："就关我事儿了，我就见不得男人欺负女人！赶紧滚蛋！"

伍宇回击："哟，你还真当自己是男主人了，这是你的地盘吗？轮不上你说话！你知道我跟玉兰的旧情吗？七年，七年，怎么能说断就断？"

此时，只听"砰"的一声，我定睛一看，何乐天的拳头已经落到了伍宇的脸上。顿时，伍宇的嘴角流血了。很快，伍宇也狠狠地一拳反击，这一拳落在了何乐天的肚子上。

两人扭打在了一起。乒乒乓乓，拳头与肌肉相碰的声音，听着让人发怵。

其实，那一刻我心里挺高兴的。我活了三十一岁，第一次有两个男人为我打架，这种感觉真的太好了。我只能说，这才是高潮，只是这高潮来得太晚了。

我享受了这种快感之后，发现他们不能再打下去了，否则真的会出人命，我大吼："别打了！"我合唱团的高音功力开始发挥功效了。

果然，两人好像被按了停止键，真的松了手，伍宇在第一时间抹嘴角的血，而何乐天则在第一时间整理自己的发型。

"行了，各回各家！你们想要继续打就随你们，反正不关我的事儿。"我使劲儿地把两人推到了电梯口。

关上门的刹那，我开心地就要跳起来了，我打电话给鲁敏报喜："鲁敏，你一定要恭喜我，我终于迎来我人生的处女罗马式决斗了！"其实，女人都有虚荣心。如果活这么大还没有男人为你打架，那实在是白活了。而我在等了漫长的三十年之后，终于等来了。虽然有些晚，但至少还是来了。

"什么处女罗马式决斗？对了，你也要恭喜我，我怀宝宝了！"鲁敏难掩喜悦。

"啊，你不是不喜欢小孩吗？"我很诧异。鲁敏向来是一个新新人类，不想结婚，也不想要孩子。结果呢，这不想结婚的结婚了，不想要孩子的有孩子了。我这等如此想要婚姻、想要孩子的女人呢，却还是孤家寡人，老天真的是太不公平了。

"人是会变的。我不能多说了,怕手机辐射。"鲁敏赶紧挂了电话。

是啊,人是会变的。

如今,我开始回味鲁敏以前的话了:单身的好处就是你拥有难得的选择权和无限的可能性。

我想起了指责伍宇破坏了我的结婚计划时,伍宇对我说的:"人生为什么要设计好?正是这种不确定和可能性,才是人生的趣味所在。"

41 我愿意做你的备胎

我当然不能萎谢,就算曾经深深爱过、深深痛过,就算我已经不再年轻貌美,我也不能萎谢,我要绽放,我要寻找属于我的春天。

从前的绽放都不是真正的绽放。是的,我要身心的绽放。从前的绽放只是青春的绽放,那是一种自然的绽放,连我自己都不曾察觉,连我自己都没有珍惜,连我自己都没好好回味它就萎谢了。

我要绽放,我要怒放,我要工作和感情都绽放,我要心灵的绽放。

感情这种东西,真的不能轻易碰。它可以把朋友变成恋人,还可以把朋友变成陌生人。

我的编导工作在经历了长达两个月的学习之后,终于迎来了一个新的开端。在和各地旅游局打了无数电话后,我这个实习编导终于迎来了我的第一期节目。

这一刻,我很欣慰。原来,工作对于女人是如此重要。我在工作上努力了一分,就看到了一分的成绩。所以,我开始明白一个深刻的道理:工作永远都不会辜负你,而男人却不一定。

尤其是对我这种靠工作来治疗情伤的女人来说,工作就是我的救命稻草,就是那个传说中"上帝在这里关了门,却在那里开了窗"的那扇窗户。

很难想象,如果没有工作,没有这扇窗户投进来的阳光,没有这扇窗户投进来的希望，我会怎么样呢？估计是早就"萎谢"了吧。就像张爱玲对花心的胡兰成死心后说的："我想过，我倘使不得不离开你，亦不致寻短见，亦不能够再爱别人。我将只是萎谢了！"

而我当然不能萎谢，就算曾经深深爱过、深深痛过，就算我已经不再年轻貌美，我也不能萎谢，我要绽放，我要寻找属于我的春天。

从前的绽放都不是真正的绽放。是的，我要身心的绽放。从前的绽放只是青春的绽放，那是一种自然的绽放，连我自己都不曾察觉，连我自己都没有珍惜，连我自己都没好好回味它就萎谢了。

我要绽放，我要怒放，我要工作和感情都绽放，我要心灵的绽放。如今，在工作上我已经看见了希望，可是感情呢？我的感情依然一片空白。

对于像我这种情商不太高的人，一个时期做好一件事情就已经很好了。所以，我把目前的主要矛盾定位在工作上。

至于感情，我不会主动去求。因为我知道，感情不是求来的。我开始用"随缘"和"顺其自然"的词语来安慰自己。

我渴望旅行，渴望远行。

当我被告知下个月要去贵州镇远古镇做旅游节目时，我非常开心。从图片上看就很让人期待，被称为"东方威尼斯"的镇远，真的有威尼斯那么美吗？虽然我也没去过威尼斯，但是我相信在我有生之年的某一天一定会到威尼斯去看看。

同事们不会知道，我渴望旅行的原因其实是因为我心里没有牵挂的人。当有一天，我停下来不再渴望远方的时候，那一定是我身边有一个牵挂的人了，也许是男人，也许是小孩。

现在，我已经养成了一个好习惯，就是每天都会在网上看财经新闻。我在履行逆袭计划中的培养理财意识。如今，我已经能从枯燥的财经新闻背后看到故事了。我知道,这是一个巨大的进步。

不管是工作还是情感,原来都是一种习惯。习惯了,就好办了。正如同现在,我开始习惯了我的单身生活。

我的单身生活以工作、看新闻、看电影、看小说、听音乐、睡觉和下午茶组成,当然,偶尔也跟何乐天插科打诨。

"嗯,你已经具备了理财意识,不过,你对经营意识有什么想法?"我和何乐天在小区的粥店喝粥。

我开始喜欢和何乐天在一起。正如我的逆袭计划第五步:刷新朋友圈。那么何乐天就是我的新朋友圈最重要的朋友之一。因为他是一个给我正能量、能够促使我进步的朋友。

我告诫自己,这是友情,但绝不能是爱情。

其实,在我的新朋友圈中,朋友本来就少得可怜,而走得近的异性朋友也就只有何乐天这么一个了。

刚从公司回来的何乐天一身深蓝的贴身西装,也许是顺利谈下一个合作,他的脸上洋溢着自信和得志。这是一个多好的青年才俊啊。

要是我是丈母娘,我也喜欢何乐天这样的女婿。阳光、帅气、上进,满身的正能量,简直就是前途一片大好啊。

是啊,应该不少富家千金会盯上他吧。

"喂,想什么呢?"何乐天的手在我眼前晃,我这才回过神来,赶紧摇摇头打起精神。

"经营意识?要不我也像佳佳学习,在旅游节目里好好做,建立旅游圈的人脉和影响力,然后可以做一个环球旅行家,到哪里都有人给我买单,多好啊。"的确,我不是没想过"经营意识"这个问题,除了像佳佳这样的方式,我还没有更好的方式。

这时候,何乐天拿出一个 iPad 递给我:"你可以试试。"

当我接过 iPad 看见网页的那一刹那，我怔住了。

这是一个写网络小说的网站，大量的网络写手通过网站连载小说。我之前听说过这个网站，只是从来没去看过。其实，自从毕业后，我已经很久没好好看书了，更别说在网上看网络小说，我觉得那是很浪费时间的一种方式，还不如睡懒觉。如今，何乐天让我去网站当写手，我还真的很意外。

我翻看着网站页面，什么女频、男频、都市情感、古典穿越、悬疑恐怖……天啊，居然那么多的写手都在这里写小说，有的居然一天更新一万字。天啊，一万字，打字打得手都麻了。这意味着什么，意味着竞争激烈，读者凭什么看你的小说啊。同时，要经常更新，这意味着你一点儿都不能偷懒，如果长期不更新，那读者就不追了。

最关键的是，读者都习惯了免费，求点击量已经是不容易的事情，如果还让他们掏钱来看，那更是比登珠穆朗玛峰还难。

我倒吸了一口冷气，面露难色："我，我行吗？"

"你不试试怎么知道？不过，我看好你哟。你忘了？你是我的投资对象，不要辜负投资人的苦心哟。"何乐天很快就把一碗粥喝光了，露出一副很满足的神情。

说实在的，每当听到他说这句："我看好你哟。你忘了？你是我的投资对象，不要辜负投资人的苦心哟。"我就觉得很窝心。这个世界上有人看好你，那么你有什么理由不看好自己呢。

突然，我拍了一下手掌，惊得旁桌吃烤串的大叔扭头看我，以为我扇了谁巴掌呢。

"懂了，我懂了。我去小说网站挖坑写连载就是一种经营，你是希望我从一个文案转变成一个网络作家，对吧？嗯，的确不错，文案和作家，后者显然更被人认可。"

此时，何乐天猛地又鼓掌了，又引得邻桌的大叔回头。我和何乐天相视而笑。我悄悄地凑上前说："好了，不然大叔以为咱俩是神经病呢，一惊一乍的。"

何乐天笑了笑："我的眼光果然不错嘛，你悟性不错。对啊，这就是经营意识，这就是华丽转身！况且，文字是你擅长的东西，何不将你擅长的东西再继续发扬光大呢？这年头，靠手艺活着的人，都是活得最从容和滋润的人！"

何乐天的这番话点醒了我。是啊，如今，我已经有了固定工作——旅游节目的编导，有固定的工资，如果我用业余时间在网上写连载的话，相当于多给自己一条路。

古语说得好：艺多不压身。

想想，香奈儿女士不就是靠手艺吃饭的女人吗？她就是一个好裁缝！

一想到此，我觉得不远处的光明在招手了。

我很开心。真的很开心。

突然，我问了一个很想问的问题，表情变得严肃了："乐天，你一定要诚实地回答。在我人生最低谷的时候，任何人都不看好我的时候，你为什么要看好我？要知道，我那是丢在灰烬里的石头啊，别的男人看都不会多看一眼，甚至还会来踩一脚，更别说打磨投资我了，你难道不怕血本无归吗？"

这个问题在我心里埋藏了很久。

是啊，何乐天图什么？图钱，我穷人；图色，我也没啥，他也用不着花那么多心思。图什么呢？我一直搞不懂。

"别人不看好的，我看好，然后成功了，这才说明我眼光独到，才有成就感。这有什么理由？别多想了。"何乐天沉默了半晌，笑着对我说。

"可是，可我无以为报。"我轻轻地吐出了这句话。

是啊，我真的怕欠人情。何乐天对我的影响太大了。那几乎是拯救我人生的人，可我呢，我也就能帮他写写宣传文案。这太不对等了。

何乐天凑上前，又开始变得吊儿郎当："是啊，无以为报，要不，以身相许？"

说完，何乐天哈哈笑了起来。

"呸，是你以身相许吧。要知道，我比你大，是我占便宜哟。"我已经和何乐天很熟了，熟得可以开玩笑了。

作为熟女的我，已经没有了那种"以上床作为天大馈赠"的想法了。

何乐天点点头，突然表情严肃起来凑到我耳朵旁轻声地说："我有个提议。"

"什么提议？"我感觉到脉搏跳动加快，但是我努力掩饰。

"你不是说失恋最痛苦的是连一个备胎都没有吗？那么，我愿意做你的——备胎。所以，彻底和伍宇断了吧。"

我盯着何乐天的脸，有些不相信。何乐天说得很真诚，不像是开玩笑。

此时此刻，我不知道该如何回应他。真的，我心烦意乱。我怕这是一句玩笑，不敢当真。对于感情的事情，我还没康复，不能从一个狼窝跳到另一个火坑。

我好不容易开始接受和习惯我的单身生活，我害怕被不靠谱的感情所打乱。特别是何乐天，这是我的新朋友圈中最重要的人，这是对我现在及未来有重要影响的人，我更是要小心翼翼。

感情这种东西，真的不能轻易碰。它可以把朋友变成恋人，还可以把朋友变成陌生人。

如果能选，我愿意和何乐天做朋友，好不容易有一个男人出现在我身边，他是我的伯乐、我的导师、我的投资人，我可不希望最后变成陌生人。

我的内心早已翻江倒海。

"备胎的身份太委屈你了。"我终于说出了这句话。

"莫非直接转正？"何乐天马上露出大白牙笑嘻嘻地问。

"我觉得，朋友是最适合我们的。"抛下这句话后，我离开了，确切地说，是我逃走了。

我已经顾不得何乐天此时脸上的表情。

我知道，这算是委婉拒绝吧。

我很感谢何乐天，因为他把拒绝的主动权给了我。而不像伍宇，我连拒绝的权利也没有。

是啊，朋友，是我和何乐天最好的距离。不能再进一步，也不能再退一步。

回到我的小屋子里，我开了电脑，一如既往地播放着音乐。一个人的时候，我会将音乐的声音开得很大，几乎传遍了整个房间。我还不孤独，有音乐陪我。《日月凌空》的歌词很美：

千年之后

你翻云覆雨的手

在哪一个诗篇里能找到温柔

千年之后

你忧伤似海的愁

爱不是恨不是他全部的理由
还记得千年之前某个时候
花儿开在春色满园路的尽头
天气就好像被风吹拂的丝绸
你的泪滑落在灰飞烟灭的袖
……

别说千年之后，百年之后，我们又在哪里，去了哪里呢？
我沉浸在一种忧伤中，这是一种艺术带来的忧伤。
可就在此时，好朋友周忆打电话给我："玉兰，我在北京，明天我去找你吧，我有好多事儿要和你说。"

42 大龄未婚女与大龄离异女哪个有前途

> 婚姻绝对不是浪漫的游戏,婚姻是最现实的生活。婚姻伴随着的是:夫妻问题、婆媳问题、孩子问题、教育问题、事业和家庭平衡问题、养老问题……总之,一连串的问题。
>
> 有多少女人奢望婚姻能改变自己的一生,其实是我们夸大了婚姻的功效。其实,婚姻早就不是一个魔法棒,它不能给我们解决想要解决的问题,比如孤独、寂寞、没有安全感、财务不自由。

周忆来北京了。这是我万万没有想到的,她不是在泸州生活得好好的吗?她是来玩的还是来工作的?我有太多的问题。

第二天晚上,我在烤鸭店请周忆吃饭。因为她说一定要尝尝北京烤鸭和四川的板鸭有什么区别。

"怎么一个人,你老公呢?"我落座后就问。在老朋友面前,我从来都是有话直说,有问题直接问。

周忆眼神闪烁了一下,迟疑了片刻说:"我在打离婚官司,现在女儿半岁。"

"什么,你要离婚?还要打官司?你女儿那么小还要离婚?"我惊得下巴都快掉下来了。

按理说，周忆和她老公也算是郎才女貌、门当户对啊。

"你们离婚，搞得我都不相信爱情了，不敢结婚了。"我说了我的心里话。去年她结婚的时候，正是我人生最低谷的时候，当时在婚礼上的她是多么幸福的女人啊，全身上下都写着幸福，我当时多么羡慕她啊。当时想，其实她和她老公在小城市生活也很滋润的。

没想到，世界变化如此之快。怪不得婚恋调查报告说如今的离婚率已经高达百分之三十七，大城市甚至达到百分之四十，我这下才意识到也许是真的。因为我觉得最不可能离婚的朋友都离婚了。

"究竟什么原因啊。看在你女儿还这么小的分上，你也忍一忍嘛。是他有别的女人还是？"我以为小城市的小三儿没那么多，看来互联网社会已经把地域差别降低了。

周忆叹了一口气："唉，提他家我就生气，我辛苦怀胎十月，坐月子都没人照顾我。他是独生子，他妈嫌我生了女儿给我脸色看，而他呢，居然向着他妈说我不对。我不能让我女儿在这种家庭里长大！"

这都什么时代了，还有人老古董重男轻女。再说了，周忆嫁的就是一个小康之家，又不是什么豪门，不存在子承父业的问题啊。

如果是我在旁边，我一定会劝：你不知道啦，这年头，大城市的人才希望生女儿呢，女儿最贴心，嫁了还想着娘家，而儿子通常结婚之后就听老婆的向着丈母娘了。

果然，正如鲁敏所说的，嫁人不是嫁给一个人，而是嫁给一个家庭。显然，周忆遇到了很多中国媳妇儿都面临的婆媳问题。而她选择的是逃避，是放弃。

那一刻，我很替周忆担心，一想起她面临的复杂问题，我的眉头也不禁皱了起来。

"真的不能调和吗？其实婆媳问题自古就有，还不至于离婚吧。"我试着劝她。

此时，切好的烤鸭上来了。周忆摇摇头，再度叹息："算了，你别劝我，你又没结婚，你根本就不了解这种痛苦。"

我只得停止劝说，是啊，我没结过婚，的确不能理解她的痛苦。我只能在电视剧里体会婆媳吵架和身为双面胶的丈夫的情形。

也许是我站着说话不腰疼。任何的痛苦，都只有当事人才能理解。

"那为啥要打官司呢？"我还是要继续问。

"离婚分财产啊。结婚时，首付是他们家付的，我们家买的车子。现如今，我要求房子平分，可是他和他妈不愿意。越说越气，我女儿都跟他生了，结果呢？"

周忆尝了一口烤鸭，嚼了一口，点了点头。

从周忆的遭遇看来，我终于明白了一个道理：婚姻绝对不是浪漫的游戏，婚姻是最现实的生活。婚姻伴随着的是：夫妻问题、婆媳问题、孩子问题、教育问题、事业和家庭平衡问题、养老问题……总之，一连串的问题。

从前，我一门心思想要结婚，削尖脑袋也要往结婚大军里钻，可从来都没有想过这些现实的问题。我只是看见周围的同龄人都结婚，我要是不结婚，那就是失败，那就是异类。

"我这边还没结婚，结果你们都离了一轮了。"我淡淡地说了这句。

是啊，一个三十一岁的大龄未婚女人和一个三十一岁的离婚带女儿的女人，哪个更惨呢？

回来的路上，我陷入了沉思，原来，从前的我是多么的无知。估计有很多女人也像我这样，年龄到了渴望结婚，渴望男人，渴望那个叫作家的港湾能给我们安全感，能让我们不寂寞。可是，婚姻真的能带给我们安全感吗？婚姻真的能让我们不寂寞吗？

有多少女人奢望婚姻能改变自己的一生，其实是我们夸大了婚姻的功效。其实，婚姻早就不是一个魔法棒，它不能给我们解决想要解决的问题，比如孤独、寂寞、没有安全感、财务不自由。

两个人在一起就不孤独寂寞吗？如果两个人已经不再相爱，如果两个人失去沟通的兴趣和能力，如果两个人根本就没有共同话题，那只会更寂寞。两个人在一起往往伴着两家人，那时候，如果不能实现心灵的沟通，那也只是另一种寂寞，一种"喧嚣"的寂寞。夜深人静时，看着已经熟睡的伴侣，你望着窗外的星光，一股冷飕飕的寒意扑面而来。是的，喧嚣过后更寂寞。

就算它真的解决了我们单身时害怕的问题，但是接踵而来的是婚姻带来的种种问题。

43 女人总是无爱可做的时候才做事

上天还是眷顾这些感情失意的女人的,用事业的成就感来弥补她们。没有性高潮,那就追求事业高潮。只是,不管是性爱还是事业,我都处在漫长的前戏里,我不知道我的高潮何时来临。

我已经不介意别人说我俗,我不得不俗,我就是一个俗人。别跟我谈高雅,别跟我谈阳春白雪和高山流水,我消费不起。

如果一个三十岁的穷女人还在视金钱为粪土,那才是有病吧。那才是真的"吃不到葡萄说葡萄酸吧"。我很庆幸,我醒悟了,我务实了,我爱钱了。因为我知道,当没有男人和爱情时,钱就是唯一能带给我安全感的东西。

据说,成功的男人大多都有幸福的家庭,而成功的女人大多离异或单身。多数女人是在无爱可做的时候才做事,多数男人是在无事可做的时候才做爱。

就像欧洲,越是南欧的姑娘越是漂亮,越是南欧的男人就越懒,阳光灿烂,海水正蓝,美食美酒派对不停,最关键的是南欧姑娘漂亮啊,身材都超正,所以呢,天天饱暖思淫欲,哪里还想工作啊。所以,意大利、希腊、葡萄牙、西班牙这些国家的经济都不太景气。怪就怪在,姑娘太美,男人都想着泡妞做爱了,哪还想去赚钱呢?不像中国男人,努力赚钱买房就是为了泡妞、娶老婆,人家不用努力赚钱照样可以泡妞、娶老婆。

显然，我就是那个无爱可做的人，所以才有更多时间来做事。

由此看来，上天还是眷顾这些感情失意的女人的，用事业的成就感来弥补她们。没有性高潮，那就追求事业高潮。只是，不管是性爱还是事业，我都处在漫长的前戏里，我不知道我的高潮何时来临。

但值得庆幸的是，我的事业、我的工作，已经看到一点点兴奋点了。

终于，我等来了我人生中的第一次公费旅行。我的旅行就是工作，我的工作就是旅行。这种感觉真的很棒，只是比普通的驴友要更忙碌一些，因为我担负了宣传的工作，要负责带摄像团队拍下来，然后再介绍给观众，吸引他们去旅游。

何乐天说让我多拍照片发给他，这样虽然他在北京苦逼地工作，心也好像跟着来旅行了。我答应了。

镇远真的是美丽的山水之城。我对有山有水的地方都有好感，可能是因为我从小就长在泸州沱江边，我老家的玉龙湖也很美，像一条白玉一般的龙环绕着我家。我家的山虽然不够高，但树木葱翠、花香四溢，真的是美丽的家乡。所以，从前只要作文写"美丽的家乡"，我都能写得很好，只是我每次都写不出新意。

当然，镇远最特别的是传统文化。城内舞阳河自西向东呈"S"形蜿蜒贯通全城，形成"九山抱一水，一水分两城"的太极图城市风水，这就是太极古镇！整个镇远，背靠青山，面朝水面。这是风水上最关键的，意味着背后有靠山且具有安全感，而前景开阔且光明。

当我站在石屏山上远眺时，感觉大自然太神奇了。

那一刻，我已经忘了爱，也忘了恨，我只是沉醉在大自然的瑰丽和神奇里。

"镇远的'歪门斜道'是有讲究的，斜斜地对着巷子，不会与巷子平行或者垂直。小巷也是七拐八拐地扭着走。这歪和斜,据说是遵从了风水上的说法,讲究的是'财不露白'。同时也是防止山石下滑和涨水。"导游给我介绍。

我通过微信把这一天的所见所闻发给了何乐天,图文并茂,刚好,这也可以当作游记的草稿了。嗯,写游记也可以赚一份钱。

何乐天表示了各种羡慕嫉妒恨,声称下一次一定要来,而且点名要我当导游。

我打趣:"那我要收费啊。"

"行,给你钱,果然是很有经商头脑了啊。开口闭口谈钱了。"何乐天回道。

那是,我不是富家千金,我必须自己去赚千金。我不谈钱就没饭吃。所以,你可以说我俗,我已经不介意别人说我俗,我不得不俗,我就是一个俗人。别跟我谈高雅,别跟我谈阳春白雪和高山流水,我消费不起。

如果一个三十岁的穷女人还在视金钱为粪土,那才是有病吧。那才是真的"吃不到葡萄说葡萄酸吧"。我很庆幸,我醒悟了,我务实了,我爱钱了。因为我知道,当没有男人和爱情时,钱就是唯一能带给我安全感的东西。

如果一个女人,到了四十岁还得要去卖笑去挣辛苦钱,那就惨了。好在我才三十一岁,我醒悟得不晚,我必须要赚到能养老的钱,我才不要去老人院吃那冰冷的餐、住那冰冷的床。

所以,我晚上开始在小说网站上连载小说,小说的名字叫《侏罗纪恋人》。只要白天没加班,我给自己的指标是每天一千五百字。一周可以有两天的假期。

白天忙着旅行,晚上忙着码字,我的生活如此充实。

我惊喜地发现，伍宇已经从我的生活中消失了。我再也不会等着他的电话了，再也不会追着打他的电话了，再也不失眠了，因为码完一千五百字时，我已经很累了，然后睡得特别香。

白天，我一个人走在镇远的古桥上，望着舞阳河，看着一对对的情侣从身边走过，心里还是有一丝丝的失落。

我暗暗告诉自己，下次一定带我的真命天子来这里。而现在，我只是来探路的。

我兴奋地打电话给何乐天："我终于痊愈了！我终于不再想他了！"

这是一个天大的好消息。原来，忘记一个人，越想忘记越忘不掉，当你忙碌的时候，你已经不知不觉地忘了。

所以，我的逆袭计划第三步——增强经济实力——就需要忙碌的工作来完成。而忙碌的工作正有助于治疗情伤。可谓是一举两得的事情。

镇远回来，我感觉全身心都像做了一次SPA，非常清爽。

可是，我还是遇到了恶心的事情。

就在我住的小区里，晓笛又来找我了，她好像瘦了，黑眼圈很重。她应该是等了我很久，见到拖着箱子的我，箭步跑到我面前："我怀孕了，是他的。所以，你别纠缠他了。你就别指望跟他复合了！"

44 看一出怀孕逼宫的戏

当感情没有了信任,那你就只能眼睁睁地看着这段感情走向灭亡。

在那一刻,我突然觉得面前的这个女人好可怜,纠缠着一个比她大十五岁的男人,还非要靠肚子来上位,靠肚子来要挟一切她认为的情敌。

"拜托,我最近都在出差,我连他电话都没打过,我怎么就纠缠他了!是的,前段时间他来找过我,但并不是我纠缠他啊。再说了,我和他就算联系,也是我和他的事情,也轮不到你管。你怀孕了,那恭喜你,快点儿结婚吧。这个男人,让给你好了,反正我已经不爱了。"

说完了这番话,我就转身径直回家。我不想再跟这个女人说话,我觉得跟她说话已经降低了我的层次。

一个二十岁出头的女人，追求点什么不好，非要用尽一切手段和心思去抢男人。在那一刻，我觉得自己的姿态是高高在上的。

如今，她怀孕了，的确是可以靠着肚子上位了，靠着肚子和伍宇结婚。但是，她这一辈子就这么定了。而我呢，我还是有无限可能的。

我回头对她说："还有，别再来找我了，你我不是一个层次的，我们没什么交流的。我也不想看见你！还有，我对你很客气了，别惹怒我，别再跟我耍心计斗心眼，我也不是吃素的！"我停下脚步，转头告诫她。

我无比讨厌这个女人。曾经，我是那么恨她，恨她破坏了我对未来和幸福的所有幻想。但是就算再恨她，我也做不到找人去打她一顿，只能心头恨。

如今看来，那幻想破灭了也好，破灭了落在了地上，摔得很疼，但是疼一疼就好了。

我转身的姿势非常华美，我在气势上赢了。

可是回到屋子里，我还是觉得胸口好闷。

在镇远还好好的，在镇远还大声地跟何乐天宣布我已经忘记伍宇了，我已经痊愈了。可是，一想到晓笛怀了伍宇的孩子，我还是心里很不舒服。我坐在沙发上，坐了很久，很久。

窗外的天色一点点地从明亮变成了阴暗，而我却浑然不知。

我拨通了伍宇的电话："恭喜你，你要当爹了。"

伍宇说："什么当爹，我怎么不知道？"

"今天她来找我了，说她怀孕了，是你的。"

"靠，她说的你也信啊。假怀孕，别理她。你还不了解她，她可比你精多了。这是她的手段而已。"伍宇一个劲儿地辩白。

我挂断了伍宇的电话。那一刻，我突然不知道该相信谁。我想起了日本电影《罗生门》，这多么像啊，每个人说的都是一个版本，都说着有利于自己的故事。

我叹了口气，在那一刻，我意识到一个很严峻的问题：我已经不再相信伍宇了。就算我心里还爱着伍宇，可是也无法再在一起了。当感情没有了信任，那你就只能眼睁睁地看着这段感情走向灭亡。

晓笛的几番折腾，终于把我心中的信任给破坏掉了。她的目的得逞了。

好吧，现在的我该怎么办呢？不管是真怀孕，还是假怀孕，我就坐等着看戏吧。

既然他们要演戏，那我就好好看戏了。

只是，我觉得这出戏负能量太多，如果可以选择不看，我还是不看好了。还不如在家更新我的网络小说《侏罗纪恋人》，因为它能带给我快乐，带给我希望。

生活总是令人身不由己。如此世俗的桥段，没想到也被我碰上了，而且是我的竞争对手。

不过，如今我已经退出竞争了。我厌恶这场局。看一个人的身价，要看他的对手。我不屑与这样的对手为敌，实在太掉价了！

当何乐天出现在我门口的时候，也许是我的脸色难看，被他察觉了出来。我的脸总是藏不住心事。这点不好，我还是需要改。

"怎么了？"何乐天关切地问。

"找我什么事儿？"我反问他。

"从镇远回来不是好好的？怎么又不开心了？你不是吸收了天地之能量、日月之精华，带着满满的正能量回来的吗？"

我沉默。何乐天则更着急了。

"你说吧，说吧，憋在心里会出事儿的，究竟遇到什么事儿了。

我跟你讲，这世界上的事儿，一定有解决办法的。"

"那个女人，居然跑来跟我说怀孕了。"我终于说出来了，我想，再不说出来，我就要爆炸了。

"怀孕？"何乐天重复着这个词，半晌才回过神。

"怀孕好啊，那就让她怀孕呗。"何乐天的脸上竟然有一种幸灾乐祸的表情。

何乐天半开玩笑地说："林玉兰，你看人家都怀孕了，你就死心吧。一切都已经尘埃落定。"

"谁说我没死心，我早就死心了。"我不服地大嚷。

"那你的脸上为何充满了失望和忧伤？"何乐天追问。

我不知道该如何反驳他，只得吐了一句："关你屁事。"

何乐天则做受伤状地说："你说，你放着面前这个高大帅气的备胎不看一眼！哎呀，你真够绝情的，连个备胎的资格都不给我！"

何乐天又开始旧话题重提了。他其实不知道，我早就喜欢他了，但是喜欢又怎样？喜欢又不一定非要在一起。我不要到时候我们连朋友都做不成，我不要从喜欢变成失望。

"林玉兰，来一个华丽转身，赶紧投入我的怀抱吧！考虑一下。"说完，何乐天走了出去。

华丽转身，你以为我不想啊，你以为我不希望有一个温暖的怀抱啊！可是，我有很多的可是，我有很多的犹豫……

45 说"三十不结婚违法"的人才违法

> 多少男男女女就是无法抗拒人言,就是无法抗拒来自长辈的压力,只得乖乖地像机械一般听从父母的安排走入婚姻的殿堂。那是什么?那不就是玩偶吗?
>
> 像我这样一个年龄超过三十岁的单身女人,要躲避这种说"三十不结婚违法"的大爷,最重要的就是要有一套属于自己的房子。

最近一大爷的观点在网上被疯转:"三十不结婚才违法。"

看见这观点,我差点儿疯了。我只想跟这大爷说:大爷,您能从山顶洞里走出来跟上时代的步伐吗?

如果三十不结婚都违法的话,那北上广有多少男男女女要违法啊。不过真要违法了也好,被关在监狱里,也省的为房租担心了。同时,我还会建议:大龄未婚女和大龄未婚男有交流日,说不定因此就内部消化解决了不少单身问题呢。

通常,封闭空间无法与外界接触,很容易产生恋情。

而我们现在的大龄未婚男女,之所以迟迟未婚,待价而沽,得陇望蜀,那就是因为在一个开放空间,双方选择的机会太多,同时受到外界的干扰也很多。

我只能说，说"三十岁不结婚违法"的人才违法，你违背了别人的选择权。人家有在三十岁时结婚的权利，也有不结婚的权利。轮得上你这样的大爷操心吗？

毕竟啊，人言可畏。多少男男女女就是无法抗拒人言，就是无法抗拒来自长辈的压力，只得乖乖地像机械一般听从父母的安排走入婚姻的殿堂。那是什么？那不就是玩偶吗？

像我这样一个年龄超过三十岁的单身女人，要躲避这种说"三十不结婚违法"的大爷，最重要的就是要有一套属于自己的房子。所以，我在日记本上写上了逆袭计划第八步：拥有属于自己的房子。

如今，身为北漂的我，对物质最渴望的就是房子，哪怕这套房子只有三十五平方米，哪怕是在郊区。是的，我是一个俗人。女人年龄越大，就越害怕漂泊。这也是大龄女人想要赶紧结婚安定的原因。

三十岁也许还不是很老，如果四十岁、五十岁，一个又老又穷又孤单的女人还在被房东扫地出门，四处搬家，那简直就是人间悲剧。

趁着还不是很老，我必须要奋斗，我是绝不能让自己以这样的悲剧收尾的。

拥有一套属于自己的房子，不跟人合租，远离父母的监视，那好处实在太多了。

我可以在自己的房子里大哭，不用说沙子进了眼睛。

我可以在自己的房子里大笑，不用被人说是不是吃了兴奋剂。

我可以喝醉酒想几点就几点回家，不用担心邻屋异样的眼光，不用听老妈诸如"好女孩不要喝醉也不要晚归"这种老生常谈。

我可以偶尔夜不归宿，不管是去朋友那里还是去男朋友那里，不用跟任何人交代。

我也可以带心仪的男生回来，直接干柴烈火，不用经过亲友团的层层审核，否则爱火早已熄灭，或者被这帮人给搅黄了。

我可以约一帮好友在家开各种主题派对，比如睡衣派对、制服派对，吃着自己做的小点心，在门口收朋友的礼物收到手软。

总之，我可以在我的房子里做我的女王。

可是，如今我的存款不足五万，在北京的二环内还买不到一平方米，我该怎么实现自己的"房主"梦想呢，而且是靠自己的正当所得，不是靠父母，也不是靠歪门邪道。

如今，我的编导工作底薪五千元，加上项目提成，平均能到一万元左右。在网上连载《侏罗纪恋人》，前期就根本别指望赚钱，能够有人去看、评论一下就已经很知足了。所以，照目前的情况，省吃俭用，每年能存个六七万，在五环外买一个四十多平方米的房子也要快两百万，首付按三分之一，那也要六十万左右。如果凭自己的工资，那我完成我的"房主"梦想也要十年之后了，而那时，房价又不知道涨到多少了。

其实，我也想起了伍宇给我的那张作为分手费的"五十万"的银行卡，在房价不断上涨的时候，其实用他的钱付首付买下房子过两年再卖出去，也能翻一倍。

我向鲁敏咨询，难道我真的得依靠一个男人（还是悲催的分手费）才能买上自己的房子吗？难道我不能真正的靠自己的双手买自己的房子吗？

鲁敏说我很傻："你跟伍宇还讲什么道义，他给你钱你就收着，你这还是做善事了呢，让他减轻负罪感。尊严，别讲什么尊严了。你想想，是被房东清走了有尊严，还是花男人的钱有尊严？"

"可是，我还是想尝试一下靠自己的本事买房子。"我怯怯地说。

"房价还会涨的,时机最重要。就当你先向他借的,届时赚了再还!"

鲁敏的这个方案还算靠谱。

手中握着五十万的现金,我开始有底气找房子了,毕竟,找到自己喜欢的房子不是一件容易的事情,小区环境、价格、地段、配套设施、物业费,都需要综合考虑。所以,真正要定下来也是需要一段时间的。

至于如何赚到我人生的第一套房子首付,如何能既快又正当地赚到干净钱呢?这可是一门大学问。

我只得向何乐天请教。

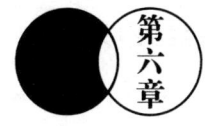

"渐入佳境"和"渐入高潮"

46. 幸福可以只跟自己相关

47. 前戏之后终于迎来了高潮

48. 就算输掉了结果也不能输掉姿态

49. 我不想再谈一段没有结果的恋爱

50. 上一世埋我的男人,你在哪里呢

51. "渐入佳境"和"渐入高潮"

52. 性爱、恋爱和婚姻,这三件事分得开吗

46 幸福可以只跟自己相关

　　幸福可以跟一个人有关。比如和你爱的人说有趣的事、看想看的风景、做爱做的事情。这是男人和女人认为的最常规意义的幸福。
　　幸福可以只跟自己有关。比如看了一本让自己成长的书，解决了内心的困惑；比如睡了一个饱饱的懒觉，醒来发现每个毛孔都在唱歌；比如饿的时候吃到了一碗很正宗的四川麻辣小面，这也能感到幸福……

　　人的确要靠衣装。

　　就算是乞丐，只要造型时尚有型，那也能成为犀利哥。

　　但就算是个帅哥，穿着老土怪诞，那也只能沦为小丑。

　　刚从外地出差回来的何乐天一身咖啡色西装，显得成熟了不少，他看着菜谱，笑了笑："玉兰啊，你可真是越来越抠门了啊，菜单上就没单价超过二十元的。我告诉你啊，我的顾问费可是很贵很贵的啊。"

　　我笑了笑："是你教我的，要有理财意识和成本意识哟。再说了，喝粥有什么不好啊。第一，喝粥多养生啊，而且各种蔬菜粥，多有营养啊。第二，喝粥保养身体。我这是为你身体着想。天天大鱼大肉再加啤酒，到时候你肚子不得这么大啊，那再帅的帅哥一旦肚子大了也就毁了。"

我一条一条地把道理摆出来。

如今，我努力培养自己的说话习惯和思维习惯，就是条理化。女人最容易思维分散，最容易无头绪，而这样可以让我在谈话中更有说服力。当然，这可能是我在编导工作与各旅行机构交流总结出来的心得。

何乐天笑了笑："哟，几日不见，我们的林玉兰小姐口才见长啊，再过几天可以去上博鳌论坛了。"

我笑了笑。"去，少拿我开涮啦。快点儿！给点儿干货啊！"

何乐天摇摇头佯装一副吃亏模样："喝着稀饭却要我给干货，这分明就是不平等交易嘛。"

"好，好，赏你两个烤鸡翅，干货了吧。"我又要了四个烤鸡翅。

何乐天点点头："好吧，不平衡的心稍微平衡一点儿了。不过，得等我吃饱了才有力气说啊。"

何乐天见我越着急，他就越故意不说。这也是一种证明自己价值和存在感的方式。

"好吧，看来，不把你喂饱是挤不出来奶的了。"我把两个不辣的鸡翅递给他。何乐天大口地啃了起来，果然是饿了。看着他吃得很满足的样子，我笑了。

什么是幸福，其实就是饿了有饭吃，有鸡翅啃。如此简单而已。

幸福可以通过很多种方式得到，而不仅仅是通过某个男人或某段婚姻。我们干吗一定要将幸福跟"爱情"紧密相连呢？

幸福可以跟很多人有关。比如带了一个很好的团队，这个团队做出了很棒的成绩，因此得到了团队的认可和感谢，这是有幸福感的；

比如帮助周围的朋友走出了感情困境,也能感到幸福。也许有人说,这是成功,但是成功跟幸福其实并不远。因为其功效可能都差不多,那就是能带给人满足感和愉悦感。

幸福可以跟一个人有关。比如和你爱的人说有趣的事、看想看的风景、做爱做的事情。这是男人和女人认为的最常规意义的幸福。

幸福可以只跟自己有关。比如看了一本让自己成长的书,解决了内心的困惑;比如睡了一个饱饱的懒觉,醒来发现每个毛孔都在唱歌;比如饿的时候吃到了一碗很正宗的四川麻辣小面,这也能感到幸福……

终于,何乐天在吃完两个鸡翅、喝了两碗田园蔬菜粥后,开始讲他的干货了:"你现在是不是就想赚钱?对了,我可以再要一扎啤酒吗?"

何乐天又停下来。这家伙,又故意吊我胃口。

我招手要了两扎啤酒。

"当然啊,我现在做梦都梦到钱。真的,想钱都要想疯了。"我毫不避讳地讲出我的心里话。

此时,两扎冰镇的青岛啤酒上来了。

何乐天喝了两口冰啤,下肚之后,一副满足的样子:"瞧,这就是生活嘛!啤酒烤串!对面还有一位佳人。"

"佳人。多谢,多谢抬举。快点儿说啦!"我笑着和他碰杯然后催促道。

何乐天清了清嗓子,我拿出日记本和笔准备记录,十分认真,就等他开金口。

哪知道,他抬头看了看天空:"哟,今晚还能看见星星呢?你看,那是牛郎织女星吗?"

这家伙！又是故意的。

"何乐天，几天不见，你变得很油菜（有才）了啊。快说，一会儿学生可不认真听课了啊。你看看，有我这样认真记笔记的学生，你这个老师得多有成就感啊。"我轻拍了下他的胳膊催促他。

何乐天又清了清嗓子。

"其实吧，想要赚钱，也不是那么难的事情。你可以把你的特长最大化和商业化啊。比如，你可以给艺人、企业家写传记啊，他们要名，你要钱呗。"

"啊，你是说，让我去当枪手，向商业妥协？"

何乐天点点头："名或者利，有时候不能兼得，得到一样就好办了。既然你现在急着赚钱，那就给他们写传记，就可以赚比你平时的稿费多几倍的钱。"何乐天说完，又干掉了一扎啤酒。

我仔细地回味他的话。是啊，我不能什么都想要。早期的时候，适当像商业妥协一些未尝不可。再说了，我在公司里写文案，还不是照样被客户要求改得吐血。

"写一本自传一般多少字，赚多少？"这是我最关心的问题。如今，我已经满身铜臭味。

"艺人的字数都不超过十万字，因为他们会配很多写真照或者剧照。而你拿个十万没问题。而企业家嘛，字数多一些，价格可能更高。"何乐天帮我分析道。

我马上开始盘算了，我一天写三千字，一个月就可以完成一本艺人自传，那就意味着一个月就能搞定十万了。那我半年搞定几本，岂不是我的首付就出来了！

一想到如此，我激动地握着何乐天的双手："乐天，你真的是我的天使，我的救星，我的超人啊！"

此刻，我感觉我的小房子就在面前闪着金光，等着我拿着钥匙去开。

我转头对服务员说："再来两扎冰镇啤酒！"

一定要喝个痛快！我仿佛看见了闪闪发亮的未来。我再也不用担心老了四处漂泊流浪了。这是我的一个心病，我没告诉任何人，包括何乐天。但是，何乐天却帮我找到了解决我心病的良药。

"今天真开心，一定要喝个痛快！"我和何乐天不断地碰杯，啤酒就好像饮料一般哗哗下肚。

终于，我们喝到了粥店打烊才起身回家。粥店就在小区旁边，不用开车，不过我也没车开，所以可以敞开肚子喝酒。

此时，已经是晚上十一点。初夏的夜晚，清风吹来，格外的凉爽。

也许是刚才太开心喝得太猛的缘故，我这个来自酒城泸州的女人也开始觉得头晕了。

我跟跟跄跄地过马路，马路对面就是我们住的小区。

何乐天也喝得满脸通红，此时，他一把拉住了我大骂我："你长点儿眼好不好？"

47 前戏之后终于迎来了高潮

> 我仿佛是一个沉睡千年的白雪公主,只等王子的深情之吻。

此时,我这才看见一辆飞速而来的电动车从我身边飞驰而去。我又一次后知后觉。

相比上次和伍宇的感情后知后觉,这次过马路的后知后觉,哪个更危险呢?

"你慢点儿开不行啊!"何乐天对着远去的电动车大骂,也许是喝醉了的缘故,所以分贝特别大,把我也吓得酒醒了三分。

"生死有命,富贵在天。反正,我孤家寡人的,就算有个三长两短也不会有人伤心的。"我淡淡地说着,说的是我的心里话。

我就这样,和何乐天并排着等绿灯,夜灯忽明忽暗,我们依稀能看见对方的脸。

此时，我感觉自己被大手猛地抓住了，身子被转动了。

"生死有命，富贵在天。这是我第二次听，但我希望以后不要听到了。谁说就不会有人伤心了？你要有事儿，你父母会伤心的，我——"何乐天用一只手指着他自己的心脏，"我也会伤心的。"

醉眼迷离，我看着面前年轻而俊俏的脸，听着他跟我说他会伤心的，仿佛这一切是幻觉。

我和他的脸就差两毫米，我和他的唇就差两毫米。

而且越来越近，我情不自禁地闭上了眼睛，感觉到一股热气袭来，那温润而柔软的唇袭来。

他的唇里有浓厚的啤酒味和烤肉余味，但是他的唇如此柔软，唤起了我对爱的记忆。我仿佛是一个沉睡千年的白雪公主，只等王子的深情之吻。

我们就站在忽明忽暗的路边，任凭路灯红了又绿，绿了又红。我们已经忘记了时间，狠狠地吻着对方，吸吮着对方，沉醉其中，甚至忘了呼吸。

也许是酒精的缘故，也许是欲望的缘故，我和他都全身发热。终于，我们停下了这个漫长的吻。他松开了搂着我的双手，然后揽着我的腰趁着绿灯朝家飞奔而去。

我的大脑已经完全没有思想，只是跟着感觉，跟着他的步伐往前跑。

"去我家，好吗？"他低头在我耳边轻轻地说，声音低沉，但很有诱惑力。

我没说话，其实就是默认了。

他拉着我飞快地往前跑，往前跑。那种感觉，很痛快。我已经来不及思考。啊，上天，不要让我思考，我才不要思考。就让我这一刻，沉沦在爱里，沉沦在欲望里，沉沦在一个男人带给女人的安全感里。

终于到了他家，这是我第一次去他家，没等我仔细看他家的风格，当门关上的那一刻，他就一把搂着我，把我逼到墙角，疯狂的吻再次袭来。

酒精和欲望的作用，已经让我全身发热。此刻，我终于发现，我身体的欲望已经被他完全地撩拨了起来。我的大脑已经完全不工作了，欲望占了上风。

我踮起脚尖，主动送上了我的吻，双手攀着他的脖子，把整个身子都依偎在他身上。

何乐天满意地笑了笑，然后把我抱了起来，径直走进卧室大床。这就是干柴烈火，浪漫而温柔的前戏之后，迎来了最短兵相接的碰撞，然后是最酣畅淋漓的高潮……

我的高潮终于来了。

在我快要忘记高潮是什么滋味的时候，我的高潮终于来了。

48 就算输掉了结果也不能输掉姿态

我已经是熟女了,再也不是懵懂天真、肌肤吹弹可破的十八岁少女了。但是,十八岁又如何?我的十八岁过得毫无意义。还不如现在呢,至少现在我已经学会了该如何为自己而活!

当早晨的第一缕阳光照进屋子时,我已经醒了。

自从和伍宇分手后,我的生物钟有了改变。从前是睡到自然醒,睡得晚起得也晚,每天都睡得很沉,像猪一样,非得闹钟响才能醒来。如今,只要天刚亮,我就按时醒来了。

我不知道这是好事儿,还是坏事儿。我不明白,为什么突然就改变了生物钟呢?为什么突然就没法任意地睡到中午十二点呢?莫非是因为我失恋之后的那种没有安全感已经深入到我的身体和大脑中,导致我无法再像从前那样没心没肺?

我侧头看着身边这个熟睡中的男人,昨夜的缠绵和疯狂纷纷重现在我的脑海里。

也许是昨晚他耗了太多体力，睡得正香。

长长的睫毛、细嫩的皮肤、帅气的脸庞、轻微的呼吸声，他像极了一个孩子。

他的确是比我小五岁啊，所以像极了一个孩子。又或者到了三十一岁的我，母性情怀大发，可以把身边任何一个不讨厌的人当作孩子。

要是何乐天是一个小孩的话，我就可以把他天天抱在怀里玩儿了。此时，我的内心升起了一阵柔软。

真想时光停留在此刻，真想我和他永远都停留在此刻。我安静地看着他，他甜蜜入梦。

此时，手机里的手机早报声音响了。刹那间，我被带到了现实中。我悄悄地起身，快速地捡拾地上的衣物。从地上的衣物就可以想象昨晚是何等的疯狂。我拼命地摇头，试图让自己忘掉昨晚的事情，必须要回到现实中来。

片刻，我已经穿戴整齐，站在窗前望着窗外的天空，无数的现实问题扑面而来，不禁皱起了眉头。

我喜欢仰望天空，不是因为故作文艺范儿，是因为天空空旷辽远干净，能让人有片刻的安静。而大地，则总是车水马龙、熙熙攘攘，那只会让人心更乱。

我开始心慌了，我该怎么办？下一步该怎么办？该当什么事情都没发生？还是？可是发生了又如何呢？难道要和他恋爱一场吗？

不，我林玉兰已经三十一岁了，我已经耗不起了。而何乐天不一样，他才刚刚二十六岁，还有大把的青春！

"想什么呢？"我听到了熟悉的声音。

何乐天从背后伸出双手搂着我的腰，在我耳边轻轻地问。

我努力地挤出笑容,然后轻轻地推开他的双手。

"我要回家换衣服了。"我转身迅速地拿起我的包走到门前。新时代的女人,就是要记得每天换衣服,否则别人会认为你夜不归宿。所以,我会记得要回家换衣服再去见人。

何乐天揉了揉迷离的双眼,看着即将要离去的我,不禁有一些不悦和失望:"这么早?玉兰,我们——"

我不知道何乐天要说什么,但是我立刻打断了何乐天的话:"我们——纯属意外。拜拜。"

说完,我开门然后"砰"地关上了门。我不知道何乐天听到这句话时是什么表情。但是,当我说出这句话时,我自认为自己很潇洒。

是啊。我已经输掉了太多,我已经在伍宇那里输掉了结果、输掉了姿态。我不能再重蹈覆辙,不能在何乐天这里输掉结果、输掉姿态!

我和何乐天从来就没开始过,所以就不存在我要向何乐天要结果,我走得潇洒当什么都没发生,姿态自然是有的。据说,玩一夜情的两个人,第二天谁先穿上裤子就证明谁更潇洒。好微妙的情绪啊。

走出小区的那一刻,我抬头整理了自己的头发,抬头又看了看天空。今天的天空那么湛蓝,云朵那么洁白,真是一个难得的好天气啊。

我长吁一口气,甩甩头,努力地想要把昨晚和何乐天发生的事情忘记,然后用最快的速度回家换了裤装,一下子显得干练不少。

我看着镜子中的自己,抿抿嘴,眨眨眼睛,再凑近一看,发现脸颊竟然透着一丝苹果红。

我对着镜子中的自己说:"林玉兰,你也没吃什么亏,反而是你赚了!"

这就是熟女的姿态。我笑了。在那一刻，我自己都不知道，自己有一丝御姐的范儿。是啊，我已经是熟女了，再也不是懵懂天真肌肤吹弹可破的十八岁少女了。但是，十八岁又如何？我的十八岁过得毫无意义。还不如现在呢，至少现在我已经学会了该如何为自己而活！

一想到此，我脸上露出了笑容。是啊，这年头，我找了一个帅气阳光的好青年，当然是我赚了。

49 我不想再谈一段没有结果的恋爱

我又何尝不想开始一段全新的恋爱,开始一场浪漫的约会呢?可是,正因为我和何乐天的朋友关系,正因为我们的年龄差距,我不得不谨慎,我放不开。和他上床还不是灾难,我最怕的是我爱上了这个可爱的男人,那恐怕才是真正的灾难了。

窗外的太阳正当头照,如此热烈。

我看看时间,已经来不及多想了,必须要赶着去节目组上班了。我现在是电视台的节目编导,但是显然属于节目组聘的,不像别的台聘的那么硬气。我的地位也就比临时工好一些。

不过,我已经不管那么多了,有这么一份看上去和听上去还不错的工作,有这么一份可以让我来一场说走就走的旅行的工作,我已经很满足了。

"这次,我们要去广东韶关,主要是粤北,丹霞山景区。你们三个编导随行,全程七天,明天就出发。"李主任在会上对我们说。我被点到了。

李主任是一个和我同龄的美女，电视台的主任，长得很不错，不过她已经是一个六岁小孩的妈妈了。可如果她不说，你也是万万想不到的。如今，李主任是我既羡慕又嫉妒的对象。事业和家庭两不误，多幸福啊。

李主任这个活生生的例子，让我对生活和未来多了一分希望。幸福的女人是有的。

此时，其他的同事不约而同地冒出来："啊，明天啊？"

"是啊，我也得跟你们去，我家里的孩子还等着我教他做作业呢。原本是下周出发的，但是节目播出时间有调整，时间变得紧张了。所以，你们拿上行程表后，赶紧回家收拾行李吧。"李主任一副无奈的表情。

我想起上次的那次狼狈不堪的广东之行，如今，半年过去了。好在，这次我不用再如此狼狈了。

不过，情况怎么那么像呢。上次我是要逃离这座伤城，可这次，我依然是想要逃离。

上次是因为伍宇，这次是因为何乐天。

我不知道该如何面对何乐天，如今暂时的分开对我来说就像给了我自由的空气。就像是一场及时雨。我跟其他同事不一样，我是窃喜的，我恨不得此刻就插上翅膀飞走。

我喜滋滋地飞奔回家，可就在小区楼下，我看见了此刻害怕且不想见到的那张脸。

何乐天站在花坛的对面看着我。此刻，红红的月季花正开得妖娆无比。我站在花坛这头，他站在那头。我知道，这要是出片子的话，会是一张很美的片子。

我站在原地，往前走也不是，往后退也不是。何乐天向我走了过来。他越来越近,我已经闻到了他刚洗过澡的洗发水香味,以及淡淡的 BOSS 香水味。他精心打理的发型让他有了明星范儿,深蓝色夹克让他显得更加干练和简约。

"走,我们去吃饭,附近开了一家海鲜餐厅,那个,你知道的,做那种事情是需要很多能量的。然后,吃完就带你去看电影。"何乐天走到我身边,不由分说霸道地拉着我的手就要朝停车场走去。

我一听海鲜餐厅,一听看电影,眼睛是闪着光芒的。是啊,有多久我没有享受过浪漫的情侣餐了,有多久我没有去电影院看电影了。我错过了多少好电影啊,从前伍宇说忙没时间陪我,后来和伍宇分手后就更没去看过电影了。一个人去看电影,难免会很落寞。看到一对对的甜蜜情侣毫无顾忌地接吻和喂对方爆米花,我难免会触景伤情。

但是,我不能沉沦。我必须要理智,必须要面对现实。我不想再谈一段没有结果的恋爱。从前和伍宇的恋爱,当时是有盼头的。可如今呢,如今和何乐天,好像一开始就看不到结果。

我从包里拿出出差计划表,为了掩饰我的心虚:"不行呢,我今晚要加班,明天一早早班飞机出差。"

何乐天扫了一眼计划表,眼中是无比的失望。

我转身要走,却一把被何乐天拉入怀里,只听到耳边的声音:"玉兰,我只是想和你约会,今天起我们正式约会,好不好?"

我不敢抬头看何乐天的眼神,我怕我所有的抗拒和坚持都融化在他那诚恳的眼神里。

我又何尝不想开始一段全新的恋爱,开始一场浪漫的约会呢?可是,正因为我和何乐天的朋友关系,正因为我们的年龄差距,我不得不谨慎,我放不开。和他上床还不是灾难,我最怕的是我爱上了这个可爱的男人，那恐怕才是真正的灾难了。

可是，这些情绪我又怎么能告诉他呢。我不知道该如何告诉他，我只得笑笑说："何乐天，让我们彼此都想一想吧。趁着我出差的这段时间，我们都冷静一下。好吗？"

何乐天想了片刻，终于点了点头。"好吧。我知道发生的这一切对你有些太突然。我尊重你的意见，我等你回来。"何乐天走到我面前，轻轻地拥抱了我。

我推开了他，然后转身离去。

我不想沉浸在他的怀抱里，我怕再多一秒就会沉沦。

爱情是一种鸦片，而我现在在努力让自己不要上瘾。

我知道，何乐天对我来说就是鸦片。趁我还没上瘾之前，我得赶紧戒掉。

50 上一世埋我的男人,你在哪里呢

这就是前世今生,这就是因果。你和他相爱,说明前世你们相欠,所以这一世才会相遇并相爱。但同时,他爱上了别的女人,也说明前世他和那个女人也是缘分未了,所以这一世才会遇到。

缘起缘灭自有时。

我毅然决然地转过身,大步流星地走了。留下何乐天一个人站在原地,管他是惆怅还是发呆。

我思绪很乱,只能逃离。

终于,第二天早晨八点半,我坐上了飞往广州的飞机。这次,看着机窗外的飞机大翅膀,我没有哭泣,只是发着呆,想着自己的心事。

烦恼就是"才下眉头,却上心头"。

飞机开始滑行,速度越来越快,我叹了一口气,什么时候我才能不这么仓皇逃离呢?

何乐天和伍宇,新欢和旧爱。我该怎么办?和新欢没未来,和

旧爱又问题重重。此刻，我开始想念鲁敏，想念佳佳，想念周忆了。我希望她们给我出出主意。

越想越头大。我摇了摇头，试图要从这复杂的情绪里逃脱出来。何乐天和伍宇，好像都不是能给我婚姻的人，好像都不是能给我幸福的人。难道，我就这样继续单身下去吗？

到了丹霞山，我就开始忙碌起来了，从早晨七点起床用早餐到晚上十二点，都在忙碌。我感谢我这忙碌的工作，我感谢这好山好水，让我忘却了复杂的情感难题。

当下午的行程到了著名的南华寺时，我突然感觉有很重要的事情要做。我掏出十元钱去请了一把香，蘸上香油点了火，檀香的味道顿时扑鼻而来，让我变得沉静。

我闭上双眼，双手合十，跪在佛祖面前，三叩三拜。口中默默念叨。

我有太多太多的心事想要跟佛祖讲，我有太多太多的愿望想要许。不过，归结起来，只有一个愿望：我求佛祖，我想要幸福。我想要美好的爱情，我想要幸福的婚姻。

我是一个俗女人。对于一个大龄未婚女青年，去佛祖面前许愿，恐怕都是这一个愿望吧。

也许是我太过虔诚，也许是我的脸上藏不住心事。和我同行来旅游的李居士走了过来，笑着对我说："只要你够虔诚，愿望就会实现的。"

李居士没有问我许的什么愿。我想她根本无须问就已经知道了。

李居士年过四十，皮肤和气色看起来很好，也许是长期吃素的原因，也许是修行的缘故，她永远笑容可掬、沉静淡定。

"其实，有件事已经过去半年了，但是每当想起来，我的心里还是隐隐作痛。为什么，我爱的男人会爱上别的女人？"我问李居士。

之所以问李居士,是希望她能给我不一样的答案。之前,鲁敏其实也告诉我了大致的原因。男人爱上别的女人,大都是激情退却审美疲劳后,追求新鲜感和刺激,大都是因为下半身作祟。

"这就是前世今生,这就是因果。你和他相爱,说明前世你们相欠,所以这一世才会相遇并相爱。但同时,他爱上了别的女人,也说明前世他和那个女人也是缘分未了,所以这一世才会遇到。"我和李居士坐在南华寺的后庭花园石阶上聊着天。

"前世今生?"我重复着李居士的话,似懂非懂。

"我有个朋友也是遭遇了类似的状况,她和老公很相爱,可是老公还是有了小三儿。她老公在老婆和小三之间徘徊,不知道该如何选择。每当看见小三儿时,他都忍不住想要保护她。而小三儿也苦苦纠缠不愿意放手。为什么?"

"是啊,为什么呢?"我问。我发现,李居士是一个很善于讲故事的人,她总是在关键时刻吊人胃口。

"我的师父帮他们看到前世,原来前世那个小三儿是她老公的一只宠物。所以,这一世,小三儿化为了人形。老公看见她,就莫名地想要保护她。而小三儿看见他,也莫名地想要被其保护。"

我听了这段话,心中突然释然了很多。前世的缘分,前世的情未了,身为这一世的我们,又有什么可抗拒的呢?我想起了那个嚣张的晓笛,开始不再那么怨恨她。

也许,在前世,她和伍宇有一段未了的情;又或者,在前世,她也是伍宇的一只宠物。

那么,我和伍宇呢?我和何乐天呢?我心头依然有很多的疑问。也许,在前世,我都和他们缘分未了吧。

李居士仿佛看穿了我的心思,但是却又没有说破,她只抛下一句:

"缘起缘灭自有时。"然后,就转身离去。

我坐在大树下,听着风吹的叶子沙沙作响,重复咀嚼着"缘起缘灭自有时"。念着,念着,我的眼泪禁不住地掉了下来。

是啊,也许,我和伍宇的缘分是真的灭了。我哭泣,不知道是伤心,还是欢喜,还是无奈。更多的是无奈吧,我只能眼睁睁地看着缘分就这么走了,我却什么都做不了。因为我知道,做什么都是徒劳。

那么,我和何乐天的缘分呢?莫非也是因为前世有一段情缘未了,留到了这一世?那么,这段缘分,又是何时走呢?

想到姻缘天注定,我没有从前的恐慌。

这让我想起了在网上看见的"前世今生"的故事:海滩上躺着一具裸体女尸,第一个男人走过来,看了看,只是叹了一口气,然后走开了。第二个男人走过来,他也看到了女尸,他果断地脱下自己的上衣,轻轻地盖在女尸身上,然后才转身离开了。过了很长时间,第三个男人走了过来,他看到只盖着上身的女尸,慢慢地蹲了下来,用双手挖好了一个沙坑,把女尸埋了起来,然后离开。那具女尸就是女人的前世,女人今生是来寻找这三个人报恩的。这一世,女人会和第一个男人和第二个男人谈恋爱,但最后嫁给了那个在上一世埋她的男人。

那么,上一世埋我的男人,你在哪里呢?

51 "渐入佳境"和"渐入高潮"

你以为结婚的男人都是好男人？好男人是个伪命题，是婚姻打磨出来的，他们单身的时候你也看不上。

婚姻中的相依相伴，那是生活。慧极必伤，情深不寿。轰轰烈烈的恋爱，一次就够了。至于婚姻，还是细水长流的好。

出差的这几天，何乐天每天晚上都会发短信问候我，我也总是敷衍过去。"忙吗？""还行？""累吗？""还行。"诸如这样的对话。何乐天见我回应冷淡，也就渐渐丧失了积极性，一天也没个电话或者短信了。这就好比热脸贴了冷屁股。

这是我故意的，我故意要的效果。我希望我和他都冷静一下。刚好这段旅程，我们可以思考未来该何去何从，该以怎么样的姿态见对方，该以什么样的方式相处。

一周很快就过去了，我出差回京了。何乐天得知我回来打电话问我："你在哪儿？"

"刚回来。"我敷着面膜说。这一趟被晒黑了不少。本来旅行就要晒黑，可旅行还得工作，更顾不上保护皮肤了。

"晚上一起吃饭吧，给你接风洗尘。我感觉已经过了一个世纪没有见你了。"何乐天的语气中透着迫切。

说实话，听到这样的话，我是很高兴的。"一日不见如隔三秋"，这种思念的感觉，我又何尝不是如此呢。其实，在韶关出差的时候，晚上我也总是迟迟不能入睡，我的脑海里全是何乐天的影子。我也想他，可是我不能沉沦。

"我现在很疲惫，状态不好。等我调整好了再见吧。"我淡淡地说。

疲惫倒是真的，其实最重要的是我的思绪很乱，我还没有梳理好。在南华寺，听了李居士的一番话，我对晓笛和伍宇有了一些释怀，可是我对和何乐天的未来，依然心存疑虑。

"好，我等你。"何乐天的语气中透着难以掩饰的失望。然后，他"啪"地挂断了电话。我知道，除了失望，还有生气。他一定在心里说：林玉兰，你拽什么拽？

是啊，我拽什么拽啊？我没什么资本可拽的。

正因为我没什么资本可拽的，所以才不敢见何乐天。这时候，鲁敏派上用场了。在韶关出差时，我就跟鲁敏约好了。如今，鲁敏已经是豪门少妇，面对的是一大家人，以及各路社交人士，再也不是当年那个未婚的可以随叫随到的潇洒女人了。我知道她的日程排得很满，所以我早早就和她约好了。

刚挂完何乐天的电话，鲁敏就来我家了。给我带来了燕窝之类的补品。"年龄到了，该保养了。"鲁敏一边说着，一边将燕窝放在我的桌子上。这阵势怎么看起来都像发达国家慰问发展中国家呢。

"好吧，你也时刻提醒我年龄不小了。不过，我没关系，我现在有免疫力了。"

我笑纳。是啊，该保养了。女人过了三十，真的无法熬夜了。一熬夜，眼袋就出来了。一旦眼袋出来，要敷很久的面膜才能恢复。

上了年龄的女人，就算有心谈轰轰烈烈的恋爱，都是有心无力啊。二十岁的时候，可以和男朋友煲整夜的电话粥，可以和他去迪厅蹦迪到凌晨三点，如今呢，年过三十，根本就熬不起夜了。稍微熬了一夜，基本要一周才能完全调整过来。

"我就说嘛，那个何乐天对你有想法。"鲁敏从包里拿出一把宫廷绢扇，优雅地边扇边说。

"事后诸葛亮。快点儿告诉我，我该怎么办啊？"我带着一丝斥责。

"我只关心，你们那个事儿和谐吗？"鲁敏凑到我身边笑着问。

我一听，脸禁不住红了。鲁敏说话永远这么直接，一点儿也不绕弯子。

"你看，你又不是小姑娘了，问你这个还脸红。不过，男人会很喜欢你这般羞涩的。"鲁敏继续开着我的玩笑。

鲁敏这一提，那夜和何乐天缠绵的画面又浮现在我的脑海里。

我点了点头，吐了一个字："嗯。"

"相比伍宇呢？"鲁敏的问话越来越直接。

"喂！"我开始不满。

"你告诉我结果，我才能给你出谋划策啊。这是惯例问询。"鲁敏说得冠冕堂皇。

新欢和旧爱的性能力估计很多人都比较过。不过，这种比较心里知道就好了，还要说出来，多少有些损人。

"这不好比较吧。"我拒绝直接回答。

"什么不好比较，谁强谁弱，一用不就知道了吗？"鲁敏果然是熟女，说话非常露骨。

"何乐天毕竟还年轻嘛。"我终于说出了这句话。

鲁敏听完后哈哈大笑了。

"这就对了。其实姐弟恋挺符合男女生理特征的。你三十如狼,他二十血气方刚。正匹配啊。"

"可是……"我正要说下去。

"我懂你的顾虑。你担心没有结果嘛。那你就跟何乐天谈恋爱,反正你现在也没适合结婚的人选。人家何乐天还是扶贫呢。你做好谈一场没有结果的恋爱的准备。"

"喂,你不要这么损嘛。扶贫?哼!"我故做生气状。熟女的对话真的很吓人。不过我也明白,鲁敏说的是实话。

鲁敏的这番建议对我还是有用的,也再次印证了我的担心,但同时她也给我做了心理建设。

我要不要开始一场没有结果的恋爱呢?要知道不以结婚为目的的恋爱都是耍流氓啊!我要流氓一把吗?我有做流氓的强大内心吗?

我还是很怕,我怕谈着一场没有结果的恋情,却错过了可以和我白头到老的真命天子。我怕我陷入和何乐天的爱情旋涡里,越陷越深。刚刚从伍宇的狼窝里逃出来,再跳入何乐天的陷阱里,那就太不幸了。

我叹了一口气:"适合结婚的好男人都结婚了,剩下的单身男人要么是不结婚的,要么是歪瓜裂枣。"

"你以为结婚的男人都是好男人?好男人是个伪命题,是婚姻打磨出来的,他们单身的时候你也看不上。"鲁敏纠正我的观点。

我沉默了一阵。唉,没有现成的好男人。怪不得现在那么多女人要去当小三儿,原来就是想去捡现成的。

这话题太沉重，我开始转移话题："你怎么样？豪门生活如何？"

"正在调养身体呢，准备生个白白胖胖的儿子。"鲁敏习惯地抚摸着肚子，脸上已经闪耀着母性的光辉。

"你，你爱你老公吗？"这个问题压在我的心底很久了。我很佩服鲁敏是如何在短时间内移情别恋的，是她天生忘性大，还是她压根就没爱过崔宁？

鲁敏沉默了片刻："他是一个不错的老公人选。"

"就因为他有钱？"我问得很犀利，仿佛是在替崔宁打抱不平。

"当然不仅仅是。我只是想让我的孩子有好的教育环境。玉兰，恋爱和婚姻是两回事。恋爱是天马行空的甜言蜜语，婚姻是烦琐现实的柴米油盐。恋爱是短暂的美丽火花，而婚姻则是持久的平淡过日子。其实，没有爱情也可以有幸福的婚姻。"鲁敏像是在给我普及婚恋知识。

没有爱情也可以有幸福的婚姻。这是我第一次听到。我们都说两个彼此相爱的人才能结婚。而鲁敏则说，没有爱情也可以有幸福的婚姻。那么，结论是她不爱她的老公！

"婚姻中的相依相伴，那是生活。慧极必伤，情深不寿。轰轰烈烈的恋爱，一次就够了。至于婚姻，还是细水长流的好。"鲁敏说。

"假如，假如有一天，你遇到了你的爱情，你会抛弃你的婚姻吗？"

"我会平衡得失。我又不是没轰轰烈烈地恋爱过。那对我的诱惑力并不大。"鲁敏淡淡地说。是啊，她曾经和崔宁轰轰烈烈地爱过，爱久了，激情散去之后，就是柴米油盐的尴尬。

我突然明白了鲁敏给我的建议。她是希望我和何乐天轰轰烈烈地恋爱一场，然后碰到一个适合做老公的男人华丽转身过日子去。

这可需要高情商啊。我对自己没底。

鲁敏伸了伸懒腰，然后看了看时间："我该回去了，我要给我婆婆准备生日礼物。"鲁敏拎着她的爱马仕包包走到门口，我打开门送鲁敏出去，却发现门口站着伍宇。我和鲁敏都愣了一下。

鲁敏笑了笑，拍了拍我的肩膀："行了，你好好招呼你的客人。别送了。"鲁敏朝我眨了眨眼睛，在我耳边小声说："加油！"

说实在的，伍宇来找我，我真的很意外。关键是，他居然能把握我的时间，要知道，我现在刚到家不到两小时啊。

"有何贵干？"我问伍宇。对伍宇的感觉已经不再像刚分手的时候，那么咆哮，那么歇斯底里。我承认，何乐天对我走出失恋阴影起了重要作用。

"没事儿就不能来看你吗？"伍宇问。

"我以为你忙着和你的新欢甜蜜呢？哪还有心情来看我呢？"我虽然不像半年前那么怨恨伍宇，但是伍宇浪费了我整整七年的青春，这点，我还是耿耿于怀的。要不是他耽误我，现在也许早就结婚生子了。

"难道，分手了就不能当朋友？"伍宇问。

"不好意思，我不缺朋友。尤其是不缺你这样的朋友。或者说，我不需要。"分手的恋人当朋友，我还没这么高的情商。除非，等我找到我的幸福之后，我才可以放下过去的心结和他做朋友。但目前，我是做不到的。

"哦，哦，是你有新欢了吧？是那个小男人？"伍宇开始打探我的私生活。原来，男人的直觉也是那么准。

突然，我听了很愤怒："伍宇，你能不能不那么自私，就许你有新欢，我就不能有新欢？你猜得没错，我的确有新欢了！"我说了实话，不过我没有说出是何乐天。

伍宇听了沉默了片刻，我相信此刻他的心情很复杂。

"怎么，你不是巴不得我不要纠缠你吗？如今，我如你所愿了，我再也不会纠缠你了。因为，我已经——爱上别人了。"我故意说出了这番话，我看着伍宇的脸色是如何从青转到绿的。那一刻，我有一种报复的快感。

突然，伍宇走到我面前，双手紧紧地抓住我的肩膀："玉兰，我发现还是你最善良。玉兰，重新回到我身边，好不好？其实，结婚也不是不可能的事情。"

我压根都没想到伍宇会说出这番话。"其实，结婚也不是不可能的事情。"我知道，伍宇能说出这番话已经是破天荒了。要知道，我等他有关"结婚"的话已经等了七年了。如今，却是在这样的情境下。我以为我会很感动，但是我没有。

我沉默了片刻，笑了笑："你是打算重新追求我吗？"

伍宇迟疑了片刻，然后点了点头。伍宇也许没想到我会如此反应，他以为我会激动地流泪。

我淡淡地说："那你到后面排队去吧。现在，我要工作了。"说完，我把伍宇往门外推。

关上门的刹那，我禁不住地为自己鼓掌。"林玉兰，做得好！这就是你该有的姿态！"

我倚在门口,这种报复快感和骄傲很快就消失了。我安静了下来，不禁问自己：为什么伍宇跟我说结婚我没有欣喜若狂、激动流泪呢？是我的心已经变了吗？

我不敢再想下去，赶紧打开电脑，继续在网上更新我的小说《侏罗纪恋人》，这小说已经更新十万字了。时间真快啊。我很感谢这本连载,是它让我度过了单身时最难熬的午夜时光。每当睡不着的时候,我就爬起来更新小说。

最近因为出差已经有三天没更新了,好多粉丝开始留言追小说。这种被期待的感觉真好啊。

我有一种"渐入佳境"和"渐入高潮"的感觉。

52 性爱、恋爱和婚姻,这三件事分得开吗

性爱、恋爱和结婚是三件事,找个一起睡觉的伴儿都不叫事儿,就是没有结婚对象。什么东西一上升到婚姻就复杂了,要承担太多的责任。所以,我现在依然是爱世界爱自己,至于爱一个人,我发现我很难爱上一个人了,也许年龄越大就越挑剔吧。

该有的都会有的!就像我的房子一样,我们的男人,我们的爱情,我们的婚姻,都会有的。

自从听了何乐天的建议,我在小说网站上开始连载《侏罗纪恋人》。为什么叫侏罗纪恋人呢?我在小说里塑造了我的男主角:他帅气富有,还很专一。按理说,这样的男人就如同侏罗纪的恐龙一样消失了。可是男主角偏偏是这样的一个男人,所以他就是"侏罗纪恋人"。

也许是受了伍宇的伤,也许是我在生活中没有碰到这样专一的高富帅,所以我打算自己在小说中塑造出这样一个男主角来。与其说是我在写小说,不如说我在和我小说中的男主角谈恋爱。

这其实是在做梦,也是在意淫。可这就是女人。

有时候我想,如果我这一生都没有遇到我爱和爱我的男人,那

我就塑造一些现实中没有的男人，然后和我笔下的男人谈恋爱，以这种方式谈一场又一场的恋爱，也是一种安慰。

一开始我只是抱着试一试的态度，没想到，越写越上瘾。特别是最近，我只要有两天没更新，网友就开始来催我更新。这种被需要的感觉太好了。我有一种强烈的成就感和存在感。这与金钱无关。我这才明白，为啥小说网站上有那么多写手了，他们百分之八十都有自己的工作或者事业，而把写作当作一种重要的爱好。

原来，写连载是会上瘾的。

很快，我接到了网站编辑的电话，告诉我一个天大的好消息。《侏罗纪恋人》被列为重点推荐作品，前提是和网站签约，我可以一次性拿到买断价三十万元。

这真的是惊喜啊。三十万对我来说不是小数字，尤其是对正在筹集房款的我来说，简直就是雪中送炭。我以闪电的速度和网站签了约。我知道其实这个价格并不高，对于买断各种权利来讲。但是，眼下我需要现金。

留得青山在不怕没柴烧。尝到甜头后，我更有动力继续写下去。当看见银行的短信到账通知时，我很开心。原来，我真的可以。无心插柳柳成荫。如今，加上之前给艺人当了几次枪手的稿费，我的小房子的首付款已经够了。

我真的可以，靠自己的能力买属于自己的房子，我做到了！虽然房子在六环外的郊区。

其实，房子我已经在开发商那里定下了，是用伍宇给我的分手费。不过，我只是借用。这叫资金周转。这是我逆袭计划第一步：拥有理财意识和经营意识。

正因为这第一步，我实现了逆袭计划第三步：强大自己的经济实力。当然，只有有了强大的经济实力，我才能够实现我的逆袭计划第八步：拥有属于自己的房子。虽然只是一套四十多平方米的房子。

我终于要结束我的租房生活了。这对我来说，是一个历史性的飞跃！佳佳特地回国给我办了一个告别晚宴。只有我和她两个人。

那天，我们在租住的房间里，摆满了各种从楼下叫的羊肉串、鸡翅、水煮鱼。当然，还有整打的啤酒。

佳佳晒黑了很多，不过小麦色的皮肤让她有另一种性感。我和佳佳直接拿着酒瓶喝。"佳佳，谢谢你，你是我的幸运星。我干了。"说完，我拿起酒瓶子就喝。从酒城长大的我，酒是能喝的。我咕噜咕噜地把一瓶啤酒喝完了。

是啊，佳佳是我的幸运星。要不是佳佳给我介绍节目脚本的兼职，要不是她给我介绍节目编导的工作，我不会有免费的旅行机会，更不会有如今的自信。

佳佳看着我一瓶下肚傻眼了："好样的！来，玉兰，为你拥有自己的房子干杯！恭喜你！"

"是啊，我至少是一个有窝的人了。佳佳，你知道吗？我刚和伍宇分手时，特害怕会孤独终老，特害怕会流浪街头。如今，我再也不用担心会流浪街头了！"我对佳佳说出了我的心里话。

"晕！该有的都会有！你操心那么远干吗。你也太悲观了吧。真受不了你。"佳佳摇摇头表示对我不理解。

是啊，对佳佳来说，她的父母给她留了很多房子，她是为了摆脱父母的唠叨才出来租房子的。所以，她是不会理解我这种害怕流浪、害怕搬家的感觉的。她是热爱旅行和远方的人。所以，房子对佳佳来说是可有可无的东西。在她的生命里，房子就是一个睡觉的地方，包括帐篷、大酒店、小客栈、房车。

"怎么样？这段时间有男人了没？"佳佳还是免不了问我这个俗问题。

我没有立刻回答她这个问题。该如何回答呢？说谎也不行，可是说了也不太合适。

"看来是有了啊。"佳佳见我迟疑的神情已经猜出了答案。

"还没谱呢。"我说。

"那上床了吗？"熟女的问话都是这么直接。

顿时，我脸红了。

"比我小五岁。"我说出了我的疑虑。

"小五岁算什么啊，又不是小十岁，看看人家麦当娜、黛米摩尔，老公都是比自己小十岁以上的。"佳佳果然是全世界行走，什么世面没有见过。

我一听双手赶紧做制止状："得，别了，人家麦当娜、黛米摩尔是什么样的人物啊，一个是女王，一个是女神。我是谁啊，我就是一个女屌丝。"

佳佳点了点头："也是。不过新时代了，年龄真的不是问题。没关系，我支持你，考虑那么多干吗。你知道吗？这时代能找到一个有感觉的人太难了。"

佳佳的鼓励让我心头暖暖的。我知道，在和何乐天的感情上，我是没有自信的。我承认，我对何乐天有感觉，只是，我太害怕，我害怕悲剧重演。

经过佳佳这番鼓励，我又有信心了。我终于决定明天和何乐天吃吃饭、看看电影。反正，已经很久没有人陪我看电影了。

"你呢？"我转移话题问佳佳。

"性爱、恋爱和结婚是三件事，找个一起睡觉的伴儿都不叫事儿，就是没有结婚对象。什么东西一上升到婚姻就复杂了，要承担太多的责任。所以，我现在依然是爱世界爱自己，至于爱一个人，我发现我很难爱上一个人了，也许年龄越大就越挑剔吧。"佳佳叹了口气。

性爱、恋爱和婚姻，这是三件事。佳佳的段位已经可上升到将这三个层面分开了。我无权评论她的生活，但这也许是她当前阶段的选择。

谁说只有男人可以把性爱、恋爱和婚姻分得很开。其实，女人也可以的。这样的好处是，人与人的关系变得简单了。但前提是建立在两人有足够强的默契和平衡上，一旦失衡，一旦一方有更多的索求，那这种关系就破裂。

我正准备安慰她，她则忽然变得轻松起来："其实，我已经调整好心态了。我要知足。我已经拥有很多了，物质上的和精神上的，而爱情可遇不可求。"

我举起啤酒瓶对佳佳说："该有的都会有的！就像我的房子一样，我们的男人，我们的爱情，我们的婚姻，都会有的。再说了，你想要婚姻还不是分分钟钟的事情，你是想要一个有爱的婚姻。"我懂佳佳的。

佳佳紧紧地抱着我说："玉兰，我发现你越来越懂我了，我发现我越来越喜欢跟你聊天了！怎么办？要是我是男人，我会喜欢死你的。"

我轻轻拍了拍她微醉的头："看看，醉话出来了！告诉你，我可是百分百的异性恋！你可别打我主意！"

佳佳笑着说："要不，我去韩国弄个变性手术好了，我整成男的，这样，我们两个在一起，就再也不用去想别的什么男人了，多和谐啊！"

我大笑了起来。亏佳佳想得出来！

不过，听了佳佳的这一番话，我突然吓了一身冷汗。天啊，她不会真的是同性恋吧？她不会真的对我有意思吧？对啊，她对我真的挺好的，给我推荐工作去电视台当编导！她这么大了还没结婚，会不会真的是性取向有问题呢？

我陷入了思考，飞快地思考。只因为，我从来没想过这个问题。

突然，我感觉我的肩膀被拍了一下，思绪回到了现实中。

"开玩笑的！瞧你！一点儿幽默细胞都没有！女人是女人，男人是男人，女人怎么能替代男人呢？"佳佳一脸的坏笑。

听了这番话，我的小心脏顿时归了位。我不歧视同性恋，但是我真的不喜欢女人。是啊，女人怎么能替代男人呢？我喜欢的是那男人宽厚的肩膀，是那清晨新长出的有点儿扎人的胡须，是那真真正正的粗犷的男人味。

不知道为什么，此时，我的脑海里浮现出何乐天的脸庞来。

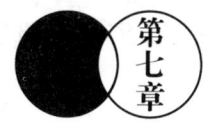

我想给我的人生另一种可能

53. 没有饿死，没有流浪街头！我活得比从前更好了！

54. 是不是我做什么，你都毫无感觉

55. 有第三者何必大惊小怪！一定会有第三者出现的！

56. 已经结束的，就已经结束了

57. 因为，我想给我的人生另一种可能

58. 我相信，这一切都会平息

59. 也许，自己是该放弃了。因为，我真的努力过了

60. 你值得拥有更好的女人，更好的爱情！

53 没有饿死,没有流浪街头!我活得比从前更好了!

> 千万不要姐弟恋啊。否则你就是养一个长不大的儿子,操不完的心。先不谈他以后出轨的概率有多大,最关键的是你既要养自己的儿子,还要养这个长不大的儿子。到时候你人老珠黄,而人家呢,人家还正值草样年华!

半年前,我是做梦都不会想到我能够靠自己的本事支付首付款的。如今,一切都变成了现实。我突然想起了伍宇分手时对我说的话:"人生为什么要设计好?正是这种不确定和可能性,才是人生的趣味所在。"

我把这句话也送给了佳佳。佳佳很是喜欢。

而佳佳也留给了我一句话:"玉兰,有属于自己的房子固然好,可是当你有了房子之后,就会真的不想再找男人了。"对于这句话,我半信半疑,也没太当真。

要知道,拥有自己的一套房子是我单身逆袭计划里很重要的一步啊。这是保证我过有品质单身生活的基础啊。

和佳佳喝得有些醉醺醺了。周忆从泸州给我打来电话,刚一接通就传来周忆着急的声音:"玉兰,千万不要姐弟恋啊。否则你就是养一个长不大的儿子,操不完的心。先不谈他以后出轨的概率有多大,最关键的是你既要养自己的儿子,还要养这个长不大的儿子。到时候你人老珠黄,而人家呢,人家还正值草样年华!"周忆噼里啪啦地说了一大堆。我知道她是紧张我、担心我。

电话这头,我只是听着,静静地听着。终于,等周忆说完了我才问:"你怎么知道的?"这是我关心的问题。姐弟恋的话题,我只跟鲁敏和佳佳说过,为什么千里之外的周忆却知道了呢。

"你的朋友圈泄露了你的秘密。你最近的内容大都是关于姐弟恋的!"好家伙!原来如此。我不得不佩服周忆的观察能力。"我知道了。"我只得这么说。

周忆说的这番话正说中了我的担心。这也是我害怕见何乐天的原因。经过周忆的这番唱衰,我更加没有自信了。

在和何乐天何去何从的问题上,原本我是进退两难的。如今,我的朋友大都不看好,大都唱衰我和何乐天。所以,我内心里燃起的感情小火苗就这么被熄灭了。

我已经过了叛逆的年龄。十八岁的时候,父母或者朋友越是反对的事情,我越是要去尝试。就好比"罗密欧与朱丽叶情结"一样,越是父母反对,就越要在一起。如今,我看中朋友们的意见,因为那意味着是经过验证的真理。

此刻,约何乐天吃饭看电影的念头又放下了。再加上和佳佳喝得微醺的我,此刻只想倒头大睡。

原来醉生梦死就是这种感觉。

我也不用为情所困了。挺好。

第二天醒来的时候，已经是十点钟了。还好我的编导工作不用坐班。想起去年做文案时的日子就觉得恍如隔世啊。那时候真是苦逼啊，只要迟到十分钟就要挨批评。没自由，没成就感，拿的工资还少。

突然，我想起了我有重要的事情要办。我约了伍宇傍晚六点在楼下的咖啡厅见面。

于是，我在家里干活。放着肖邦的钢琴曲，泡了一壶玫瑰花茶，写着我的节目方案，更新着我的《侏罗纪恋人》，时间如同溪水一般渐渐流淌。身心自由，我感觉我的每一个细胞都在歌唱。

很快，六点到了。我和伍宇如约到了咖啡厅。我们都很准时。他当乙方习惯了，自然是准时的。而我，也习惯了准时。

伍宇笑眯眯地说："我上次的复合提议考虑得如何了？"

我心里笑了笑。这个伍宇，心里还想着和我复合。也许他是笃定我会和他复合的。可是，如今迈出第一步的我，怎么能轻易再回头呢？

我拿出银行卡放在桌子上，十分骄傲地说："伍宇，没有你，我林玉兰也没有饿死，没有流浪街头！我活得比从前更好了！我靠自己的双手付了房子的首付！你的钱，在卡里，一分也不少！"

伍宇听了我的这番话，瞳孔睁得很大，他显然是不相信的。他做梦都想不到一个月赚五千元的我，如何在半年后就能在北京这样的高房价城市里买房子。

"谁给你钱了？"伍宇问。

伍宇这么问，还是不相信我能在这么短时间里赚到房子的首付款。按照他的逻辑，是某个男人给我的钱。

"对不起，还真不是。靠我自己的双手赚的。我给两个艺人的写真当了枪手，我的连载小说卖了版权。我还有编导的工作，还有提成。"如今细细数来，我这半年还真是忙碌啊，足足写了三十多万字。这可是我的血汗钱啊。

伍宇还是半信半疑。他看了看桌子上的银行卡："你这是？"

我又一把拿起银行卡："原本我是想把分手费还给你的，但是一想到你耗了我七年还是来气，所以，我还是要收下的。我才不当傻瓜呢，我不花也就给别的女人花了。不过，今天我是来告诉你：我有本事自己赚钱！再见！"

说完，我将银行卡攥在手里，快速地起身拎着包走人。

大步流星，昂首阔步。我可以用这八个字来形容我此时的状态。

我从来没有如此扬眉吐气过，而伍宇一定还坐在原位呆呆地看着我的背影吧。因为他有太多没想到的地方吧。那就让他慢慢想吧。

我突然有一种"翻身农奴把歌唱"的感觉！我的逆袭计划正在上演！原来，人生的每出戏，自己是可以自编自导自演的。

记得当初我在深夜一遍一遍地拨打伍宇的电话得到的答案却是"你拨打的电话已关机"。记得当初我从外地跑回来直奔伍宇的公司求着和他复合。这些仿佛还是昨天的事情。

那时，鲁敏骂我，说输掉了结果还输掉了姿态。而此刻，我真的很想告诉鲁敏：我没有输掉姿态！我扳回了一城！

我满心欢喜地从咖啡厅走出来，往小区走去。

这时候，只听到有人叫我的名字："林玉兰！"听到这三个字，我仿佛被定格了一般。这声音，是多么熟悉啊。我站定了，缓缓地回过头，去面对这张我不敢面对的脸。

54 是不是我做什么，你都毫无感觉

当你有一套属于自己的房子后，会发现自己真的不那么需要男人了。我对此深表怀疑。房子当然不能代替男人。房子也许可以带给女人身体的安全感，但却无法带给女人情感深处的安全感。

有些人就是你生命的过客，出现了，消失了，都没有理由。只是时候到了，他该走了。

此时，何乐天已经走到我的身旁。只见他的发型有些凌乱，眼袋有些加重，神情有些憔悴，眼神里充满了愤怒。

何乐天突然伸出双手抓住我的双肩，充满红血丝的眼睛盯着我问："林玉兰，为什么？为什么你还和伍宇纠缠不清？"

突然，我明白了。他一定是看见我和伍宇在咖啡厅里有说有笑了。他以为我和伍宇旧情未了。

我还没来得及解释，他的声音更大了，像是在声诉："是不是我做什么，你都毫无感觉？你第一次品尝的蛋糕是我亲手做的，你的逆袭计划是我为你量身定制的，你的枪手外快工作是我帮你找的，我做的所有的一切，都是希望你从上一段恋情中走出来，希望你找

回自信，希望我和你能在一起。可是——"

何乐天说着这一切，像是受了天大的委屈。

听到他的这番话，我突然心头一热。用心良苦。原来，他是如此用心良苦。他默默地为我做了那么多。我林玉兰何德何能呢？这一刻，我觉得自己好幸福。原来，我的感觉没有错，我是被他默默地爱着的。

"乐天，我——"我不知道该说什么。

这时候，满脸失望的何乐天摇摇头，叹口气："算了，等了你这么久，我累了。我们可以当朋友，可以当陌生人，反正，随你吧。"

我从来没见过这种表情的何乐天。他的愤怒不是暴风雨的，确是蓄谋已久的，是毅然而决然的，是不容任何动摇和挑战的。

其实，此刻的我已经满脸愧疚。我想要解释。可是他根本就不看我的双眼，就这样转身跑开了。

我站在原地，看着何乐天的背影渐渐消失。我想叫住何乐天，但是我却没叫出声。

傍晚的霞光已经不刺眼了。可是我抬起头，还是感觉晃了眼。我抚着胸口，感觉那里很痛很痛。

如果刚才我直接扑在何乐天怀里，结果会不会截然不同？也许就不会像现在这样孑然一身地站在这里失落心痛了。

我不知道，我是为自己又孤身一人而心痛，还是为伤害了何乐天而心痛，抑或是为一段死在萌芽状态的爱情而心痛。

缘起缘灭自有时。我用这句话来安慰自己。

很快，我搬进了自己的新家。这小小的房子里，有大大的落地窗，这是我喜欢这房子的原因。落地窗帘我特意选了粉色玫瑰，十足的浪漫田园风格。我还特意把自己的卧室刷成了淡粉色。对于一个单身女人来说，如果没有爱情，那自己也可以营造一种浪漫氛围。

电影《看得见风景的房间》里，女主角喜欢推开窗户就能看见风景。佛罗伦萨极美，推开窗户，旧桥和亚诺河尽收眼底。让人想此刻就长出一双翅膀飞往佛罗伦萨。

其实，我就是这样的一个女人，如果推开窗户，能够看到青翠的大树、蜿蜒的小河、妖娆绽放的花朵、古老精致的古建筑以及一望无垠的海面，那真是太棒了！当然，如果在清晨醒来，有舒伯特的钢琴声和着窗外的鸟鸣，窗外的阳光洒进来，那注定是美好的一天。

我住的小区里，没有舒伯特的钢琴声，也没有窗外的鸟鸣，只有街道外的车水马龙和人声鼎沸。不过，没关系，这就是人间俗世。

在每个被阳光叫醒的清晨，我都会端着一个大温水杯一饮而尽，然后在窗前驻足欣赏天空无比绚烂的朝霞，如果实在太美，我会忍不住拍下来发到朋友圈晒一晒。我欣赏朝霞，拒绝欣赏晚霞，因为朝霞让我充满希望。

从前，我如此渴望有一套自己的小房子。如今，等我真正拥有了，那种拥有的快感很快也就消失了。

的确，对一个单身女人来说，一套属于自己的房子的确能带给她安全感，带给她自由。可是，在大雨倾盆、雷电交加的深夜，在窗外有猫叫或者脚步声的时候，一阵刺骨的孤独感袭来，这种孤独感还伴随着害怕。

佳佳说：当你有一套属于自己的房子后，会发现自己真的不那么需要男人了。我对此深表怀疑。房子当然不能代替男人。房子也许可以带给女人身体的安全感，但却无法带给女人情感深处的安全感。

每当这时，我开始怀念大学住宿舍的日子，我开始怀念合租房的日子，至少有个伴儿陪你聊天，陪你吃饭。我开始想念何乐天。

自从搬进新家后，我再也没有见过何乐天。他好像从人间蒸发了一样。其实，我每天都关注他的朋友圈和微博，可他从未更新过。

有次傍晚路过"面包心情"，我去买第二天的肉松面包当早餐。我试图要搜集一些他的近况信息，可是却一无所获。我又不好意思直接问，只好结账走人。

我一边走，一边啃着肉松面包。我心情不好的时候，就会想着吃点儿东西。试图用食物来填空荡荡的心，结果是徒劳。

我安慰自己：有些人就是你生命的过客，出现了，消失了，都没有理由。只是时候到了，他该走了。

值得庆幸的是：何乐天还没有带走我的心。我这颗才治愈不久的心是经不起再次破碎的。我顶多是失望而已。

55 有第三者何必大惊小怪！一定会有第三者出现的！

我明白了，在这个世界上一个单身女人要独立、有尊严地活下去，必须要有足够的经济实力，必须要有自己可以安身立命的一技之长，必须要有一颗接地气和圆融的心。

有第三者何必大惊小怪！你想，你们在一起，在后来的几十年中，怎么能保证感情会一直不变？所以，一定会有第三者出现的！

我的新房子迎来我的第一位访客——鲁敏。鲁敏说是给我暖房，带来的是一套贡缎家居六件套和一台空气净化器。

这就是好朋友，送你的东西永远是最实用的，永远是你最需要的。

"是用他的分手费付的首付？"鲁敏扫了一圈我的小房子，一分钟就全部视察完毕，每个角落都没落下。

我摇摇头。我把给艺人当枪手和给网站签约的事情告诉鲁敏。鲁敏两眼睁得圆圆的，仿佛不认识我一般："行啊，林玉兰！"

"这就叫潜能激发。"我有些小得意。

"那笔分手费可以买辆不错的车了！"鲁敏提议道。

我摇摇头。

鲁敏突然脸色大变："林玉兰，你不会这么傻吧，不会还给他了吧？"

我又摇了摇头。是啊，按照从前自尊又好强的我，还真的会干出这样的事儿。不过如今，我不会再做这样的傻事儿了。好强能得到什么？只会自己暗自吞黄连。

我把去伍宇面前晒银行卡又拿回银行卡的事儿告诉鲁敏，鲁敏听了直鼓掌："好啊，好啊，我们的玉兰果然是成长了！"

是啊，我成长了。我明白了，在这个世界上一个单身女人要独立、有尊严地活下去，必须要有足够的经济实力，必须要有自己可以安身立命的一技之长，必须要有一颗接地气和圆融的心。

"你怎么样了？"上次鲁敏说她在调养身体准备生小孩，我其实特想问她怀上了没，不过她如果真的怀上了会第一时间告诉我的。

鲁敏一副不泄气的表情："正在努力中！"自古豪门就讲母凭子贵。鲁敏就算情商再高，有孩子在手也是一种保障啊。突然，我能感受到鲁敏的不容易了。她需要孩子，尤其是在那么大的房子里，她太需要孩子陪伴她了。

"有时候，我老公出差，公公不在，保姆放假的时候，房子里就只有我和我婆婆两个女人。"鲁敏拿出小镜子补着妆说道。我能想到那种场面。

"你公公不是将公司业务都交给你老公了吗？还出差？"我问。

"家家有本难念的经啊！我也不把你当外人。我公公啊，在外头还有一个家呢，那是三人行的婚姻，我婆婆宁愿要腐朽的婚姻也不愿离婚，因为无地可去啊。所以啊，她现在天天催我赶紧生孩子，而且越多越好，这样她就有事儿可做了。可是，越给我压力我就越——"我在鲁敏的脸上看到了焦虑。那是外人看不到的一种焦虑。

因为在旁人看来,她永远是那么从容。

我想起在鲁敏婚礼上见过鲁敏婆婆一面,当时的鲁敏婆婆一身贴身唐装,高贵大方。如今,听鲁敏说出实情,我开始同情起她来。"守着腐朽的名存实亡的婚姻,因为无地可去。"这世上有多少这样的女人呢?外表光鲜亮丽,内心早已干涸枯萎。

真的无地可去吗?只是她没有勇气走出婚姻吧。在婚姻的围城里关得久了,自然就不敢走到外面的世界去看一看了。

我开始庆幸自己。我至少还有勇气去远方。我至少还有资本去远方。我包袱很少,脚步轻盈,腰腿健康,关键是我有一颗无畏的心。

"鲁敏,我问一个犀利的问题,你难道不怕你的婚姻有第三者吗?"我和伍宇还没结婚就遭遇第三者,这已经给我巨大的打击了。那对于苦心经营婚姻的女人来说,遭遇第三者的打击肯定是致命的。

我小心翼翼地问鲁敏,生怕这是一个问题禁区。但是我只想挖鲁敏的内心挖得更深一些。

没想到鲁敏回答得很轻松:"有第三者何必大惊小怪!你想,你们在一起,在后来的几十年中,怎么能保证感情会一直不变?所以,一定会有第三者出现的!"

此刻,我发现我根本不认识鲁敏!当无数的太太在心惊胆战烧香拜佛老公不要有第三者时,我的同学鲁敏,她早就做好了有第三者的准备,或者说她早就有了与第三者PK的预案了。

也难怪,她如此从容,如此看得开。在她的世界和思想里,包容了所有会出现的状况和问题,所以,她能做到宠辱不惊。

我品味着鲁敏的话:"有第三者何必大惊小怪!一定会有第三者出现的!"我还不能完全消化这句话,我需要慢慢消化。

鲁敏走到我身旁,轻轻地拥抱了下:"我得回去了,婆婆约我逛街。"

鲁敏拎着PRADA褶皱包朝门口走去。我们故意不谈何乐天，可是鲁敏在离开的片刻还是问了："喂，你和那个小男生如何了？"

我耸耸肩："他，消失了。"

鲁敏有些失望地说："啊，这么快啊。"是啊，这么快。

"快！这不就是大都市的爱情标签吗？他说他为了我做了很多事我还无动于衷，很生气就放弃了。"我淡淡地说着，那天小区里他说的话依然响在我的耳边："是不是我做什么，你都毫无感觉？"

其实，当时听到这句话，我不禁有些心疼。

鲁敏得知后叹口气："玉兰啊，当你不知道该怎么办的时候，就在深夜扪心自问一下，你是不是爱他？如果是，那就不要有那么多的顾虑了，不要前怕狼后怕虎了。"

鲁敏挥挥手进了电梯。电梯门关上的刹那，我突然觉得有重要的事情要做。是啊，我干吗要有那么多的顾虑！何乐天，我来了！

我飞快地抓紧我的手包进了电梯，然后拼命地跑向路口一个劲儿拦出租车，可是偏偏每辆开过来的出租车都是满载乘客。

我只得往前跑，拼命地往前跑。我一边跑一边拦出租车。我的大脑里全是何乐天，全是那个委屈极了的何乐天。

我只是拼命地往前跑。好像前面就是我唾手可得的幸福。

56 已经结束的，就已经结束了

无论你遇见谁，他都是在你生命中该出现的人。
无论发生什么事，那都是唯一会发生的事。
不管事情开始于哪个时刻，都是对的时刻。
已经结束的，就已经结束了。

终于，一辆出租车在我面前停下了。我飞快地上车，离何乐天的家越来越近，我的心就跳动得越来越激烈。

终于，我下了车，到了那个熟悉的小区。此刻，我已经是满头大汗，心跳加速，感觉两腿累了，只得停下来。

我轻抚我的乱发和跳动的胸口，试图要平静一下，整理一下头发，然后快速地补个妆。

我正从包里掏出粉饼和口红，此时，我好像听到说话声，然后就回了下头。

如果我没有回头那就好了。

可是，我还是回头了。

我看见了让我心碎的画面：何乐天和一个短发女孩有说有笑，短发女孩似乎和他同龄，背带牛仔裙让她显得格外青春，仿佛从大学校园里走出来的。

好吧，也许他们才是最适合的一对。是啊，何乐天身边站着的应该是这样的一个女孩子。

我苦笑了，告诉自己：其实，这也很正常！你还指望一个男人为你苦苦等待。这可能吗？所以，他身边有女人是再正常不过的事情。

刹那，我感觉自己被冷水浇灌了全身，顿时冷却了。原本怦怦的心跳仿佛在此刻停止了一般。

我只是怔怔站在原地。走也不是，留也不是。我非常讨厌这种尴尬的局面。此刻，我多希望自己是一个隐身人，别人怎么看都看不到我。

或者，我好希望有哈利·波特的魔法棒，把我变成一个长着翅膀的天使飞走。

我怎么可以进入何乐天的世界呢，何乐天有他的世界，我又何必打扰他与她？

如果我是一个不认识何乐天的过路人就好了，路过，然后走开。

风过不留痕。

有时候，你越害怕什么就越会发生什么。

不幸的是，何乐天一回头，他也看见我了。

然后，他朝着我走过来，短发女孩留在原地等他。此刻，我只是站在原地，怔怔地站在原地，看着他走过来，离我越来越近。

何乐天的脸上充满了惊喜："我正要找你呢，我有很多话想跟你说。"

我努力挤出笑容，期待他会说什么，也许是跟我介绍她的新女友。

向甩掉他的前女友（也许是准前女友）介绍现女友，这是多么彪悍的情节啊。就像我拖着一个新认识的男人跑到甩掉我的伍宇面前说：我介绍一下，这位是我的男朋友，新的。只需要一句话，从前的低姿态就全部找回来了。

我的脑海里已经预设了这样的对话。

我等着何乐天开口，没想到我听来的是这句："玉兰，我想通了，是我自己不好，是我不够理解你，你没法忘记伍宇，只能说明我做得还不够好。我会继续努力的。"何乐天看着我，眼神中充满了真诚和柔情。

我以为我听错了。但是，没错，这是事实。

我看着他的双眸，如此真诚。他在等待我的回应。

我差点儿就沉醉在他的真诚和柔情里。我快速地苏醒过来，侧过头，不看他的双眼。

我努力让自己理性，让自己回到可能要面临的问题里。

我的脑海里浮现的是他和短发女孩有说有笑的画面，是周忆的话："先不谈他以后出轨的概率有多大，最关键是你既要养自己的儿子，还得养这个长不大的儿子。到时候你人老珠黄，而人家呢，人家还正值草样年华！"还有鲁敏的话："一定会有第三者的。"

这些话就像经书一般一遍一遍地在我耳边响起。

"何乐天，趁着我们还没开始，我们还是结束吧。我不想到时候连朋友都做不成。"我毫无表情快速地说了这番话，仿佛是一个机器人。

何乐天显然是愣住了。

我说完这些话，然后以短跑的速度跑出了小区，来不及看何乐天听到这些话的表情。

"林玉兰,我究竟要怎么做你才能接受我?你知道的,我要的不只是朋友啊!"我听到何乐天在我身后大声地说出了这些话。

我在爱情中的小勇敢是那么的脆弱,再次选择了放弃。

不知道跑了多久、多远,我在一座天桥旁停了下来。我倚着天桥栏杆,抬头看着天空,大口地呼吸。

我没有哭泣,我何须哭泣。

因为从来不曾拥有,就谈不上失去。既然没有失去,那有什么可哭的呢?

我脑海里响起了释迦牟尼的话:

无论你遇见谁,他都是在你生命中该出现的人。

无论发生什么事,那都是唯一会发生的事。

不管事情开始于哪个时刻,都是对的时刻。

已经结束的,就已经结束了。

是啊,已经结束的,就已经结束了。

我选择了和何乐天做朋友,这是我的选择。我再也不用犹豫不决了,这一刻,我感觉自己突然轻松了。

只是,那一刻,一颗滚烫的泪珠还是滑过了我的脸庞,仿若天上的流星。

可是,今夜,没有流星。

57 因为,我想给我的人生另一种可能

我已经习惯了没有你的日子。对不起,当你转身的那一刻,我已经逼迫自己转身了。我已经没在原地等你了。

我知道,我的人生其实不一定非要伍宇同行才能走下去。我一个人,或者我找个别的男人,也能走下去,说不定还会更精彩。

因为,我想要给我的人生另一种可能。

这次,何乐天从我的生活中彻底消失了。这次,我觉得他不会再出现在我的面前。因为一切都说开之后,他不是那种可以纠缠的人。

我躺在床上,翻看着我的笔记本。这个笔记本还是他送给我的,是他鼓励我开始我的单身逆袭计划的。

如今,逆袭计划已经到了第八步,我真的进步了不少,有了不错的工作,有了自己的小房子,有了自己的小说粉丝,可以说是改头换面了。

不过,唯一不变的是,我还是单身,我还是一个人。这次跟上次不一样。上次是被单身,而这次是我主动选择的单身。

北京的秋天转眼过去了,我都还没来得及从衣柜里拿出那件我

钟爱的墨绿色风衣，冬天就已经来了，伴着一场冗长而盛大的大雪，冬天来了。于是，我只得穿上那长而臃肿的黑色羽绒服。

对于单身的人来说，没有体温暖床，厚厚的被子和厚厚的羽绒服便是最好的伴侣。

在一个初冬的早晨，雪正在阳光的照耀下一点点地融化，发出滴答滴答的声响。

伍宇敲开了我的门。这是他第一次来我的小窝。他是我的小窝的第二个访客。

他环顾了四周，点了点头说："看起来很温馨嘛。"然后，他的眼神特意在鞋柜处逗留了片刻。刹那我明白了。

"绝对单身，无人可同居。"我读出了他的心思，并大方地回答。

伍宇笑了笑。

"不过，单身的好处就在于，我可以和任何一个我觉得有感觉的男人同居。"我淡淡地说。

伍宇看着我的脸，仿佛不认识我一般："林玉兰，我发现和我分手后你越来越开放了啊。"

我摇摇头："NO！不是开放！这是自由！这是比爱情还重要的自由。"

此时，伍宇走到我的面前，眼神诚恳，眼尾处多了一丝鱼尾纹。是啊，他都三十六岁了，已经是成熟男人了。他离我只有一个拳头的距离，嘴尖残留的香烟味是如此浓，这香烟味是我多么熟悉的味道啊。

"玉兰，马上过年了，跟我回去见父母吧。你不是要婚姻吗？我都可以给你。你不是要我为你的七年负责吗？我都可以为你负责！"

是啊，就要过年了。今年过年，我该如何去见父母呢？这是我不敢想的问题。

伍宇说完，等着我的回答。我沉默着，心中重复着他的这番话。

是啊，曾经，我为了等伍宇的一句承诺，等得花都快谢了，等得我的眼角都有了小细纹，结果等来的却是欺骗和背叛。

我迟迟没有说话，伍宇脸上的表情开始变得难看，他开始急躁了起来。也许，他以为我听到他的这番话会兴奋，会毫不犹豫地答应他。

可是，我没有。

片刻，我笑了，然后长长地叹了口气："你不是要婚姻吗？我都可以给你。你不是要我为你的七年负责吗？我都可以为你负责！伍宇，如果半年前你对我这么说，我会很高兴，真的，我会幸福得流泪的。可是——"

我正要说可是，却很快被伍宇打断了。

伍宇不解地说："玉兰，你现在不是没男朋友吗？你年龄可不小了。"

伍宇再次提醒我的年龄，我的硬伤。

我心里笑了笑，这就是中国男人啊，永远拿女人的年龄说事儿。

"伍宇，怎么办？我已经习惯了没有你的日子。对不起，当你转身的那一刻，我已经逼迫自己转身了。我已经没在原地等你了。"我别过头，不看伍宇的眼神。

伍宇听了我的这番话，又急又恼，分贝突然大了起来："你不会是真的喜欢上那个臭小子了吧？醒醒吧，玉兰，你跟他长不了！你说你，我好不容易有勇气想要和你结婚了，结果你还拽了。你就等着单身一辈子吧！"

我与伍宇的感情天平上，从前都是伍宇占上风，如今听到我说我没在原地等他了的话，他自然是恼怒的。

伍宇本来的面目又暴露了出来。他认为我是故意摆架子，他以为还能像以前一样在我的世界里来去自由。

我笑了，伍宇看着我的笑又表示很不解。

"你觉得，你和我结婚是可怜我，对吧？"

伍宇没有回答我。实际上，他就是这么想的。

我又笑了："对不起，我——林玉兰不需要你的可怜！我宁愿单身，也不要你委屈地和我结婚！"

我的声音铿锵有力，回绕在天花板上，发出巨大的回音。我努力控制自己的情绪，不让自己生气。

"更不要我委屈地和你结婚！"我说了更狠的话。

"和我结婚你委屈？"显然，伍宇更加愤怒了，他的眼睛顿时瞪得好大好圆，也许是因为愤怒，红血丝也清晰可见。这显然是他没预料到的场面。

那一刻，我明白，我惹怒了一只公牛，随时可能会用"它"锐利的犄角来顶我。

我清了清嗓子，走到饮水机前给他倒了一杯水，也给我自己倒了一杯水。我们都需要润润喉咙，更需要冷静。

我递给伍宇一杯水，伍宇一口喝了个精光。

"伍宇，你觉得我们还能回到从前吗？你觉得你会改掉脚踩几只船的毛病吗？你觉得我还能再相信你的话吗？"

伍宇没有说话。

"不可能了。这不是我爱没爱上别人的问题，这是我和你的问题。你已经不是从前的那个你，我也不是从前的那个我。OK，就算我和你结婚了，你负责了，我得到婚姻了。可是这婚姻是我从前想要的那个婚姻吗?你觉得这婚姻会幸福吗?那如果一开始就会预见不幸福的婚姻,我要它来做什么用?"

喝下一杯水的我,感觉平静了许多。我说出了拒绝伍宇最根本的原因。

伍宇一口气把杯中的水喝光了,他听完我的这番话,半晌都没有说一句话。我知道,他在思考我刚才说的话。

突然,他站起身来:"我走了。你保重。"

我看着伍宇从我的房间里消失。我没有送他。我看着他的背影从我的门口消失。这背影,我第一次觉得有些沧桑和无助。

其实,我和伍宇都明白一个道理:最关键的是,我已经变了。我再也不是从前那个林玉兰了。经过逆袭计划的连番改变和提升,我的眼界和视野再也不只是围绕着伍宇了。我变了。我想走另一条道路,我想看另一种风景。

我知道,我的人生其实不一定非要伍宇同行才能走下去。我一个人,或者我找个别的男人,也能走下去,说不定还会更精彩。

因为,我想要给我的人生另一种可能。

58 我相信，这一切都会平息

我要做一个理性的人，明明喜欢却要选择放弃的人。因为，我知道，感觉这东西太善变了，太不可靠了。我再也不能百分百交付出自己的真心了，我的小心脏再也经不起折腾和摔打了，我无法容忍自己在高龄时再面临被抛弃的命运。

与其大喜大悲，我宁愿波澜不惊。

与其轰轰烈烈，我宁愿百年孤寂。

自从和伍宇谈开了之后，他便再也没有来找我了。男人是有自尊的，何况我说得如此直白：我变了，我已经不再爱他了。我想，没有比这更打击他的话了吧。

所以，我的世界比从前更清静了。以前，何乐天还会时不时来找我聊聊工作、吃吃饭、喝喝酒。如今，伍宇和何乐天都不见了。

有时候，我躺在床上，对着天花板会笑，这是一种无意识的笑：林玉兰，何乐天和伍宇都是你赶走的！是你要赶走他们的，所以，你不可以后悔！

我对自己说。是啊，我做的选择，我不后悔。

何谓成熟，那就是尽量不做让自己后悔的事情，就算做了也尽量不后悔。

这个城市的冬天,雪无止境地下着,一场又一场,没完没了。上一场的积雪还没融化,新的一场大雪又翩然将至。

我坐在我的床上,床上放着一个小型的电脑桌,然后放着我的笔记本电脑,电脑里放着豆瓣电台,电台里有各种各样的或欢快或抒情或古典的音乐。我喜欢电台做背景音乐的原因只有一个,那就是我不知道下一首歌会是什么。正如,我不知道我的明天会是什么样子,但这却吸引我去揭开答案。

夜晚来临,窗外的雪花纷飞,雪花的花瓣晶莹剔透,一碰到玻璃就瞬间融化。窗外的大雪无声,室内的音乐在流淌,灯光如此静谧安详,我盘腿坐在温暖的被窝里,在网站上继续写我的《侏罗纪恋人》。如今,小说已经写到了二十万字,高富帅还专一的男主角,在经历了种种误会之后,终于赢得了女主角朱小朱的心。这是令人兴奋的章节,所有的粉丝都为之兴奋。

我很满足,也很有成就感。我为我制造的幸福能量而开心。我为传递幸福正能量而有成就感。是啊,他们终于在一起了。跋涉千山万水,千帆过尽皆不是,最后终于认定了对方。

只要坚信爱情,就会在一起。

信者得爱。

小说写到此,我犹豫还要不要继续更新。

部分粉丝留言说:"好了,这就是我想要的结局,他们在一起就够了。"

部分粉丝留言说:"不过瘾,不过瘾,玉兰姐,你继续写嘛。"

就在此时,网站编辑打电话来:"玉兰啊,告诉你一个大好消息,《侏罗纪恋人》已经卖了影视改编权了,届时将由中国最强的导演班底来做，会做出一个超级豪华阵容的唯美电影大片。届时，你将会扬名整个华语文坛！"

这是一个意外，这是一场惊喜！

扬名整个华语文坛，这可是我从来就没有想过的事情！不过，一想到我的文字会变成电影院的大片，这种幸福简直不能用言语来形容。

"不过，玉兰啊，你还得写第二部、第三部。总之，写下去！这么好的势头，这可是超级好的项目啊。"编辑对我说。

看来，时至今日，写不写还由不得我了。我知道，任何事情一旦参合了商业和利益，可能就不是那么随意而为了。我答应继续写下去，只是我需要好好想怎么写下去，如何让读者觉得不是又臭又长、狗尾续貂，这可是要考验功力的。

可是，我想着想着，为什么脑海里却总出现何乐天的脸庞呢？

这一刻，我觉得很无助。

我努力地晃了晃自己的头，试图让自己清醒：林玉兰，说好不后悔！林玉兰，说好的，你要成为一个理性的人，不能为了短暂的欢愉而将自己送入更大的悲痛当中！

可是，越不希望想起一个人，这个人却偏偏出现在你的脑海里。

好吧，这也很正常。因为不曾得到，所以才会想念吧。

"得不到的永远在骚动。"这句歌词唱得多么贴切。

经过这样的心理调节后，我的心情变得好多了。

想念就想念吧，骚动就骚动吧。那只是感觉，那只是感性。

而我，我要做一个理性的人，明明喜欢却要选择放弃的人。因为，我知道，感觉这东西太善变了，太不可靠了。我再也不能百分百交付出自己的真心了，我的小心脏再也经不起折腾和摔打了，我无法容忍自己在高龄时再面临被抛弃的命运。

与其大喜大悲,我宁愿波澜不惊。

与其轰轰烈烈,我宁愿百年孤寂。

哪怕,此刻,我的心潮翻滚,但我相信,这一切都会平息,一切都会平息。

晚上六点半,何乐天在办公室里认真地查看员工一周工作报告。虽然已经到了下班时间,不过这对何乐天来说是无用的。上班下班时间,那是对员工而言。对老板而言,永远没有真正的上班下班时间。尤其是对何乐天这样的创业者来说,随时随地都可能在工作,没有假期,没有周末,没有真正的上班下班时间。他经常因为一个面粉供应商的变动而从被窝里起来赶往机场,去找性价比更好的供应商;他经常因为新闻里的各种家禽的传染病,而不得不开紧急会议准备换新的鸡蛋供应商。

其实,对于这样的创业者来说,是不太适合谈恋爱的。任何一个创业者都得是一匹狼,具备狼性才能在激烈的竞争中生存下来,还要比别人更狠。如果天天沉醉在温柔乡里,那自然就掉队了,就会被人抢了先机。

女人是需要哄的,恋爱是需要谈的,怎么谈,就是要花时间来谈。对何乐天这样把房子卖了来创业的男人来说,他比别人更有压力,他比别人更有危机感。尤其是在房价不断创新高的现状下,如果他的公司发展程度没有跑赢房价上涨的幅度,那他就是白忙活了一场。

虽然有压力,但何乐天从来都是轻松面对。何乐天对他的未来,对"面包心情"是非常有信心的。在不到两年的时间里,"面包心情"已经步入了正轨,并引起了投资商的注意。

可是，偏偏感情，他的感情，却停滞不前。这是让他痛苦的地方。

每每完成了一天的工作，当他回到空荡荡而冰冷的家时，他开始觉得寂寞。他想，也许是该有个女人进入自己的生活了。但转念一想，现在是自己创业最辛苦的时候，哪有时间和心情谈恋爱啊，除非，除非是她。那就继续做一个工作狂吧。

59 也许,自己是该放弃了。因为,我真的努力过了

在国外长大的女孩子,总是真诚地表达自己的内心感受。喜欢就大胆表白,不喜欢就巴不得你立刻滚蛋。

何乐天专注地看着电脑,全然没发现 Susan 走了进来,这次 Susan 的刘海儿染了几缕蓝色和红色,个性十足。Susan 是他工作中的合作伙伴,乐观自信的女孩子。由于刚从美国回来,所以说着一口不太标准的普通话,时不时还蹦出几句英文单词。

也许是在加州生活过的原因,Susan 的出现就好像是一缕阳光。她总会因为一点儿事情而哈哈大笑,绝对是露出超过八颗牙的那种大笑。因为从小到大都被家人宠着,没经历过什么挫折,才会笑得那么没心没肺吧。

"嗨!"Susan 站在何乐天身后,故意吓何乐天。

"拜托,我早看见你了。"何乐天继续看他的电脑。

"我分明都没发出声音,你是怎么看见我的?"

"如果一点儿警戒心都没有,那还当什么领导者?"何乐天淡淡地说。

Susan 点点头:"好吧,有道理。领导者,大叔。"Susan 叫何乐天大叔,何乐天显然是不适应的,要知道,他还嫩着呢。可没办法,现在九零后都蹦出来了,而 Susan 就是九零后啊。九零后面前,八零后的何乐天都被戏谑地称为大叔了。

此时,Susan 从身后拿出了一叠文件递到何乐天面前:"这是我的一些想法,你看看呗。"

何乐天看着桌子上厚厚的一叠打印的文件,正迟疑着。

"我可是花了两个通宵做的呢。"Susan 开始撒着娇。

何乐天翻开文件,看了第一页,马上就被吸引了,然后停不住地继续看第二页、第三页,直到看到最后一页。

"怎么样?你觉得我的提议怎么样?"Susan 像一个上学的孩子,急切地等待老师给她的评分。

何乐天停顿了片刻:"嗯,很好。法国的面包店和美国的面包店对比数据很有意思。等我回头好好研究下。"

Susan 一听何乐天对文案的认可,脸上立刻笑成了一朵花:"我可是让法国的姐们儿给我做了实地调查呢。绝对的第一手资料!"

何乐天真诚地看着 Susan:"谢谢你。辛苦了。"

Susan 趁热打铁:"怎么,你就不请我吃饭回报一下?"

何乐天有些犹豫,没有立刻回话,只是继续看着文件。

Susan 噘着小嘴故作不开心地说:"你也太吝啬了吧。看,我弄这个方案,都熬成大熊猫了。"

何乐天沉默了片刻:"我只是犹豫,该请你吃什么好呢?"

面对Susan如此的主动和热情，何乐天有些招架不住。他不得不承认，Susan在美国没有白留学，她的脑瓜子是装了东西的。而这些，对他的事业是有益的。要想把自己的企业做大，除了自己的本土化思维，还要有国际化思维。

何乐天不是名牌大学毕业，也没有留过学，也不是富家子弟，更没有强硬的靠山，他只是成长在一个普通的工人家庭里。他的闯劲儿和拼劲儿都源于他爱学习的习惯和聪明的头脑。

"只要是你请的，什么都好吃。对我来说，吃什么不重要，重要的是和谁吃！"Susan一听何乐天要请自己吃饭，顿时开心了起来。

在国外长大的女孩子，总是真诚地表达自己的内心感受。喜欢就大胆表白，不喜欢就巴不得你立刻滚蛋。

哪里像在国内长大的我呢，瞻前顾后，左思右想。可我二十岁的时候，不也是这样，跟着感觉走、大胆、直接、真诚。那时候的我，感情白纸一张，而如今的我呢，感情千疮百孔。我已经到了该谨慎的年纪了。

何乐天听了Susan的这句话禁不住笑了："瞧，你的嘴可是越来越甜了。"

Susan继续噘嘴撒着娇："人家说的是心里话！我可不会说恭维的话！你说，像我这种没心没肺又自我的九零后，我能说恭维的话吗？"

此刻，何乐天感到心酸：要是这些话是林玉兰说的该多好。除了在工作上，她从来没有对自己说过一句好听的话。

何乐天叹了口气：也许她还没有忘记过去，也许她只是把我当朋友，也许她心中有了别的人，也许自己是该放弃了。因为，我真的努力过了。

此时，Susan主动挽起何乐天的胳膊："哎呀，发什么呆啊，一会儿餐厅要排队了。"

何乐天回过神："哦，吃什么好啊？"

Susan 甜甜地说："此刻，我交给你了，你请我吃什么我就吃什么。"

办公室的灯终于熄了。窗外，月如钩，如此阴冷。

60 你值得拥有更好的女人,更好的爱情!

于事业型的奋斗男人来说,感情真的不是什么大不了的事情。况且,像何乐天这样大有前途的男人,他根本不用操心没有女人,反而要操心怎么打发身边的女人。

十一月十一日,光棍节,这是属于我的节日。原本,这对我来说是一个伤感的节日,结果我在凌晨时就蹲在天猫上抢购五折商品了,因为我怕晚了喜欢的款我穿的号就没有了。我喜欢的品牌款式早就看好了,都收藏起来了,就等着那一刻到来赶紧下单。原来,买东西和谈恋爱一样,都得抢先机,晚了一步,对不起,已经到了别人的购物车里了。

在疯狂下单后,我开始构思《侏罗纪恋人》第二部。想得累了,我翻开日历,吓了一跳,原来,冬天的节日还真是多啊。很快就是圣诞节了,然后就是过年了,年后就是情人节了。

看了一会儿,我把日历放在一旁默念:"反正这些节日跟我也没啥关系。不过也省心了,不用为买什么礼物而伤脑筋了。"

很快,圣诞节来了,周忆来了北京,她是来北京出差的。刚好,我和周忆都算单身,可以结伴度过这需要热闹的圣诞节。

我和周忆坐在餐厅里,餐厅里服务员全都戴着圣诞老人的红色小帽,门口摆着两棵大大的圣诞树,门外还摆着长长的等着用餐的情侣。

我扫了一眼:"这老外的节日,我们也过得这么欢。不过,商家倒高兴了。"

周忆的气色不错,她大口地嚼着鸡翅:"什么节日不节日,我现在就在乎我女儿的生日,我给你看,我家宝贝可乖了。"

周忆满脸的幸福,拿起手机凑到我面前就给我看宝宝的照片。小宝贝快一岁了,长得果然是很可爱。

"好可爱,好想抱一抱。"我情不自禁地说,心中一片柔软。

"好了,认你当干妈好了。"

我一听,举起酒杯:"不错的主意呢。万一,有天,我还没结婚,那就指着我的干女儿给我养老了呢。"

周忆开心地一杯干:"给我们两个女人养老,我们还有伴儿了呢。不过,你肯定会幸福的,玉兰,你想要的一切,都会拥有的。"

我想要的一切?周忆知道什么是我想要的,什么是我的一切。这就是闺蜜,这就是好朋友。

我笑了笑:"这点,我还是相信的。"刚和伍宇分手的时候,我是看不见未来的,如今,我至少知道我未来的方向。

"忆,离婚,你后悔吗?"

"你说,我是守着腐朽的婚姻,还是孤独终老呢?不过,单位的同事有追我的,对方从没结过婚。我说我结过婚还有孩子,你不怕吗?

那男的说，有什么可怕的。玉兰，我都不怕，你怕个啥？"周忆拍了拍我的肩膀。

这是我今天听到的最让我开心的消息。我没直接问周忆的感情，就是怕让她难过。没想到，周忆已经雨过天晴。

"其实，我要感谢婚姻，因为它给了我一个可爱的女儿。女儿是上天给我最好的礼物。不过，我不知道女儿长大后问爸爸在哪儿时我该如何回答。我只能说爸爸去挣钱了。所以，玉兰，结婚了就不要轻易离婚。真的。"周忆语重心长。

婚姻让她一夜长大。女儿让她成熟坚强。

我和周忆，再也不是当年在沱江滨江路抢着摘黄果兰花来戴的女孩了。

晚风吹来，很冷，我和周忆挥手告别在这阴冷的街口。

已经是晚上十一点了，可是街道上全是熙熙攘攘的情侣，手中拿着大大小小的礼物。这种热闹和喧嚣是与我无关的。

这时候，我的大脑里又不争气地想起了何乐天，可是，我很快又想起了他和Susan在一起的画面，那是多么般配的画面啊！我只能是旁人，只能是路人，只能是绿叶。

其实，我已经很久没有何乐天的消息了，他工作很忙，忙着拓展"面包心情"的新店。我明白，于事业型的奋斗男人来说，感情真的不是什么大不了的事情。况且，像何乐天这样大有前途的男人，他根本不用操心没有女人，反而要操心怎么打发身边的女人。

就在此刻，我突然很恐慌，我不知道，在这样阴冷却又热闹的街，如果遇到了何乐天，我该怎么办？

其实，"面包心情"在北京已经有三家店了，其中一家店在黄金地段的大商场里，商场经理就是短发女孩Susan，刚从美国留学回来。

因为老爸是商场高层，所以回国就负责商场的品牌入驻。

Susan 对何乐天一见钟情。女孩子总是矜持的，但国外回来的女孩自然要勇敢一些。Susan 总是以工作的借口和何乐天见面，见面的时候总是约在傍晚，于是，两人就一边吃饭一边谈事儿。

通常，吃过饭之后，Susan 便嚷着说："哎呀，好久没看电影了。要不，看个电影吧，难道你忍心我一个妙龄女子独自去看电影啊。"于是，何乐天便陪 Susan 看电影。

对于 Susan 的示好，何乐天是不拒绝也不积极的。他是男人，他当然明白 Susan 对自己有意思。只是，他想再等等看。所以，何乐天总是以"工作忙"的借口来逃避 Susan 的攻势，但是，他也很明白，Susan 是一个不错的女孩子，是一个不错的交往对象。所以，他也并没有拒绝 Susan 的靠近。可是，他的这份不太积极和不太主动的劲儿，反而引起了 Susan 更大的兴趣。

谁说只有男人才有征服欲，其实女人也有征服欲。Susan 对不太积极的何乐天更加上心了，甚至有些迷上了何乐天。

"喂，今天可是圣诞节呢，你不会忍心让我一个人过圣诞节吧？" Susan 跑到何乐天的办公室，噘着小嘴半带撒娇半带委屈地说。

"西方人的节日，中国人瞎凑热闹。"何乐天继续低着头在电脑上查阅文件，嘴里漫不经心地说。

"呜呜，不要嘛，你就欺负我！" Susan 一副委屈状。

何乐天终于抬起头，笑了笑："我怎么就欺负你了啊？"

"你就是欺负我！" Susan 一口咬定，就差梨花带雨地哭了。

何乐天摇摇头："服了，我投降，我投降！走吧，去吃圣诞大餐吧。"何乐天一边说着一边关掉了电脑。

"耶！" Susan 像一个想要吃糖的孩子终于拿到糖果一般地雀跃

欢呼起来！然后，Susan无比自然地挽起何乐天的胳膊朝着办公室门口走了出去。

对面高楼，早已灯火璀璨，"MERRY CHRISTMAS"的字体在夜色里格外醒目，一闪一闪，灿若星辰。

这边，我站在阴冷的街口，哪怕圣诞树的灯光再璀璨，可对于孑然一身的我来说，反而格外刺眼。

我不停地向出租车招手，可是所有的出租车都满员了。最恐怖的是，车流不动了，这个城市拥堵不堪，仿佛全城的人都跑出来过圣诞节了。

我叹了口气，搓了搓冻僵的手，有些着急地冒出了一句："不就一个圣诞节，一个外国人的节日，这些人至于吗？"

我放弃了打车，决定步行一段，走过这最繁华的街道，在拐角处也许车会好打一些吧。

我将双手揣在裤兜里，大步地向前走着，路过一棵棵闪亮的圣诞树。是的，我只是过客。我不看风景，风景与我无关。此刻，我只想回家。

就在街角转弯处，我突然看见了一辆出租车停了下来，车里的人正在结账准备下车，出租车司机把空车牌子打了出来，此时此刻，我仿佛看见了救星，大步地朝出租车飞奔而去。

可是，当我看见下车的女子时，红色短款时尚羽绒服、红色挑染的刘海儿，在夜色中格外明亮。那不是Susan吗？

我很快意识到将会遇见谁。我立刻转过身子，然后走到大厦的拐角处，把自己藏了起来。我害怕的画面差一点点就发生了。我的心怦怦跳，感觉小心脏要跳出来了。

果然，一身深蓝运动服还戴着黑色毛线帽子的何乐天也从出租车上下来了,这一身装扮让我差点儿没认出他,因为这太像一个大学生了。此时,Susan 习惯性地挽着何乐天的胳膊,然后将头依偎在何乐天的身上。

幸好,何乐天和 Susan 都没看见我。我避免了尴尬,否则,要是碰见,我该显得多落寞啊。只见他们走进了"福楼"西餐厅,我松了一口气。

我知道,我的心在疼。此刻,我希望天再冷一点儿,这样,我的全身失去知觉,该有多好。

我默默地说:乐天,你是我生命中的天使,是我生命中的贵人,祝福你,你值得拥有更好的女人,更好的爱情。

终于,我等到了属于我的出租车。

此时,路况终于好了,车子"嗖"地开了出去,把两旁的行人都抛在了脑后。

如果,前尘旧事统统都能抛在脑后,该有多好。

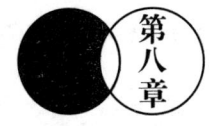

第八章

绝不饥不择食，无论性或者爱

61. 请告诉我，我如何才不为情所困？
62. 从前所受的伤，都通通得到补偿
63. 我可以和前任做朋友，那是因为我不爱了
64. 爱一个不爱自己的人，太累了
65. 绝不饥不择食，无论性，或者爱
66. 婚姻不是解决你问题的灵丹妙药
67. 我允许老公一周有一天不回家过夜
68. 只爱过一个正当年龄的人
69. 因为父母的施压而结婚
70. 有些男人，注定是放荡一生不羁爱自由
71. 所有的甜蜜，都变成了两个字："曾经"

61 请告诉我，我如何才不为情所困？

"五蕴皆空，就不会痛苦。"我似懂非懂。俗世的我们，执着名利，执着爱恨情仇，所以就会痛苦。

正如我，我为爱而痛，为爱而伤，为爱而忧，为爱而患得患失。

那些让我们痛不欲生的感情、恋人，那些我们认为属于我们的人，其实从来就不属于我们，不仅不属于我们，甚至都不属于他们自己。

我从来不属于你，你也从来不属于我，我们从来不属于彼此。

"属于"，只是恋人们的一厢情愿而已。

我无法想象春节和情人节，我该怎么办？虽然，我比半年前的状态要好。可是，我还是害怕过这样的节日。

所以，我决定给自己一趟旅行，一趟属于自己的旅行，一趟自我的修行，在烟花绽放的日子里。这不是逃避，而是抽离，是一种认识真实的自己的方式。

寒假到来、春节来临之前，我跟节目组请了半个月的假，离开了北京。

离开北京时，我的脑海里闪过一丝何乐天的脸庞。

我喜欢坐在飞机窗户的位置，可以倚着窗户思考问题，那冰冷的机身，其实也可以当我的一个依靠。原来，我是那么需要依靠的女人。

我喜欢透过窗户看着窗外,无论人流或者风景。

我嘴角泛着笑容,对着机窗外轻轻地说了声:"再见,北京。"

又到春节,所有人都在路途上奔波,马不停蹄,只为和家人团圆。我却没有。

其实,我也想家,可是想到父母的唠叨,想到父母失望的表情,我就害怕回家。这也是我第二次不回家过年的原因。

我坐在去往瓦达寺的大吉普车上,望着车窗外的草原和天空,心中默默地对爸妈说:爸,妈,你们就当女儿已经嫁人了,你们就习惯女儿不在身边的日子吧。

这是我有生之年第二次没有回家过年。去年是和伍宇刚分手,不知道如何向他们交差所以没回家,而这次,我想让我的思绪得以梳理,让我的心灵得以栖息。

是李居士建议我来瓦达寺清修的。因为,她看出了我内心的烦躁。

是啊,我能不烦躁吗?我成了适婚但未婚的异类。虽然如今我已经比和伍宇刚分手的时候成长和强大了很多,可是我还是俗人,我还是小女人,我想要婚姻,我想要幸福。

所以,我来瓦达寺最重要的目的就是:祈福,祈求自己的幸福,祈求佛陀给我幸福的婚姻。

瓦达寺位于四川阿坝马尔康市脚木足乡帕尔巴村,这里已经属于藏区了,已经属于高原了。到处都是垒起的石堆,信佛的人用这种方式祈福。因为已经是冬天,车窗外很冷很冷,去往瓦达寺的路很窄很陡,我穿得很厚很厚。

其实,这不是来瓦达寺最好的季节,最好的季节是在春夏之际,草原上的各种花儿都开了,蓝色的、黄色的、红色的,就好像五颜六色的星星一样。司机是康巴汉子，五官长得很立体，很帅气。想当初，这就是王洛宾笔下"康定情歌"里的康巴汉子啊。顿时，我对这个原本偏僻的四川小地方有了莫名的好感。

这是我第一次来到藏区的寺庙，和我在城市里见过的寺庙不一样。瓦达寺矗立在茫茫的草原上，远方是依稀可见的青山，头顶上是蓝得清澈的天空，偶尔飘来的云朵也是白得清澈。

突然间，我明白了为什么这是一个清修的好地方。因为一切都如此干净，如此清澈，没有任何的杂质。没有车水马龙，没有市井喧嚣，只有清晨寺庙响起的钟声和时不时的鸟鸣。

瓦达寺的物质条件很清苦，我们吃的都是简单的蔬菜或者大饼，住的是群居的地铺，洗脸是在空旷的坝上对着水龙头冲洗，洗澡要走一刻钟排队半个小时才能排上。痛苦的是上厕所，也要走一刻钟才能到，没有路灯，得自己备着手电筒。最痛苦的是厕所的味道实在是太熏人了，这对于习惯抽水马桶的我，简直就是巨大的考验。

我想起了席慕蓉的诗句："我坐在佛前，求佛给我一段世俗的情缘。佛于是把我变成了一棵树，长在你必经的路旁。"

同样，我双腿盘坐在瓦达寺大殿前，在寺庙里两百多个尼姑的诵经声中，我闭上双眼，冥想，或者什么都不想。和我一起来此的还有来自各个大城市的俗人，男的、女的、老的、少的都有。四面八方，不过每个人因为都是带着自己的问题来的。他们希望在这里得到能量，希望自己的问题在这里得到化解，希望在这里许愿能够梦想成真。

身旁的修行人叫崔丽，我叫她丽姐，她大约四十岁，可是岁月仿佛对她特别优待，并没怎么在她的脸上留下什么痕迹。她的脸上总是挂满笑容，声音极其温柔，像极了清脆的铃声，又或者像泉水叮咚。

她是资深的修行人,她的一跪拜一叩首都是如此虔诚,姿势是如此优美。她一遍一遍地诵着《心经》:

观自在菩萨,行深般若波罗蜜多时,照见五蕴皆空,
度一切苦厄。舍利子,色不异空,空不异色,
色即是空,空即是色。受想行识,亦复如是。
舍利子,是诸法空相,不生不灭,不垢不净,
不增不减,是故空中无色,无受想行识,
无眼耳鼻舌身意,无色声香味触法,无眼界,乃至无意识界,
无无明,亦无无明尽,乃至无老死,亦无老死尽
……

然后,我也跟着诵《心经》,虽然我并不太懂其真意。这是简单的动作,不需要思考,只需要诵读,不过,对于丽姐来说,她早已经背得滚瓜烂熟。

丽姐说,她遇到事情时就会念《心经》:"《心经》总共有二百六十个字,心经的实旨是心,是佛说与见性弟子由定慧到明理,明心,达到无上正等正觉的理论。心经就是叫人找到自心,认识自心,明白自心。观自在菩萨,行深般若波罗蜜多时,照见五蕴皆空。我们的痛苦是对'有'的迷惑和执着造成的,这个'有'就是五蕴(色、受、想、行、识)。世间的一切生灭现象并非实有,而是空的。空,是对有的实质的透视;空,是破除我们对'有'的错误执着,倘能照见五蕴皆空,人类自然能够度脱一切烦恼痛苦。"

"五蕴皆空,就不会痛苦。"我似懂非懂。俗世的我们,执着名利,

执着爱恨情仇，所以就会痛苦。

正如我，我为爱而痛，为爱而伤，为爱而忧，为爱而患得患失。我不想这样。

每个来瓦达寺的人，都可以跟扎西主持聊天。扎西主持从八岁就进了寺庙修佛，如今不到三十岁就已经是堪布仁波切了。他长得很敦实，脸上总是挂着笑容，然后露出整齐的大白牙。也许是因为高原太阳太过强烈，他们又从来不涂防晒霜的缘故，所以他的脸被晒得黑黑的，零星的还带着一些雀斑。不过，对于修行来说，这些都是全然不介意的。

我走进扎西主持的房间，问的第一个问题是："主持，我如何才能不为情所困？"我希望有一种力量，可以让我纵横情海不再为情所困。

"告诉我，你为什么痛苦？"

"因为失去，因为害怕失去。"我说。和伍宇分手是失去。放弃何乐天是因为害怕失去。

此时，扎西站起身来，指了指房间里的椅子和窗外的房子说："你觉得瓦达寺美吗？"

我点了点头。相比在大城市里的寺庙，瓦达寺的环境美多了。

扎西主持说："不过，我很快要离开这里了。"

我很惊讶。像扎西如此年轻就做到一个大寺庙的主持，那是很难得的。

"为什么啊？"

扎西此时的表情很严肃："有一天，我在整理我的屋子，发现有很多家具是我的，还有很多别人送给我的贵重礼物。我不希望自己在这个寺庙待下去，这样我会留恋、会舍不得。这样，我就哪里也不能去了,我的身心就不自由了。所以,我要离开。我们的身体就是一间客栈,而'我'只是过客。对我们来说,一切东西,都会失去的。"

"一切都会失去的?"我听到这句话心头拔凉拔凉的。

扎西继续说:"你这就是——我执。"

"我执?"我不解。

"我执,是痛苦的根源,指对一切有形和无形事物的执着,指人类执着于自我的缺点,包括自大、自满、自卑、贪婪……放不下自己,心中有着非常大、非常粗、非常重的'我',执着自己的想法、做法、人格等。你想想,身体都将不是你的,那外界的名、利、爱人,都是你的吗?几十年之后,这些都不再是我们的,我们只是短暂地拥有,甚至只是借用了一下而已,包括我们的躯体。既然终究要失去,你有什么好痛苦的?"

从扎西屋子里走出来,我默默地坐在寺庙的石阶上,看着天空,一遍遍思考这番话。

开悟。佛家常说的一个词。在某一刻,我仿佛开悟了一般。醍醐灌顶,也是佛家常说的一个词,在某一刻,我仿佛醍醐灌顶一般。

是啊,那些让我们痛不欲生的感情、恋人,那些我们认为属于我们的人,其实从来就不属于我们,不仅不属于我们,甚至都不属于他们自己。

我从来不属于你,你也从来不属于我,我们从来不属于彼此。

"属于",只是恋人们的一厢情愿而已。

既然我们从来就不属于我们,所以就算对方离开、改变、背叛、死亡,我们又有什么可痛苦的,因为他或者她从来就不属于任何人啊。

我突然禁不住鼓掌。是啊,一直以来,我以为伍宇是属于我的,我是属于伍宇的。当有一天,我发现伍宇不属于我的时候,我就痛苦万分。后来,认识何乐天之后,我期待我属于何乐天,何乐天属于我,可是我又害怕我属于何乐天,何乐天属于我。因为我害怕失去,害怕悲剧重新上演。

可是,如果我一开始就明白真相:其实,伍宇和何乐天都不属于我,那我就不会有这么强的得失心了。

佛家的一切都是"缘":所谓因缘,它跟欲望的多寡、情爱的深浅都没有关系。那就是关于欠与还的宿命,两个人因缘未尽时,怎么样都分不开,尽了,则就是尽了。

这个缘是上辈子积的缘,这辈子修的缘。缘起缘灭,缘来缘去,我们只需要接受就好了。

我又想起了释迦牟尼的话:无论你遇见谁,他都是你生命中该出现的人。

所以,如此一来,伍宇和何乐天都是我生命中该出现的人。而他们的离去,则便是到了他们离去的时刻。

从那天起,我皈依了,我成了一个佛教徒。我开始喜欢上了修行,喜欢上了修心。

清晨,我坐在大殿里,背靠着青山,头顶上是湛蓝的天空,远方是潺潺的溪水,感受着天与地赐予的能量。

我发现,我的内心开始平静了。

后来,我在我的日记本里写上了单身逆袭计划第九步:放下我执。

我知道,从此之后,我不会害怕见到何乐天了。

夜深人静的时候,何乐天坐在书房前,签完一大堆文件后,倒了一小杯红酒,将身子全部放到椅背上,抿了一口红酒,闭上双眼让波尔多红酒的橡木桶香、花香、柠檬香味盈满整个口腔。可是,脑海里还是浮现出了林玉兰的脸庞。

何乐天叹了口气吐出了一句话：林玉兰，此刻，你在哪里？

何乐天还是拨通了林玉兰的电话，电话那头却传来了：对不起，你拨打的电话已关机。

何乐天叹了口气：这个家伙，还是一样没心没肺。动不动就关机，永远不知道此刻有人只想拨通她的电话听听她的声音，哪怕是呼吸声。

同一片天空下，有人内心平静，有人内心翻涌。

仓央嘉措的诗句回荡在空中：

那一天，我闭目在经殿香雾中，蓦然听见你诵经中的真言；
那一月，我摇动所有的经筒，不为超度，只为触摸你的指尖；
那一年，磕长头匍匐在山路，不为觐见，只为贴着你的温暖；
那一世，转山转水转佛塔，不为修来世，只为途中与你相见。

62 从前所受的伤,都通通得到补偿

一个人即使没有钱,也可以给予人五样东西:一、颜施,即微笑处事;二、言施,多说鼓励赞美和安慰的话;三、心施,敞开心扉,对人诚恳;四、眼施,用善意的眼光去看待别人;五、身施,以行动帮助别人。

也许,他会找个爱他的女人,在那个女人那里得到安慰。那他从前受到的伤都通通得到了补偿。

这也算是平衡吧。

穷人问佛陀:我为什么这么穷?

佛陀:因为你没有学会给予别人。

穷人:我什么都没有,如何给予?

佛陀:一个人即使没有钱,也可以给予人五样东西:一、颜施,即微笑处事;二、言施,多说鼓励赞美和安慰的话;三、心施,敞开心扉,对人诚恳;四、眼施,用善意的眼光去看待别人;五、身施,以行动帮助别人。

如今,我虽然不富有,但肯定比一年前富有。我有固定的节目编导工作,固定的收入来源,还有网络小说的外快,有了靠我自己本事赚来的房子。这是物质上的富有。虽然比不上那些拥有无数豪

宅名车的富豪，但我已经很知足。他们的富有，是他们前世修的善果，以及这世的勤奋和努力。如果是不义之财，那也将会以不义的方式花出去，比如疾病、受骗、死亡等。正如李居士跟我讲的"凶财进，凶财出"。

最重要的是，我的精神比从前富有了很多。我懂得如何调整我的内心，懂得如何不再为情所困，懂得如何获得喜乐和宁静。

在每个上班的清晨，我对着镜子中的自己微笑，在节目组我对我的同事微笑，我对楼下的清洁工阿姨微笑，我对着街头的修鞋大叔微笑，我对着天空微笑。这就是颜施。

只是，我不知道再见到伍宇，是否会发自内心的微笑。如果我见到何乐天，是否也会发自内心的微笑。

我开始有意识地对我周围的人说一些赞美和鼓励的话，比如同事。我开始有意识地对在网络上支持我的《侏罗纪恋人》的粉丝们说谢谢。

突然，我想起了从前，我和伍宇在一起的时候，我总是跟他抱怨，总是给他脸色看，总是不满意。因为他不主动提出和我结婚，所以我内心有气。原来，我没有做到"颜施"和"言施"。

如果换作鲁敏，她的解释就是我太把伍宇当回事，就是犯贱。因为太看重伍宇，所以伍宇才会把我看轻。

如今我明白了：我越是抱怨，越是给他脸色看，他从内心就越是厌烦我，就越是不想和我结婚。原来，这才是根本的东西。

眼施，用善意的眼光去看待别人。

自从和伍宇分手后，我十分没有安全感，对于男人我是充满不信任的。甚至下意识里，我认为他们都是下半身动物，都是花心的。有钱人大都是薄情寡义和重利轻离别的，奋斗的男人发达后也会变成陈世美休掉发妻。

我下意识地认为，如果我和何乐天在一起，随着岁月的流逝，他会变心。

如今想来，我都不是用善意的眼光看待别人。这是我内心强烈没有安全感的表现。这是我内心极度自卑的表现。

用善意的眼光看待别人，但我知道人都有"恶性"的一面。

行施，从今天开始，我会更加主动地去帮助别人。比如给人指路，其实也是行施。

至于想"心施"，敞开心扉，对人坦诚。这点，我还没能做到。

我知道，我还有很多事情要做，有很多"结"去解。

从瓦达寺回来，我拥有无穷的能量，全身上下都是满满的正能量。这就是修行带来的快乐。

鲁敏见到我大夸我的气色好多了。是啊，在山清水秀的地方，吸收天地大自然的能量，一切都很简单纯粹，没有爱恨情仇，没有名利烦扰，没有情绪的波澜起伏，吃斋念佛，气色能不好吗？

鲁敏的少妇生活，除了逛街买衣服，陪婆婆做做美容之外，每天重要的事情就是清晨和傍晚在小区里喂流浪猫。她说小区里的流浪猫有十几只了，原来流浪猫之间也会窃窃私语的。最开始，来她家门口的流浪猫只有两只，然后变成了五只，现在变成了十五只。

"看见它们开心地吃着食物，我觉得好满足、好开心。"鲁敏说。

原来，女人真的是因为善良而可爱。从前，我认为鲁敏是智慧的，如今我发现她有最重要的一点，那就是她的善良。她对朋友善良，对动物善良，可唯独对前男友崔宁例外。我不知道崔宁如今过得如何。我没有追问，相信鲁敏也不会说。

我无权评论鲁敏的选择。也许正如佛家所说：两个人，因缘未尽时,怎么样都分不开,尽了,则就是尽了。

　　我相信,崔宁一定会遇到属于他的缘分。那缘分,一定会让他欢喜。

　　也许,他会找个爱他的女人,在那个女人那里得到安慰。那他从前受到的伤都通通得到了补偿。

　　这也算是平衡吧。

63 我可以和前任做朋友，那是因为我不爱了

从前的我，的确太自私、太霸道、太自我为中心。我总是在索取，却忘了回报。或者我回报的方式并不是你想要的方式。所以，这是我的问题。我们的分手，不仅仅是你的责任，也有我的责任。对不起。

我可以和伍宇做朋友，是因为我不爱他了，也不恨他了，我彻底地放下他了。伍宇，我不再"执着"了。对于伍宇，我已经放下"我执"。所以，我的心打开了，剩下的是满满的欢喜。

回京一周后，我选了一个阳光明媚的周末去找伍宇。我有很多话要和他说，有很多"心结"想要解。

自从伍宇搬入四环内的新家后，我一次都没有去过。从前，是太害怕。我害怕自己无法承受那份伤感和失落。想当初，这套房子的地板品牌和窗帘的款式，都是我去一家家的家居装饰城比较一番才挑出来的。

我没有跟伍宇约时间，只是抱着一试的态度。我按了门铃，没想到伍宇没有出差，他真的在家。

伍宇看见门口的我，眼睛睁得很大。显然，他是没有想过我会来找他的。他的头发凌乱，眼神迷离，显然是刚睡醒。

"谁呀？快递吗？"这时，我听到有女人的声音从他的身后传了出来。

那一刻，我愣住了。伍宇也愣住了。毕竟，这很尴尬。

这声音不是晓笛的声音。

不过，很快，我又恢复了平静。这个很正常，伍宇是单身，伍宇要和我复合被我拒绝之后，他当然有权利找新的女朋友。

突然，这一刻，我发现了一个重要的问题：原来我是真的不爱伍宇了！当我看见他和别的女人同床共枕，我竟然没有了嫉妒，没有了怨恨，没有了不快乐。原来，我真的放下伍宇了！

"不知道是否可以和你单独聊聊。"我淡淡地说。

我和伍宇在小区里的长椅上坐下。伍宇显然不知道我葫芦里卖的什么药。他的神情慌张，想要为刚才的情形做解释。我摆摆手："什么都不用说。听我说。"

伍宇只得点点头："好，你说，找我什么事儿？先声明啊，是你拒绝和我复合的。"

我笑了笑："伍宇，经过这段时间的自我反思和自我检讨。我觉得你说得对，从前的我，的确太自私、太霸道、太自我为中心。我总是在索取，却忘了回报。或者我回报的方式并不是你想要的方式。所以，这是我的问题。我们的分手，不仅仅是你的责任，也有我的责任。对不起。"

是啊，在和伍宇的日子里，我总是在索取，我要伍宇第一时间出现在我身边，我要伍宇第一时间接我电话，我要伍宇买房买车……

弗洛姆《爱的艺术》里说，天真的、孩童式的爱情遵循下列原则：我爱，因为我被人爱。成熟的爱的原则是：我被人爱，因为我爱人。

原来，从前我的爱不是成熟的爱。

伍宇听了这话,有些慌张。显然,他是没想到我是来说这番话的。

"那——你是想通了,答应和我复合了?"伍宇不敢肯定地问。

我摇摇头。伍宇长舒了一口气,但脸上也有了一丝失望。

"你今天来这里,就是特意来跟我承认你的缺点,来跟我道歉?"

我点了点头。

他欲言又止,过了片刻说:"玉兰,我发现你真的变化好大,我都快不认识你了!玉兰,其实我才要对你说对不起。"

伍宇抬起头,揉了揉眼睛:"你不是对我一直不带你回我老家看我父母耿耿于怀吗?其实,我和我妈的关系很不好,我爸妈从我出生之后,他们就一直在吵架,要么就是冷战,最后,他们的战争,以我爸爸早死而结束。所以,我讨厌婚姻,我害怕婚姻。我觉得不想让父母的不幸在我身上重演。"

原来如此!是啊,从前,我总是抱怨伍宇,我内心在和伍宇置气,但是我又不明说。我等着伍宇主动提出带我回他湖南的老家看父母。可是就是没有等到。

怪不得我和他分手时,他说:"父母总催我们结婚,你看他们幸福快乐吗?他们自己就不幸,还要我们这些孩子重复他们的不幸!"

此刻,我全都明白了。

我突然站起身对着伍宇伸出我的手:"伍宇,我想,我们可以做朋友!我真的原谅你了。"

从前,我根本无法想象我能和前任男友做朋友,尤其是伍宇。如今,我可以了。我可以和伍宇做朋友,是因为我不爱他了,也不恨他了,我彻底地放下他了。伍宇,我不再"执着"了。对于伍宇,我已经放下"我执"。所以,我的心打开了,剩下的是满满的欢喜。

这次,是伍宇不习惯了。想当初,伍宇来跟我说希望分手后可以做朋友，被我生气地驳回了。做什么朋友？分手后还能做朋友吗？只能是仇人或者是陌生人。如今，我发现，我可以和前任做朋友，那是因为我不爱了。

我和伍宇第一次握手。这是从认识他快八年来，我们第一次握手。不是寒暄，而是和解。和解的那刻，我感觉全身如此轻盈，世界也在此刻变得更亮了。我知道，伍宇可能也在此刻变得轻松了。他从前会觉得有愧于我，如今，他也不用带着愧疚生活了。

这是一件皆大欢喜的事情，有什么比真正的"放下"更快乐的呢？放下，就是解脱，就是自由。

64 爱一个不爱自己的人，太累了

> 女人的强大，不是多么像男人，而是在失落、悲伤、欺骗和背叛后，能从心底里原谅和包容，能够依然相信这个人世的美好。真正需要强大的，不是外壳，而是内心。

除了自由，我感受到我自己的强大。

女人的强大，不是多么像男人，而是在失落、悲伤、欺骗和背叛后，能从心底里原谅和包容，能够依然相信这个人世的美好。真正需要强大的，不是外壳，而是内心。

只是，我的强大，在碰到何乐天时，还是顿时瓦解了。

那天，我去商场买保暖内衣，因为冬天过去了，各大品牌的保暖内衣全都五折出售。商场一层全是大妈围着挑选保暖内衣，我也加入了其淘货阵营。

正挑着，我有些想上厕所，于是退出大妈阵营，朝商场的卫生间走去。就在香水柜台处，我看见了何乐天，当然，他的身边站着那个短发女孩Susan。Susan亲密地挽着何乐天的胳膊，两人在柜台里试香水，应该是何乐天为Susan挑香水作为礼物。

那一刻，我想要转身。可是，却被Susan看见了。她应该是记得我，拍拍何乐天的肩膀："你的熟人来了。"

何乐天抬起头，看到了我，显然他是始料未及的，很快，他走到我身边："来，我介绍一下，这是我的女朋友Susan。"

女朋友Susan！听到这话时，我感觉自己的心在滴血。

"女朋友"，这三个字格外刺耳。不，不是刺耳，是刺痛我的心。

我掩饰着心中的痛，努力地挤出笑容。

"你好，我叫林玉兰。"我对Susan自我介绍。

"我知道，我见过你的，而且我听乐天提起过。"Susan一副天真无邪的表情。她好像并不介意我和何乐天从前有过什么，或者她装着什么都不知道。

我笑得仿佛没心没肺："Wow，郎才女貌，金童玉女啊！真是般配啊。"我大声地说出了这句话。

其实，这是我的心里话，他们是多么般配啊。郎才女貌，金童玉女。

此刻，穿着黑色皮衣外套的何乐天就站在我的对面，表情却无比肃然。他没有再说一句话。

而Susan听我这么夸她则笑眯眯地说："谢谢玉兰姐姐的祝福。"

姐姐，好吧。是啊，我是Susan的姐姐。

我能做什么呢？我只有笑着祝福。

总之，我知道此刻她是开心的，因为她的身份是"何乐天的女朋友"。

虽然，到此刻，我明白了一个事实：我的心里有何乐天，我已经爱上了何乐天。可是,他的心已经不在我的身上了。

这年头,谁还为谁等待呢,别说一辈子,就是十年、一年,甚至一个月。大家都很忙,都有巨大的时间成本。

我不怪何乐天,真的不怪他,怪只怪我自己,没有在适当的时候把握住他。

我知道,此刻我的面容是僵硬的、不自然的。可是,我不想再演下去了。我的演技向来就不好。

"我还有别的事儿。拜拜。"我挥手再见,然后迅速转身,大踏步地朝商场外走去。我不能跑,否则显得我是多么的落荒而逃。

我知道,就算此时,我也要保留从容的姿态,哪怕,我的内心根本无法从容。

何乐天看着我远去的背影,没有表情,也没有说任何一句话,心中是无比惆怅。

"玉兰,最近好吗?"

这是何乐天这些天一直想要问的话。可是他却一直没有问。

此时,旁边的 Susan 提醒:"乐天,我们该去吃晚饭了,否则一会儿看电影就迟到了。"

何乐天这才回过神来,然后点了点头:"走吧。"

他还是禁不住朝商场门口回望了一眼,哪怕门口的身影已经没有了林玉兰。

后来,何乐天吃饭和看电影时都心事重重。可是,他又不能表现得太明显,怕惹得 Susan 不高兴。

直到回到家中,他才彻底轻松了。他打开浴室的水龙头,让水淋湿全身,任水珠从头发上、脸上以及身上滑落。

他看着镜子中的自己:"玉兰,我有了新的女朋友,你满意了吧。"

说完，何乐天又让水淋湿了全身，然后叹口气说："爱一个不爱自己的人，太累了。所以，我放手了。"

窗外，已是静谧的深夜，连星星都藏在天空背后。

这静谧的深夜，藏着多少人欲说还休的心事呢？

65 绝不饥不择食,无论性,或者爱

有多少汹涌的爱情,能经得起岁月的冲刷?到那时候,剩下的说不定就是"不过如此""原来不是我想的这样"的失望。

这就是长痛不如短痛。

这就是深深的伤害不如淡淡的失落。

如果你的内在是快乐的,那就不需要往外去追求快乐。因为追求快乐就是造成自己不快乐的根源,去追求更大的快乐,也是因为你里面不快乐,你才要追求快乐。你追求快乐,永远不会有真正的快乐,所以你永远在追求更大更大的快乐。

她们说,内心强大的标志就是你离开任何一个人都会活得很好。

那么,如今看来,我离开伍宇后,活得比从前好,比从前更精彩、更充实。所以,我的内心算是强大的了。

可是,唯独,自从何乐天拉着 Susan 跟我介绍"这是我的女朋友 Susan",我的强大顿时不堪一击。

事到如今,我还能做什么呢?

我靠在沙发上,试图靠 iPad 上的美剧打发时间。原本,每晚九点都是我的小说更新时间。可是,如今我这样翻涌如潮的心情,又如何去更新小说呢?我根本就无法进入《侏罗纪恋人》的小说情境里。

我叹了口气。

佛学上，什么都讲缘分。也许我和何乐天有缘相见，有缘相知，但却无缘相爱，也更谈不上相守了。

说到底，还是我和何乐天的缘分浅了一点儿。

他想要和我在一起的时候，我没有勇气接受。我发现我已经爱上他的时候，可他已经和别人在一起了。

偏偏，节奏不对，步伐不对，时机不对。

罢了，算了。

我开始用另一种方式安慰自己：如果我和何乐天真的开始了，真的在一起了，可后来如果我们分手了，说不定我们带着怨恨，说不定我们只记得彼此的缺点。感情在最美的萌芽阶段戛然而止，留下的永远是美好的想象，这也未尝不好。

有多少汹涌的爱情，能经得起岁月的冲刷？到那时候，剩下的说不定就是"不过如此""原来不是我想的这样"的失望。

这就是长痛不如短痛。

这就是深深的伤害不如淡淡的失落。

佛陀说："无论事情开始于哪个时刻，都是对的时刻。"那我套用这个句式："无论事情结束于哪个时刻，都是对的时刻。"

很久，我没有去夜店喝酒了。我约鲁敏，没想到鲁敏告诉了我一个好消息。"我怀上了，所以现在滴酒不沾。"我很替鲁敏高兴，她终于梦想成真。她想要一个孩子，然后这个孩子终于来了。我也替她的婆婆开心，自此，她的婆婆终于不会那么无聊了，因为她将要带她的孙子或者孙女了。

夜灯初上，我画了一个精致的妆容，换上了一条贴身的丝质红色短裙。我看着镜子中的自己，挤出了微笑。原来，我还是很悦目的嘛。

一下楼，楼下的保安也对我侧目。我有一种"青春归来"的感觉，但转念一想：我本来就很青春嘛。

我一个人去了酒吧喝酒。我只想融入那热闹的音乐里，然后让思想放空。

我一个人坐在吧台前，点了一杯鸡尾酒，是威士忌加柠檬水，很浓烈的感觉。

这是一个可以蹦迪的酒吧，打碟都是专业的嘻哈范儿DJ。顿时，舞池里被各种各样的人群占满，他们对着音乐尽情地摇摆着身体，宣泄他们的疯狂、快乐或者不满。舞池的灯光不时地照过他们的脸。那一张张的脸庞，或青春，或沧桑，或快乐，或忧伤。

迪厅的音乐就像虫子一般，它不停地挠你痒痒，让你的身体随着音乐开始复活。终于，我也不再顾忌什么，进了舞池，随着音乐，疯狂地摇摆着身体。我已经忘了我，已经忘了失落，忘了烦恼，忘了那些还没开始的开始和匆匆落幕的结束。

我不知道跳了多久，只是觉得我的双腿有些累了，只是觉得我的红色长裙已经被汗水浸湿了。

我停了下来。我终于停了下来。我要了一瓶科罗娜啤酒一饮而尽。然后，我感觉自己的每个毛孔都张开了。那是一种酣畅淋漓的痛快！

就在我放下啤酒瓶递给服务生时，旁边一个四十岁的蓄着胡子的大叔朝着我走过来："没想到你很能喝啊？"我礼貌地回应："还行。"

此时，大叔倾身凑到我的耳边："要不要一起洗鸳鸯浴？"我差点儿没听懂他什么意思。我努力重复着他刚才的这句话，我以为是我听错了。

不过，等我确认他说的就是这句话时，我明白了，他这是赤裸裸的一夜情邀请啊。难道，一个单身女人来酒吧，不是猎艳就是被猎艳吗？

我笑了笑，凑到他的耳边小声地问："然后呢？"

胡子男笑了笑，脸上充满了暧昧和欢喜："然后，就做——爱做的事喽。你希望什么姿势，什么地方，我都可以奉陪！"

突然，我觉得我不能再和他说下去了，就算是打探也不行。我收起了笑容，在他耳边说："我突然觉得你很可怜。你是一个爱情乞丐！"

胡子男听了我这句话，脸色大变，开始变得有些愤怒："我可怜？是你可怜好不好？我约你，是看得起你！"

要是从前我听见这句话会很生气，但我现在没有。

"好啊，多谢你的看得起，可我真不需要。你这样的人，不配拥有爱情！对了，小心艾滋。拜拜。"

"靠，爱情，这年头别跟我谈爱情，爱情早就死了！"我转身的片刻，他在我背后愤怒地嚷道。

我猜想，胡子男的脸色一定很难看，不过，这已经不是我关心的了。

我放下酒瓶，然后起身，穿过热闹的舞池，走到了外面冷清的街道上。

我仿佛从一个世界到了另一个世界。我知道，现在地上的这个世界才是真实的。

庄圆法师在《因果经》里写道："如果你的内在是快乐的，那就不需要往外去追求快乐。因为追求快乐就是造成自己不快乐的根源，去追求更大的快乐，也是因为你里面不快乐，你才要追求快乐。你追求快乐，永远不会有真正的快乐，所以你永远在追求更大更大的快乐。"

如果自身不快乐，希望通过身体放纵寻找刺激和身体快感的人，那终究不是快乐的。

这些玩一夜情的男人,他们追求征服女人,追求征服女人的数目,追求那十秒钟的高潮,可是征服了又怎样,征服之后,高潮之后,是深深的失落。

虽然我单身,但并不代表我廉价,并不代表我饥不择食。不论是性,还是爱。

我走在清冷的北京街道上,下意识地将双手紧紧抱在怀里,试图让自己更温暖。

就在此时,我的手机响了,是一个陌生的号码。

66 婚姻不是解决你问题的灵丹妙药

这才是我们该有的婚恋观：单身有单身的精彩，婚姻有婚姻的好处。我们只是在合适的时机选择适合的生活方式。

其实所有的关系最后都是和自己相处。就算我结婚生子了，当妻子了，当妈妈了，当儿媳妇了，甚至当婆婆或者丈母娘了，我最需要做好的角色是"我"自己。

对于陌生号码，怕是骚扰电话，我犹豫要不要接听。但还是接了，我庆幸我接了。电话那头是佳佳欢快的声音："玉兰，我回来啦！赶紧带我去吃火锅，我想吃火锅都想疯了！"

此刻，我像是被打了兴奋剂一般，火速地上了出租车。

深夜，我很久没有这么忙了，从一个场子换到另一个场子。熬夜到凌晨，我认为那是三十岁前可以做到的事情。如今，我更在意的是养生和睡眠了。

我和佳佳约在附近的火锅店，正宗的四川火锅，正宗的香油，正宗的调料。我到火锅店的时候，佳佳已经到了。只是，当我远远地看着那个女孩的背影，我不敢相信那就是佳佳，我从那个背影看见了激情和青春，看见了健康和活力。

"佳佳！"我走近的时候，佳佳起身。果然是佳佳，我差点儿认不出她来了。这就是旅行的魅力，这就是身心自由的魅力，这就是心胸宽广的魅力。也许因为佳佳如今是职业旅行家，不管是单车还是徒步，这都锻炼了她的体质，虽然她的皮肤不是温室里的皮肤那么细嫩，但是却闪耀着光泽。由于长期的行走，她的身材凹凸有致，肌肤弹性十足，再加上她不用应酬，不用戴着面具，所以她也没啥烦恼。当然，除了没有合适的结婚对象这个烦恼之外。

我和佳佳来了一个大大的拥抱，惊喜得差点儿欢呼，就差抱着对方甩两圈了。

对于单身人士来说，朋友绝对是生活中最重要的角色。何况，佳佳于我是贵人呢。正是因为她的推荐，我才得到《最假期》的编导工作。

"你状态不错嘛。越来越年轻了啊。可以冒充小萝莉了。"我打趣佳佳。佳佳也上下打量了我一番："玉兰，不错嘛。大变身，走性感路线了？今晚是不是有人搭讪了啊？"我笑了笑。

"好了，赶紧点菜啊。"佳佳摇了摇头："亲，在你来的路上，我已经点好了。就等菜上来了。"此时，火锅已经沸腾。

"怎么样？"每次我和佳佳的见面都会互相问候对方的感情状况。这句"怎么样"显然是问她"感情怎么样"。

佳佳用筷子搅动着香油调料，一会儿香菜一会儿小葱，然后将筷子送到嘴里用力一吸："哎呀，调料都好吃了。你都不知道，我刚从肯尼亚回来，享受了动物世界的和谐，如今只想投入到饮食男女阵营中。"

"快说了啦。"佳佳不正面回答。

"好哇，一定是有新情况。"此时，佳佳的脸上浮现出笑容。"有是有，只是八字没一撇。他在美国，做IT的，业余爱好旅游和摄影。我们是在驴友俱乐部认识的，这次去肯尼亚他也去了，只是，我回了中国，他回了美国。"佳佳说完，一半欢喜一半惆怅。

"距离不是问题。你看，你本来以世界为家，根据地在哪里不都一样？"我拍了拍佳佳的肩膀，试图给她打气。

此时，牛羊肉上来了，佳佳已经等不及了，她耸耸肩："你没发现我们现在挺好的吗？我们可以深夜出来吃夜宵，不用跟谁报备！单身是一种生活方式！作家陈愉就说了，婚姻只是人生的过渡，其实人生的常态是单身。我们学习工作再挑选一段，那就奔三十了，三十之后遇到一个不错的结婚，然后过婚姻生活，如果婚姻不出意外的话，能够白头到老，但通常是男的比女的大，而男的通常寿命比女的短，所以女人在五六十岁的时候，男人可能离世了，那女人可能还要过剩下的单身生活二十年。那整个算下来，女人四十多年的单身生活！"

听了佳佳的这番话，我觉得很有道理。

"看来，过好单身生活才是当务之急啊。"

"陈愉在《三十岁别结婚》里说了：婚姻不是解决你问题的灵丹妙药，它不是充满活力的，让你有改头换面的经历，也不是在你感到迷失和不完整的时候逃往的避难所。任何人都可以在任何时候结婚，婚姻只是人类多种关系的一种，人们可以按照自己的意愿进入、退出。"佳佳一边吃一边滔滔不绝。

后来，我在网上看见了一个观点：未来的社会就是情感多样性的存在：一夫一妻的、未婚同居的、单身的、未婚生子的、独身的、同性恋的。

是啊，这才是我们该有的婚恋观：单身有单身的精彩，婚姻有婚姻的好处。我们只是在合适的时机选择适合的生活方式。

凌晨三点回到家后，我在日记本上写上了重要的逆袭计划第十步：享受单身，学会独处。

享受单身最重要的一点就是学会独处。学会了独处和享受单身，那这就是一种很自由的状态了。

如今，对我来说，独处的能力我比从前更强了。我可以一个人在家看书、听音乐、看美剧、写小说或者睡大懒觉，我清楚地知道我的内心状态。是的，我观照我的内心。

正如庄圆法师说："观照是静下心来，看你自己的内心是那么多的杂质——有情绪、有批判、有好恶。你渐渐地跟你的内在空间建立了联结的桥梁，你就对当下你的情绪、自我产生了警觉。把自己心量不足的地方，也就是你的习性，揪出来看，渐渐你的心量不足消散了，你的心量就越来越大。"如果，内心有沮丧失落、嫉妒，我都会第一时间把这种情绪揪出来，找到真正的源头，然后再化解掉。

直到现在，我才明白：其实所有的关系最后都是和自己相处。就算我结婚生子了，当妻子了，当妈妈了，当儿媳妇了，甚至当婆婆或者丈母娘了，我最需要做好的角色是"我"自己。

67 我允许老公一周有一天不回家过夜

"在婚姻里过单身生活"似乎解决了男人的困惑。既能享受天伦之乐,还能自得其乐。岂不快哉?这真的是两全其美的事情啊。在婚姻中的男人已经有了自由,也就不再拼了老命地想要往外钻了。

我没想到怀孕会让一个女人产生如此大的变化。虽然我还没经历过怀孕,但是当我看见鲁敏的变化时,还是震惊了。

鲁敏怀孕四个月的时候,终于出来走动了。

"玉兰,你都不知道,我有两个月没有出来走动了!前三个月太关键了!我哪儿都不敢去啊。"这是鲁敏见我说的第一句话。

这对一个仿佛有"多动症",像马一样喜欢驰骋的女人,那是一个多么大的转变啊。对鲁敏来说,好不容易怀上了孩子,自然要万般小心,再加上她的肚子,不仅仅是她一个人的事情,还牵扯到一大家子的喜怒哀乐。

陪鲁敏逛完孕妇装专卖店后,我和鲁敏去喝茶。

刚一落座,鲁敏就摇头:"你点吧。现在咖啡不能喝,果汁也最好不喝,我只要一杯水。"

坐在我对面的鲁敏,在拿起菜单的那一刻,我才清楚地发现了她的变化。她的手指已经开始变粗了,她的脸也比从前要大了一圈,雀斑冒了出来,脸上还带着一些些的浮肿。同时,整个身子也大了一圈。

"玉兰,我长了二十斤呢,我的腰围现在已经两尺一了。你知道的,我当姑娘的时候,从来就没超过一尺九!"

鲁敏瘦瘦高高,再加上纤纤细腰,是天生的衣架子,穿什么衣服都好看。如今,她嘟着嘴向我诉说曾经的妖娆美丽。不过,这不是抱怨,分明是一种幸福的流露。

确切地说,我从鲁敏的脸上看见了她母性的光辉。这光辉和着窗外的余晖一起,交相辉映。

"怎么样?肚子里有一个活生生的东西,感觉怎么样?"我问鲁敏。

鲁敏下意识地摸了摸微微隆起的肚子:"实在是太奇妙了。我感觉这个小家伙在一天天地长大,这种感觉实在太奇妙了。玉兰,你要抓紧,你一定也要当妈妈,你以后也会知道这种感觉的。"

我点了点头,将一包焦糖放入咖啡杯里一遍一遍地搅动。我不喜欢太苦的咖啡。

"看机缘吧。"我淡淡地说。是啊。只能看机缘。目前,我连男朋友都没有,哪里谈得上结婚生子呢。

"玉兰,都会有的!再说了,现在科技这么发达,大不了到时候人工授精嘛。到时候,你想要生混血儿,或者要明星的脸庞,哈佛天才的头脑,都可以。去精子库随便挑!真的!"鲁敏越说越激动,仿佛已经看见了可爱的混血宝宝,或者明星小孩,或者天才小孩。她的思想总是这么前卫。

我笑了,点了点头:"嗯,倒是个不错的办法。只是,我不那么悲观。"是啊,我还不至于悲观,我相信我可以找到一个爱我的和我爱的人,跟他做爱做的事,然后生一个可爱的孩子。当然,鲁敏的提议我也不觉得夸张。那是没有办法的办法,那是一条安全退路。

此时,天色暗了下来。我看了看手表,马上六点了。对于我这样一个飘在异乡的个体来说,晚餐是再简单不过的事情,要么在街边的小店吃一碗担担面或者一碗尖椒肉丝盖饭,要么回家煲点儿红枣粥炒一盘空心菜。

可是,晚餐对于嫁入豪门的鲁敏来说就不一样了。通常,晚餐是最为隆重的一餐,因为家中的男人都从外面回来了。对鲁敏一家来说,鲁敏的老公和公公回家吃饭了。

鲁敏将杯中的水喝完说:"今天周二,我不着急回家。一会儿我们去吃粤菜吧。"

"啊?"我很惊讶。

"玉兰,你知道维持婚姻的秘诀是什么吗?"鲁敏一手轻抚着微微隆起的肚子,一手托着已经颇有肉的下巴。

"什么?我又没结婚我怎么知道,不过,我可以从你这里讨一些经验!"我双手托着下巴,凑到鲁敏的面前,做一副洗耳恭听状。

鲁敏起身要去卫生间。孕妇通常都尿频,这点我是略有所知的。又或者是,鲁敏分明是要钓我胃口。

维持婚姻的秘诀是什么?是什么呢?是不断制造浪漫和新鲜感,还是靠孩子来维系呢?很多中国夫妇维持婚姻的秘诀是孩子。孩子是连接彼此感情的纽带。因为孩子,才有婚姻。或者说,因为有了孩子，婚姻才有存在的必要性和价值。

鲁敏笑眯眯地回来了："你知道吗？刚才还有人让我先上卫生间。这种感觉不错哟。"鲁敏享受了孕妇的待遇，脸上的笑容发自内心。

"快说啦。秘诀是什么？"我已经等不及想要鲁敏的答案。我只是好奇我是否猜对了。

"维持婚姻的秘诀就是——在婚姻里过单身生活！"当鲁敏说出这句话时，我大吃一惊。这是一个我意料之外的答案。

我细细地咀嚼着这句话：在婚姻里过单身生活！难道要分居？莫非真的应了那句"未婚的人过同居生活，已婚的人过分居生活"吗？我表示不解。

"所以啊，我享受我自己的精彩。每周七天，我老公可以有一天不回家。我给他自由！"鲁敏淡淡地说。

原来，鲁敏今天不用早早回家吃饭，那是因为她老公今天不回家。今天是她老公的自由日。

为什么那么多男人害怕婚姻，不就是怕婚姻夺去了他们宝贵的自由吗？可是如果不结婚，他们想要孩子，也想要一个家的温暖，也要为年老做打算。所以，他们总是在婚姻围城前徘徊。

那么，"在婚姻里过单身生活"似乎解决了男人的困惑。既能享受天伦之乐，还能自得其乐。岂不快哉？这真的是两全其美的事情啊。在婚姻中的男人已经有了自由，也就不再拼了老命地想要往外钻了。

不得不说，鲁敏这一招实在是高。

68 只爱过一个正当年龄的人

从前，我们以为打发寂寞解决孤独的方式就是和一个人结婚，哪知道，在婚姻中寂寞和孤独的女人更是多不胜数。

从前，我们以为结婚之后就是与爱人和孩子过着热闹的家庭生活，哪知道，其实婚姻之中依然还会有单身生活。

我走过很多路，跨过很多桥，看过很多风景，与很多人擦肩而过，只为遇到更好的自己。

"最近，我开始学弹钢琴了。贝多芬啊、肖邦啊、李斯特啊，我要我的孩子从娘胎就接受古典音乐的熏陶。"鲁敏说着，指尖不自觉地在桌子上跳动着，仿佛是在弹奏着黑白键。

我举起咖啡杯，与鲁敏的水杯相碰："那——为我的单身生活，和你婚姻中的单身生活干杯！"

此时，窗外的街灯全都亮了起来，仿佛是闪耀的星辰。

这个城市如此繁花似锦，而我们在这里寻找着自己的锦绣前程。

从前，我们以为打发寂寞解决孤独的方式就是和一个人结婚，哪知道，在婚姻中寂寞和孤独的女人更是多不胜数。

从前，我们以为结婚之后就是与爱人和孩子过着热闹的家庭生活，哪知道，其实婚姻之中依然还会有单身生活。

鲁敏没有问我的感情状况，她知道我有新消息一定会告诉她。因为她是我的免费爱情军师，对我来说，不用白不用。鲁敏更没有问我和何乐天的事情，也没问我和伍宇的事情。她没问，我也没提。仿佛这两个人都不曾出现在我的生命里。

谁说女人在一起就一定要谈论男人？当然有例外，那就是孩子。其实还有意外的，那就是我们自己。

和鲁敏告别后，我一个人在璀璨无比的街道上散步。一对对相拥的情侣从我身边闪过。那一刻，我还是想起了何乐天。

突然，我赶紧停下了脚步。万一，此刻我碰到了何乐天和Susan甜蜜相拥的画面，我该怎么办？我不想见到。我不希望我的心情再起涟漪。我匆匆地和鲁敏告别，上了出租车，回到了我安静的小窝里。

此时，我的家就是我的避风港。

正如逆袭计划第十步：享受单身，学会独处。我开始尝试一个人在窗前晒着太阳、听着音乐、喝着菊花茶、看本闲书，不知不觉中睡去，直到阳台上的风吹翻了书页，我才从打盹中醒来，看看时间，已经到了晚餐时间了。

我开始尝试一个人捧着一桶爆米花看电影，直到片尾字幕出现、音乐响起，周围的观众纷纷离席，我还不愿走，我只是不想让他们看见我哭红的眼睛。是电影太好看，还是我太投入？还是我在别人的故事里流着自己的泪？我不知道，也许都有吧。

我开始尝试一个人去旅行，我上网订机票订客栈，然后一个人拎着行李箱穿梭在陌生的街道里，拿着一个微单，拍摄最美的天空和白云，记录下那一刻属于我自己的别样心情；又或者坐在异乡的小桥流水边看水中自己的倒影；又或者在当地农居的院子里逗一逗胖乎乎的小土狗。

沈从文写过一句很美的情话："我这一辈子走过许多地方的路，行过许多地方的桥，看过许多次数的云，喝过许多种类的酒，却只爱过一个正当年龄的人。"

不知道为什么，每次我看到这句话都想流泪。

我将此演变成了我林玉兰的版本："我走过很多路，跨过很多桥，看过很多风景，与很多人擦肩而过，只为遇到更好的自己。"

正如弗吉尼亚·伍尔芙说："人不应该是插在花瓶里供人观赏的静物，而是蔓延在草原上随风起舞的韵律，生命不是安排，而是追求，人的意义也许永远没有答案，但也要尽情感受这种没有答案的人生。"

所以，我开始喜欢上佳佳的旅行生活，通过行走来感受着没有答案的人生。

终于，在丽江大研古镇的农家院里，我看见了一个头发花白的老人，站在二层的木质小楼上，那小楼上还挂着鲜红的辣椒串和金黄的玉米棒子。那个老人佝偻着腰，身子贴着阳台，可是两眼聚精会神地看着远方，一动也不动地看着，仿佛是一座雕像。渐渐地，我仿佛能看见她眼神里的渴望和期待，那是一种如火的渴望和期待啊。

那一刻，我的心突然颤抖了一下，就像是被树上的雨滴打湿了衣领。

我的爸妈，是否也是这样，站在窗前，看着远方，看着远方是否有一个熟悉的身影越来越近呢？

69 因为父母的施压而结婚

> 孝顺的人才能更顺。孝顺是最好的风水。如果对父母好,那么你的运势一定会很好。你的父母就是活生生的两尊佛,你只要对他们好,那么你就会很好很好,无论感情还是事业。

上次回家看父母,还是周忆结婚的时候。如今,周忆都已经生孩子了,都已经离婚了。之后,我一次都没有回家,连过年都没有回家。我掰起指头算了算,已经有四百五十八天没有回家了,已经有四百五十八天没有看望我的父母了。

我很清楚自己为什么这么久没回老家看父母的原因,我是在逃避。我讨厌他们没完没了的"该结婚了,都老大不小的了"的唠叨。我害怕看见他们看见只有我一个人回家时失望的眼神。我不想和他们吵架。所以,我选择了不回家。不见面,就不会吵架。

无数的大龄单身男女,最大的心理压力不就是来自父母的压力吗?

所以，我宁愿在外面流浪，也不愿去看父母门前那盏亮着的灯。

可就在那一刻，我飞快地回到了客栈，拉着行李朝机场奔去。

那一刻，我想起了妈妈那布满岁月痕迹的脸，想起了爸爸走路不再利索的身影，想起了他们渴望的眼神。他们站在门前，是那样的形单影只，是那样的弱不禁风。

风烛残年。我突然想到了这可怕的四个字。

我再也不能等了。

我多想自己此刻有一双翅膀，只要一扇动就能回到他们身旁。

人间四月天，回泸州的大路两旁，简直就是一片绿色的海洋。深绿、浅绿、黄中带绿，绿中带着墨色，当然，偶尔间插着白色的、红色的花。橘子树、梨树、李子树都长满了清脆的叶子，水田里的秧苗正长势喜人。

家门口的黄果兰树，大片大片的肥厚的叶子正迎着阳光倾情地舒展着，吐露着属于叶子的芬芳。才一年不见，这棵黄果兰树比从前又长大了一圈，又长高了一层楼，它现在已经蹿到三楼了。

当我到家的时候，已经黄昏了。爸爸刚从小卖部买了一包烟和一瓶酱油回来，正要给电饭煲的米添水，而妈妈则在床上叠衣服和被单。客厅里的老式电视正播着天气预报。

一切都是那么熟悉。这是多么家常的画面啊。这样的画面在我生命里出现了三十年。

我突然出现在他们面前，叫了一声："爸，妈。"爸爸正在舀水的瓢突然啪地掉在了地上，水溅了一地。而妈妈则停下叠衣服的双手，走出卧室朝门口看过来。

也许是他们为了节约电，我只觉得灯光昏黄。越是在这昏黄的灯光照耀下，我越觉得他们的脸是如此蜡黄，那上面只刻着两个字：

衰老!

那一刻,所有的愧疚情绪全涌了上来。

我不知道该说什么。"我回来了。"我只说了这句话。我本想说更多,但是我却说不出口。

"还没吃饭吧?快,快,玉兰爸,赶紧去楼下买凉拌猪耳朵。要刘二手家的啊。"妈妈对爸爸吩咐道。此时,爸爸赶紧转身拿上钱包走出门去。

凉拌猪耳朵,是我从小就爱吃的一道菜。

一会儿,爸爸买回来了凉拌猪耳朵,熟悉的凉菜调料正散发着它独有的香味。这调料是每一家凉菜老板的秘籍。

饭菜都上来了,凉拌猪耳朵就放在我的面前。闻着饭菜香,看着父母忙碌的身影好不容易才坐到饭桌前。

我们一家三口好久没坐在饭桌前了。这样的画面既熟悉又陌生。从小到大,饭桌上都是父母教我人生大道理的地方。在饭桌上,不知道被批评了多少次。大都是"下次考试不能这么马虎了""女人要自己有本事,万事都得靠自己"……

"快吃,快吃。尝尝吧,看看味道变了没?"爸爸说。

我没有动筷子,低着头冒出了一句:"对不起,这么久没回家。"说出这句话,我突然觉得如释重负。

"什么对不起啊,回来就好,回来就好。"妈妈一边说着一边给我夹菜。

这时候,爸爸喝了一口酒说:"玉兰啊,我跟你妈也想明白了,你也这么大一个人了,做你喜欢的事情,我们绝不说什么了。大不了,养一个老姑娘。"

"是啊,只要你喜欢。"妈妈附和道。

听到这番话,我的泪水翻涌而出。那一刻,我觉得自己是多么不孝。养一个老姑娘,他们得承受多少邻居的非议和指点啊。

"爸妈,我知道你们也是为我好。其实,我都知道。"当我说出这番话的时候,爸妈的眼睛都湿润了。特别是爸爸,虽然他极力在掩饰。他拿起酒杯仰起头掩饰自己湿润的眼睛。

那一刻,我和父母的关系终于和解了。所有的不理解、不满意、不认同,都在这一刻消融了,都在这一晚的温馨饭桌上。

那一夜,我睡在家里的小床上,闻着有些发潮的被子味道。四川的四月天,总是没完没了的梅雨季节,所以被子潮湿是常有的事儿。从前,我是厌恶这种味道,如今,我却如此喜欢这种味道。这是一种叫作"家"的味道。

后来,上师告诉我:孝顺的人才能更顺。孝顺是最好的风水。如果对父母好,那么你的运势一定会很好。你的父母就是活生生的两尊佛,你只要对他们好,那么你就会很好很好,无论感情还是事业。

我看着窗外闪烁的星辰,露出了微笑:是啊,现在的单身生活其实也不错。而我未来的婚恋生活,一定是会很好很好的。

70 有些男人，注定是放荡一生不羁爱自由

> 原本是浪子的男人，原本是"放荡一生不羁爱自由"的男人，原本与"我得负责任"这五个字没缘分的男人，居然是真的可以浪子回头，居然是真的可以不爱自由选择了停留的，居然是真的可以从嘴里说出"我得负责任"这五个字的。

当我从泸州回到北京开始赶节目文案的时候，我收到了伍宇的结婚请帖，还是伍宇亲自送来的。原本，这结婚请帖上，伍宇下面的那行字应该是我的名字：林玉兰。如今，却是一个名字为吴洁的女人。

我握着这结婚请帖，就像握着一个滚烫的山芋，这温度灼烧着我的心。

我好不容易通过修行调整的平静心态，在这一刻还是翻江倒海。

"你会来参加吧？不是说好了的，我们还是朋友。"伍宇小心翼翼地问我。

我用笑容来掩饰我内心情绪的翻涌："当然会参加。放心，少不

了你的红包。"

伍宇一听笑了:"红包?你看,我们也变得这么见外。"

我也笑了:"就算我不来参加,我也会要来你的支付宝给你打份子钱的。"

伍宇笑了笑:"哦?这么执着?哦,我忘了,你现在可是大节目编导了!还是网络作家,有钱的主儿!"

我推了推他的肩膀:"别打趣我了。我就一个问题,为什么是她?为什么想要结婚了?"

伍宇沉默了片刻,叹了口气:"唉,年龄到了,家里老母亲瘫痪了,所以我就从了。还有,吴洁有了。我得负责任啊!"

听到伍宇说出"我得负责任"这五个字,我哈哈大笑。曾经,我为了等他对我说出这五个字,等得花都谢了。

早知道"大肚"政策如此有效,当初就该想方设法怀上的。可是,那时候伍宇是很小心的,避孕措施从不落下。而且他早宣称不要小孩,怕堕胎很疼,所以就算很想结婚也没敢走"大肚"政策。

后来,在和他分手之后,我开始明白一个道理:也许,有些男人注定是浪子,注定是"放荡一生不羁爱自由",注定是与"我得负责任"这五个字没缘分的。

可是,如今我再次错了。原本是浪子的男人,原本是"放荡一生不羁爱自由"的男人,原本与"我得负责任"这五个字没缘分的男人,居然是真的可以浪子回头,居然是真的可以不爱自由选择了停留的,居然是真的可以从嘴里说出"我得负责任"这五个字的。

可惜,可惜,不是对我说。

我知道我快控制不住自己的情绪了,心中的惆怅和失落可能压不下了。

我只得赶伍宇走："我得更新网络小说了。你放心，我一定会参加的。"

伍宇走了。我背靠着门，闭上双眼，深深地叹了口气。

"林玉兰，没事儿的，没事儿的。因为这是你的选择。你是不会为你的选择后悔的。"我伸手轻抚自己的胸口，试图让胸中憋着的那股气顺畅起来。

伍宇今天特地来给我送结婚请帖，他究竟是什么意思呢？是故意来激起我的失落和失败感的吗？因为三个月前他还求我要跟我复合，要跟我结婚，结果我拒绝了他。所以他这次带着请帖来跟我说："你看，你不跟我结婚我就跟别人结婚了，后悔了吧。"

总之，我不知道伍宇是带着什么样的念头来给我送结婚请帖的，而且还劳烦他亲自来送。

他是不是故意的呢？故意看我的失落的呢？还是我想得太多了？还是他是真的希望得到我的祝福呢？

如果换作从前的我，面临收到前任男友的结婚请帖，而我还是单身的状态下，我是绝对不会参加的。因为我怕我会拿着炸药冲进婚礼现场。当然，如果是从前的我，伍宇也是绝对不敢来给我送结婚请帖的，他可不想当不上新郎官就挂了。

可是，如今，自信心多一些的我坚信可以 hold 住那样的场面。我是不会失仪的。

我开始琢磨月底参加伍宇婚礼该穿什么衣服，这才是愁人的问题。

当然，最愁人的问题是，我找不到可以陪我去参加伍宇婚礼的男人。我多么希望这时候上天掉下一个男人，能够陪我去参加伍宇的婚礼啊。我可以昂首挺胸地，甚至趾高气扬地去参加伍宇的婚礼。

我可以无声地向伍宇宣誓：我不是那个失落的女人，我早就已经名花有主！

我的脑海里闪过了何乐天的脸庞。那张带着坏笑的脸。那是一张洋溢着青春的脸啊。

此时，我苦笑了一下。

也许，何乐天正在和 Susan 甜蜜呢。也许早就把我忘了吧。

我们都是彼此的过客啊。我和伍宇，我和何乐天，都是过客。

我一定会去参加伍宇的婚礼。不仅仅是我答应了伍宇参加。更重要的是，我很好奇，好奇最后和伍宇结婚的女人究竟长什么样子。

71 所有的甜蜜，都变成了两个字："曾经"

> 现在我才知道，为什么女人热爱化妆，原来，妆容也是女人的面具啊。那是不让别人看到真实的自己的道具。
>
> 这时代，爱情悲剧大都因为时机不对。相遇太早，他还不安定；相遇太晚，他已经安定。
>
> 一句"曾经"概括了所有我和伍宇的爱恨情仇。
>
> 一句"后来"概括了所有我和伍宇回不去的往昔。

终于，我熬到了伍宇结婚的日子。我穿着一件粉色的裙子去参加，既庄重又低调。

我只身一人参加，没有男伴，故意化了很浓的妆。现在我才知道，为什么女人热爱化妆，原来，妆容也是女人的面具啊。那是不让别人看到真实的自己的道具。

在酒店宴会厅门口，我看见了伍宇，然后我的目光迫不及待地看向了另一边。

是的，这就是吴洁，伍宇的妻子，伍宇的太太，伍宇的老婆。

吴洁个子不高，五官普通，不过皮肤白皙，年龄大约二十五岁左右。总体看来，也就七十五分吧，是一个非常非常普通的女人。

那一刻，我的感觉很复杂。我很失望很失望。我以为会是一个大美女呢，可是站在我面前的却是一个如此普通的女人。

"谢谢你来参加我们的婚礼。"吴洁笑眯眯地对我说。我不知道她是否知道我和伍宇的前尘旧事。不过就算知道，那也无关紧要。重要的是，她是这场爱情战役的赢家。而我，提前选择了放弃，让她捡了一个城池。

我包了一个五千的红包。我想，我一定有机会要回红包的。我只需要找到那个心仪的男人，然后办一个盛大的婚礼，把我从前的红包都纷纷要回来。

我被人带到属于我的桌子旁。来宾不是很多，也许是结婚的决定突然吧。我搜寻了下会场，看见了主桌上的那个老人。没错，她应该就是伍宇的母亲。想当初，我可是一直等着机会让伍宇带我去看她的。如今，我终于见到她了，没想到是在这样的场合。

我只是远远地看着她，我能看见她的侧脸。我很想走到她的身边，但是今天的主角不是我，我只是远远地看着她。

这时候，婚礼司仪开始上台了，开始婚礼照常的程序，而宴席也开始了。

原本我打算来看一眼新娘长什么样就走的，可如今，我发现一切情绪都在可控之内。五千的红包呢，我好歹也要先吃一顿回来。按照伍宇的大方风格，宴席的标准不会很差。我开始等着大虾大蟹上桌。

可就在此时，婚礼进行曲响起，台上的伍宇抓起吴洁的手给她戴婚戒，当伍宇说出"我愿意"这三个字时，我的身体仿佛被雷击中一般。我的泪水刹那间涌了出来。我努力铸造的情感大坝突然决堤了。

我慌忙地起身，这起身太过匆忙，竟然把我的筷子掉在了地上。不过我也顾不上了，从侧门跑了出去，不想让别人注意到我的失态。

我飞快地跑，飞快地跑。我跑出了酒店，跑到酒店后花园的角落里，才停了下来。

我放声大哭，我尽情地哭。

我哭泣，不是因为我难过，不是因为我还爱着伍宇，不是因为我觉得自己可怜，而是因为我觉得很遗憾。真的很遗憾很遗憾。一种说不出的遗憾，一种无以言状的遗憾。

为什么我和伍宇相识得这么早？为什么不在他想要结婚的时候认识他，就像吴洁一样，认识他不到一年，正好他想结婚了，然后就顺利结婚了。

这时代，爱情悲剧大都因为时机不对。相遇太早，他还不安定；相遇太晚，他已经安定。

我突然想起了前不久在网上看见的那段文字：梁咏琪嫁人了，她曾为郑伊健通宵学玩电游，只是一个曾经而已；谢娜嫁人了，她视刘烨为生命，只是刘烨先结婚而已；刘若英嫁人了，她等了陈国富二十一年，只是如今等不起而已；侯佩岑嫁人了，她是周杰伦唯一承认的恋情，只是爱得起却给不了自由和安定而已；梁静茹嫁人了，她的婚礼上没有玛莎的影子，只是期望也终究会变成绝望而已；谢霆锋和张柏芝，姚晨和凌霄肃，秦海璐和李厚霖，周迅和李大齐，梁朝伟和张曼玉，巩俐和张艺谋。这么多的爱情，在时间面前一摊开，全部失去了它该有的色彩和温柔。

最后的最后，他们都没能在一起。所有的甜蜜，都变成了两个字——曾经。

物是人非事事休。

人面不知何处去,桃花依旧笑春风。

多么伤感啊。

每当看着一对对的楷模夫妻分手,我们都会说:他们都分手了,我再也不相信爱情了。

如今,同样的事情落在了我的头上。伍宇和别的女人结婚了,新娘不是我。曾经,我是多么渴望做他的新娘啊;曾经,我是多么肯定自己就是他的新娘啊;曾经,我是多么认定只做他的新娘啊。

世事难料。

我和伍宇的喜怒哀乐,都以这场婚礼的诞生而彻底结束了。

一句"曾经"概括了所有我和伍宇的爱恨情仇。

一句"后来"概括了所有我和伍宇回不去的往昔。

想到此,我觉得那么无助,那么宿命。也许,我和伍宇还是缘分浅了一点儿吧。吴洁才是在前世被伍宇埋掉的女人,所以,这一世,吴洁才能来做他的妻子。

是啊,那是前世的缘分,在这一世,又能做什么呢?我无能为力啊。我只能接受。

难道爱情正是一个将一对陌生人变成情侣,又将一对情侣变成陌生人的游戏?那为什么那么多男男女女还是要往情海里猛钻呢?是不死心,还是不信邪,又或者根本来不及思考?

张爱玲写过:"于千万人之中遇到你所要遇到的人,于千万年之中时间无涯的荒野中,没有早一步,也没有晚一步,刚巧赶上了,那也没有别的话好说,唯有轻轻地问一声:'噢,你也在这里吗?'"谁说张爱玲冷漠现实啊,她是多么浪漫啊,她是多么乌托邦啊。

在时间无涯的荒野中,没有早一步,没有晚一步,刚巧赶上了。

这是多么幸运啊!这是多么浪漫啊!

可惜,我和伍宇不是。

爱的时机不对,除了珍藏那一滴心底的泪,治愈那一块心底的伤口,默默地挥手告别,我还能做什么?风度好的话,还可以笑着送上祝福。除此之外,我什么都不能做。

我回头看着这座新式酒店,这酒店的宴会厅里正进行着伍宇和吴洁的婚礼。我不会再进去了。

我默默地说:伍宇,此生的因缘就此了结了。下辈子,我们不会再相见。

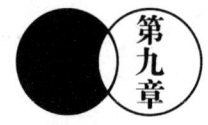

单身就是幸福的前戏

72. 下一个生日一定不会一个人过

73. 有一种单身叫宁缺毋滥

74. 如果你想要婚姻,你要懂得人性的弱点

75. 从开始到现在,我都一直爱你

76. 一个婚姻中的胜利者就是一个 CEO

77. 原来,这就是黄果兰花啊!

78. 我希望有一天,我爱你三个字可以倒过来写

79. 跟你在一起多一天,我就赚一天

80. 单身就是幸福的前戏

72 下一个生日一定不会一个人过

> 一个过了三十岁还单身的女人,如果不控制自己的饮食和身材,那她一定是无药可救的,或者她根本就是自暴自弃。
>
> 不管我们是单身,还是已婚,都不是最重要的,最重要的是,我们都要快乐,快乐过每一天!
>
> 每一个单身的人,都是内心强大的人,都有一颗强大的内心,一颗不从俗的内心,一颗不妥协的内心,一颗坚持自我的内心,一颗纯真而善良的内心!

此刻,在北京的写字楼里工作的何乐天,看朋友圈时得知了伍宇结婚的消息。也许是因为有共同的朋友吧,朋友圈里有人晒出了伍宇婚礼现场的照片——伍宇和新娘的合影。

何乐天看着合影,长舒了一口气,心想,幸好不是林玉兰。

不过,转而眉头皱了起来,嘴里念叨着:"玉兰,此刻一定在某个角落哭泣吧。"

何乐天想起了和林玉兰相识的点点滴滴,从飞机上的吵架到巧遇林玉兰和伍宇的争吵,再到"面包心情"的文案设计以及他为她定制的单身逆袭计划,再到喝醉酒上床的疯狂,再到林玉兰冷漠地说:"趁着我们还没开始,我们结束吧。"

何乐天叹了口气:"林玉兰啊,好一个冷漠绝情的林玉兰啊!"

何乐天看了看手表,突然再也坐不住了。他抓起衣架上的外套起身准备往外走。

这时候,却和 Susan 撞了一个正着,Susan 神色慌张。

"乐天,面包店出事了,有顾客投诉面包使用的材料有问题!"

何乐天一听,停下脚步,脸色大变:"怎么会这样?"

何乐天只得跟随 Susan 回到了办公室:"赶紧调查是怎么回事儿。是哪个环节出了漏洞,还是对手污蔑我们?"

何乐天内心升起了一丝无奈,默默地说:玉兰,你自己保重吧。

据说,雅加达有这样一家图书馆:图书馆里只有和爱情有关的书;读者必须是未婚男女;如果你不是非常令人讨厌,一定会有异性坐到你身边。你可以在这里邂逅爱情——据说配偶成功率百分之六十五以上,高于普通婚介所的五倍。

真的是好地方啊。我想,所有渴望结婚的大龄单身男女都想去这个地方吧。既可以看书又可以解决终身大事,关键是认识得还很自然和巧妙。这真的是好主意啊。国内的书店不是不堪租金重负吗?那么在国内开一个爱情图书馆,一定不用担心交不起租金的,一定会赚钱的,而且成全别人的因缘可是积德的大好事啊。

细数我的朋友们,鲁敏正在幸福地孕育她的小宝贝,如今大腹便便走路不方便了,自然和我的见面也就少了。周忆离婚后带着孩子一个人生活,只是偶尔来北京出差和我聚会。李珊珊则经常全世界飞,没有传离婚的消息也没有传来甜蜜复合的消息。佳佳则开始了她的异国恋,不过回京的时候依然形单影只。

所以,我周围真正的单身女人也就只有佳佳和周忆了。周忆说:"我心里只有女儿,暂时不考虑自己的感情。"

所以，从主观上来讲，也就只有我和佳佳是想渴望婚姻的。毕竟，我们一次都没有经历过婚姻。

而周忆是有寄托的，是经历过婚姻的。所以，根本不着急结婚。正如周忆说："每天看着女儿一天天地长大，会叫妈妈，会走路，那种幸福就足以让我期待明天的太阳。"

也不知道国内从什么时候开始大家要过七夕节的，七夕节还没来临时，网络上和商场里，全是关于七夕节的祝福和促销消息。花店店面前早就挂出了"预定七夕节鲜花"的牌子。

看见这样的情形，我心想：又是商家赚钱的把戏。不过男人们，又到了荷包失血的时候了。

可是，我发现了一个悲催的事实。我的生日和七夕节只相差一天。从前，我根本没有意识到是因为从前根本没人过七夕节。

对我而言，双节到了，我要么一个人过，或者选择彻底无视不过，或者和一大帮单身朋友过。

我该如何过我的三十二岁生日呢？我害怕过我的生日。这意味着我又老了一岁。我三十一岁生日的时候，总安慰自己："下一个生日一定不会一个人过，一定有一个男人陪我过。"可是，如今一年过去了，我依然孑然一身。

我害怕过七夕节，那牛郎织女一年一度团聚约会的日子。虽然彼此等得那么漫长，但是毕竟牛郎和织女是有个念想的。今年见了就盼着明年见，年年如此。而我呢，我的念想呢？我是有念想，我念想着我的真命天子能出现，可是我不知道他何时出现？不知道何时出现，我的念想就容易变成妄想。

佳佳正好也在国内，刚好也碰上了七夕节，她开始很郁闷，后来两眼放光地提议说："玉兰，咱们一帮光棍们一起过七夕节吧。咱们去参加七夕单身派对吧。说不定？你懂的！"

我点了点头。

是啊,一个人的孤单是孤单。如果是一群人的孤单,那就是狂欢了。

再说,单身男女一起过七夕,说不定单身问题能从内部解决呢。

我和佳佳都精心打扮了一番,各自化着精致的妆容。我化了一个浓妆,蓝色的睫毛,以及很重的眼影和眼线。这是我从前没有试过的感觉。从前,我很少化妆,就算化妆也是淡淡的裸妆。如今,我打算抓住青春的尾巴,能尝试的都要尝试一下,青春短暂,人生短暂,干吗有那么多禁忌?这是我和伍宇分手之后开始的改变。

我和佳佳去了三里屯的一个露天吧,颇有欧洲吧的味道。酒吧室内和室外都有。我们到的时候,室内和室外早就站满了人。

我和佳佳对看了一眼,然后走了进去。我想,好家伙,这年头,单身男女还真不少。不过走进这单身大军,我的心稍微安定了一些。这些单身男女,男的一个个都长得很精神,而且还颇有风度,而女的一个个要么漂亮要么知性,层次都不差。最关键的是,他们的脸上没有抱怨、愁苦和不安。每个人的脸上都散发着一丝淡定的微笑。

情绪是可以传染的。当你在一个很正面的气场里,你也会被感染。我像服务生要了一杯香槟,而佳佳则直奔甜点处,选了最腻的一款巧克力蛋糕。

甜点处,只有一个身形臃肿的女生在那里狂吃,那腰比男人的啤酒肚还厉害。我看见她陶醉在巧克力蛋糕的世界里,终于知道她为啥单身了。在她那里,美食比恋爱更重要。

不过,佳佳是不用担心的,她吃甜点是不会胖的。因为长期的旅行和徒步,已经奠定了她富有弹性的好身材,那是可以去健身房当女教练的好身材。

对于甜点,我想很少有女生不喜欢的。不过,对于三十一岁的我,还是给自己设置了规定,那就是绝不会在晚上七点后吃甜点。

一个过了三十岁还单身的女人,如果不控制自己的饮食和身材,那她一定是无药可救的,或者她根本就是自暴自弃。

所以,我只握着瘦长的香槟杯,优雅且不长胖。

单身派对的节目终于开场了。主办方太了解我们这些单身男女的需求了,所以他们主动设置了很多互动环节。来参加派对的单身男女,除了个人认识感兴趣的对象外,那就是由主办方来牵线。

主持人开场,然后开始了各种互动游戏,类似什么击鼓传花、猜猜看、拿着卡片呼唤礼物的环节。总之,每对单身男女都可以通过这些环节不断地重新组合,从而认识新的朋友。

于是,游戏中被抽中的人就要上台表演节目。我竟然中奖了。虽然我的勇气比从前强多了,但是要去台上表演节目,我还是很紧张的。在我上台的刹那,佳佳凑过来小声说:"好好表现,今天来的男人都还不错哟。"

我唱歌很差,大学去合唱团就出过洋相,所以这种场合唱歌是不合适的。我也不会跳舞,什么肚皮舞拉丁统统不会,我肢体不协调。

我其实想逃走,因为我着实没什么节目。讲笑话吧,平时看了不少,但总是在关键时刻全忘了。

终于,我突然想起了一个。我走到台前,用余光瞄了台下,一双双的眼睛全都盯着我。如果这是在旷野的晚上,我非得认为是一匹匹狼闪烁着的眼睛。

我轻微地咳了一声:"我给大家讲一个冷笑话吧:一个男人总找不到女友,无奈去算命。算命师说:'你前半生注定没女人。'那人眼睛一亮：'后半生呢？'"

说到此，我故意顿了顿。此时，我发现台下很安静，大家都等着我继续说下去。那一刻，我很满足。

然后我接着说下去："结果，算命师说：'后半生你就习惯了。'"

说完后的三秒钟，全场十分安静。没有掌声。我正纳闷，莫非这冷笑话太不好笑了？

可这时，全场都响起了掌声，甚至响起了吹哨声，还穿插着一些笑声。

"今天是七夕节，祝大家七夕情人节快乐！不管我们是单身，还是已婚，都不是最重要的，最重要的是，我们都要快乐，快乐过每一天！一年多前，我面临被背叛不得不分手，我害怕别人跟我提单身这两个字，我甚至认为别人看我的眼神都充满了可怜和同情，我家里的杯子都不敢用单数的。而如今，我不但不介意别人跟我说单身这两个字，我还可以拿来自嘲和自我开涮！我想，每一个单身的人，都是内心强大的人，都有一颗强大的内心，一颗不从俗的内心，一颗不妥协的内心，一颗坚持自我的内心，一颗纯真而善良的内心！来，拿起我们的酒杯，为我们的单身岁月干杯！"我继续说下去，这是我的心底话。

我的这番话更是博得了全场掌声，只见全场的气氛顿时更加高涨了。台下的朋友们纷纷碰杯，甚至拥抱。也许我的这番话，说到了他们的心坎上。

是啊，每一个单身的人，都是内心强大的人，都有一颗强大的内心，一颗不从俗的内心，一颗不妥协的内心，一颗坚持自我的内心，一颗纯真而善良的内心！

73 有一种单身叫宁缺毋滥

> 我们都秉承同一个原则:享受单身。在找到合适的人之前,唯一需要做的就是让自己足够的优秀。我们一边享受生活,一边等我们的真命天子。这样,时光没有被浪费,青春没有被虚度。
>
> 单身的我,不用再为一个男人打破我的计划了,不用再为一个男人深夜彻夜不眠了,不用在出差的时候疯狂思念一个人了,不用为对方不接我的电话而疑神疑鬼了,也不用患得患失了。因为没开始就没结束,没得到就无所谓失去。

我走下台时,佳佳已经双眸含着泪水,她紧紧地拥抱着我:"玉兰,你知道吗?刚才你在台上,我觉得你是在领奥斯卡奖,你的头顶上有巨星的光环!我好像从来都不认识你,直到今天才发现你是如此美,如此有气场!"

我拍着佳佳的肩膀说:"我们,都会很好的。"

佳佳轻轻地抹了抹眼泪,然后笑着说:"那是。我们是如此单纯而善良的孩子,我们要是不幸福,那还有天理吗?笑到最后,才是笑得最好。好饭不怕晚,对吧?"

这一刻,我觉得有佳佳这样一个单身死党是多么幸福的事情。我们一起哭,一起笑,一起安慰,一起为对方加油。

有一种单身叫宁缺毋滥，我和佳佳就属于这类人。我们宁愿单着也不愿找个没感觉的男人结婚。我们都秉承同一个原则：享受单身。在找到合适的人之前，唯一需要做的就是让自己足够的优秀。我们一边享受生活，一边等我们的真命天子。这样，时光没有被浪费，青春没有被虚度。

不同的是，佳佳的单身不是纯素的，她在有固定男友之前，是有固定性伴侣的。

单身派对的节目继续进行着，主持人抛出了一个话题："今天是情人节啊。不过没有关系，来说说我们单身人士单身的好处吧。"

这个话题很有意思。如果被已婚人士或者恋爱中的男女听到，会认为是我们"吃不到葡萄说葡萄酸"呢。

"洒脱！我可以开始一场说走就走的旅行！"佳佳举手说。

于是，有人笑着补充："现在就差一场奋不顾身的恋爱了。"

"自由！想多晚回家就多晚回家，想跟谁见面就跟谁见面，不用跟谁交代！"

"花钱自己花。不用为各种节日礼物伤脑筋！"一男人说。

"不用负责任！责任是多么沉重的东西啊。好不容易从围城里出来，我可要好好享受单身啊！"一个四十岁的老男人说道。

"最重要的是拥有了无限可能性，那才是人生的奇妙所在。"一个三十五岁的女人说。这话多么像当初伍宇的口吻啊。

"既然没结婚那就不用有离婚分财产的烦恼了。"一个中年男人如是说，他说的都是大实话。部分男人宁愿单身的原因是害怕离婚被瓜分财产。

"单身的好处是我过年还可以拿红包。我们家的传统，只要没结婚就还是孩子。"一可爱的女孩说。

"单身的好处是不再为了谁打乱自己的计划,单身的好处是我可以狠狠地爱自己。"我说出了心里话。

是啊,单身的我,不用再为一个男人打破我的计划了,不用再为一个男人深夜彻夜不眠了,不用在出差的时候疯狂思念一个人了,不用为对方不接我的电话而疑神疑鬼了,也不用患得患失了。因为没开始就没结束,没得到就无所谓失去。

心如止水,波澜不惊,淡定而从容。我喜欢这种状态,我享受这种状态。

可是当派对结束时,响起林志炫的《单身情歌》时,我的心湖还是泛起了一丝丝涟漪。

> 找一个最爱的深爱的相爱的亲爱的人
> 来告别单身
> 一个多情的痴情的绝情的无情的人
> 来给我伤痕
> 孤单的人那么多
> 快乐的没有几个
> 不要爱过了错过了留下了单身的我
> 独自唱情歌
> 找一个最爱的深爱的相爱的亲爱的人
> 来告别单身
> 一个多情的痴情的绝情的无情的人
> 来给我伤痕
> ……

我的三十二岁生日打算自己在家过，偷偷地过。要不是老妈一早打电话提醒我："记得吃长寿面啊！"我甚至都忘记了自己的生日。

小时候，总是渴望过生日。因为过生日的时候，外婆会买新衣服、零食和玩具给我。总之，过生日的人是有特权的。生日那天，爸妈都会纵容我。所以，我总是盼着我的生日到来，是那么欢天喜地，就像每年盼着过年一样。

如今，长大后，对于生日的感觉平淡了很多。生日就是365天中的某一天。与其要"生日快乐"，还不如过得每一天都快乐。

正当我自己在家煮面条时，佳佳带着一盒生日蛋糕来了。此时，鲁敏和周忆的生日祝福也送到了。

"你看，我想要忘了生日，结果你们却在提醒我这个日子的存在。"我一边煮着面条一边说道。

"林玉兰，你就打算以面条招待我啊？不行，咱们去KTV吧，我好久没唱歌了。"佳佳噘嘴央求道。

客人提出了要求，我有什么理由拒绝呢？很快，我们去了KTV，佳佳说她已经订了包间。

当我走进包间时，竟然发现三个大老爷们儿在里头点歌。我怀疑是走错了房间，佳佳径直地走了进去："没错，就是这里。"

当我走进包间，顿时，三个男人不约而同地起身："寿星，生日快乐！"如此洪亮的声音，听得我心潮澎湃。我不知道佳佳葫芦里卖的是什么药，莫非是要给我开一个成人开心生日派对，专门找几个帅哥来讨我欢心？

我正掐佳佳的胳膊，心想怎么也不提前跟我说一声。

这时候，佳佳起身抓住一个男人的手，依偎在他的身旁，甜蜜地举起了左手："我们订婚了！"

这实在是我没有想到的。此时，佳佳手指上的钻戒在暗色的包房里闪烁着钻石本有的光辉，是那么的耀眼。原来，她身边的这个有些中美混血的中年男人，有着驴友的健康体魄的男人，就是那个跟她谈异国恋的男人。

那一刻，我很感动。我走到佳佳身旁，拉着她的手说："佳佳，恭喜你。恭喜你和他终于修成正果了。"

佳佳伸出双手紧紧地抱着我，然后在我的耳边轻轻地说："谢谢，你也会的。其他两位帅哥，你看有没有感觉？我们可是要共进退的。如今我要结婚了，怎么舍得你一个人单身呢？我们，都要幸福的。"

听到佳佳这番话，我的眼泪终于压制不住地涌了出来。佳佳是一个多么好的人啊。她是一个多么善良的人啊。我们曾经一起单身，互相安慰和鼓励，如今，她要结婚了，希望我也找个人结婚。她有这份体贴的心，我已经很感动很感动了。最关键的是，她还在我生日的时候开始给我安排了备选男人。我为她的这份细心所感动。

我偷瞄了一下坐在沙发上的两个男人，大约都在四十岁左右，说实在的，长得都还不错，都是很精神的那种。

"体格不错，工作也很不错哟。比较黑的那个未婚，比较白的那个离异的。"佳佳继续在我耳边小声地介绍。

此时，一看是被阳光晒得比较黑的那个男人走到我身边，颇为绅士地说："林小姐，我叫 Peter chen，不知道可否跟我去旁边的咖啡厅喝杯咖啡？"我看着 Peter 诚恳的眼神，然后瞄见了他那鼓鼓的胸肌，我点了点头。反正单身嘛，多了解也未尝不可。

我和 Peter 朝 KTV 门口走去。刚走到门口，才发现外面已经下起了大雨，我下意识地觉得冷了，双手环抱在胸前。Peter 毫不犹豫地把衬衣脱下来披在我的肩膀上。这时，服务员给我们递来一把伞，

Peter 撑开伞，然后，我就很自然地躲在了伞下。

可就在此时，我看见了熟悉的身影。没错，他就是何乐天。此时，何乐天也看见我了。他从停车场里走进屋檐下，刚把伞收起来。就在他收起伞的刹那，他看见了我。而我就在往外踏第一步的时候，看见了他。

我停住了，和何乐天四目相对。何乐天仿佛要说什么，表情抽动了一下，但什么也没说。我在想或许应该打声招呼。可就在此时，Peter 伸出他的大手搂住了我的腰："拉着你点儿，免得你滑倒。"

于是，我就这样被 Peter 拉着往外走了出去。我没有回头，只是任由 Peter 引领着往前走。我知道雨水溅湿了我的鞋子，但是我已经不在乎了。

而何乐天站在 KTV 门口，看着远方嘴里不自觉地冒出了这句话："原来你喜欢的是肌肉男，原来你有大叔情结。唉，我再怎么努力，也不能早点儿出生啊！"

74 如果你想要婚姻,你要懂得人性的弱点

> 如果你想要结婚,不要想那么多,也不要想那么远,过好今天就行了。如果你担心这担心那,那就永远都结不了婚。
> 我会做什么选择,完全取决于我还爱不爱他,取决于我是否还有别的机会。也许,我会用最快的时间去检修好这台婚姻机器,也许我准备把备胎拿出来开始新生活。

鲁敏生了,生了一个白白胖胖的女儿。对于大家族来说,最想要的肯定是儿子。不过,有新生命降临已经是大喜事了。除了鲁敏很高兴之外,最高兴的应该是她的婆婆了。

我去看鲁敏时,鲁敏已经回家坐月子了。当我看见鲁敏小宝贝的房间时,真的感觉像是在一个童话小王国里。

"取名字了吗?"看完躺在婴儿床上熟睡的小宝贝,我轻声问鲁敏。

"Cherry,我先取了英文名,希望她能珍惜,Cherish!"鲁敏躺在沙发上淡淡地说。

Cherish!珍惜!是啊,鲁敏生在福中,她也懂得惜福了。

"对了,现在小宝贝降临了,你老公不会还是每周都有自由日吧?"这是我关心的问题。

"当然有啊,这是我批准的。"鲁敏说得很轻松,一切理所当然一般。原本,我想刚当了爹的男人会格外恋家呢。没想到,鲁敏老公照旧惦记着自由日。我有些小小的失望。

我端起精致的茶杯,喝了一口红茶。大家族的器皿都是成套的,很精致,哪像我的小窝,连一套像样的茶杯都没有。但越是端着这样精致的茶杯,越是要小心,因为一旦打碎了一个,那一套就有所缺憾了。所以,这也是我迟迟不买精致盘子和茶杯的原因。

"难道,你就不担心他自由过了火,在外面有了别的女人?"也就只有我和鲁敏这么熟的关系才这么直接地问。

鲁敏端起茶杯也喝了一口红茶,然后慢慢地把杯子放回到桌子上,笑了笑:"你想,真要有,又岂是你拦得住的?我记得你好像不止一次问我这个问题了?"

鲁敏这么一说,我记起来了,我的确有问过她这个问题。

"还是那个答案:有第三者何必大惊小怪?"

"可是,除非你不爱他,所以你不介意他有第三者?"我的好奇心被勾起来了,非得打破砂锅问到底。

是啊,这世上有哪个女人不希望成为男人的唯一,哪个女人愿意跟别的女人分享一个男人?除非,除非她根本就不爱这个男人。这是有可能的,对鲁敏这么理智的女人来说。我记得她曾经说过:"恋爱和婚姻是不一样的。恋爱可以和爱的人谈恋爱,而结婚嘛则是选一个适合的男人结婚。"所谓适合,大都是条件适合吧。

鲁敏看了看我,脸色有一丝不悦。我知道,我问得太露骨了。

鲁敏起身,透过窗户看着婴儿房里的小宝贝:"她是我孩子的爹,我能不爱他吗？他是我打算共度余生的男人，我能不爱他吗？只是，岁月那么长，谁又能保证谁爱一辈子呢？你想，你们在一起，在后来的几十年中，怎么能保证感情会一直不变？所以，一定会有第三者出现的！"

我知道鲁敏说得有道理。可是，当听到这段话时，我还是觉得很失望。

鲁敏站在窗户旁，窗外的大树枝繁叶茂，叶子仿佛要从窗户前钻进来。她拉着我的手，意味深长地说："玉兰，如果你想要结婚，不要想那么多，也不要想那么远，过好今天就行了。如果你担心这担心那，那就永远都结不了婚。"

我点了点头，表示理解鲁敏的话。也许，我和伍宇当初迟迟没结婚，就是因为顾虑太多。所以，结婚是需要冲动的，趁着感觉在就赶紧结婚。

"第二，如果你想要婚姻，你要懂得人性的弱点。喜新厌旧就是人的本性。戴安娜够漂亮吧，可还是有卡米拉这个第三者存在。梁思成够好了，可还是有徐志摩和金岳霖存在。玉兰，不要那么理想化，也不要将第三者妖魔化。到时候，说不定是你有了第三者呢！"鲁敏坐在沙发上，一边拿出保养品擦着肚子一边说。

不可否认，鲁敏举的例子很有说服力。那么优秀的女人或者男人，照样还是要面临着伴侣的三心二意，甚至是变心。

"我结婚后是不可能有第三者的！我平生最讨厌的就是第三者！"我有些激动。是啊，就算我后来原谅那个嚣张的第三者晓笛，但是一想起她来，内心还是无法平静。甚至我一度以为，是她破坏了我原本的人生轨迹。

鲁敏继续慢慢地擦着她的保养品，她希望妊娠纹赶紧消掉。

"我们话都不要说得这么满。未来会怎样,谁都说不准!你看看那些走进婚礼殿堂的新婚夫妇,哪个不是冲着白头到老去的,可是结果呢,有的一个月都不到就吵着要离婚。的确,也有夫妻一直忠于彼此的,除了足够相爱,还有别的重要原因,是没遇到足够动心的第三者而已。"鲁敏的每一句话,似乎都是冲着打破浪漫爱情主义人士信心的。

我承认我从前是一个浪漫爱情主义人士,不过经过爱情变故后,我变得接地气多了。所以,虽然鲁敏的话并不中听,但是我能听得进去。

"那么,你该怎么办?难道你能接受像你婆婆那样的三人行的局面?"我的话很犀利,但我知道鲁敏能受得住。

鲁敏站起身:"这个问题嘛,我真的有想过。首先,我不会吃惊,也不会去埋怨他。我会做什么选择,完全取决于我还爱不爱他,取决于我是否还有别的机会。也许,我会用最快的时间去检修好这台婚姻机器,也许我准备把备胎拿出来开始新生活。"

听到鲁敏这番话,我长舒了一口气,内心的石头也算放下了。鲁敏早就有了预案,也就不劳烦我这个朋友操心了。鲁敏的情商段位还真不是我所能企及的。她的理性、她的冷静、她的现实、她的智慧,这些特质都让她能快刀斩乱麻地和崔宁分手,也让她快速地和现在的有钱老公相识相恋并结婚,如今,坐稳了豪门少奶奶的椅子,而且她还把棘手的婆媳关系处理得很好,甚至,她成了婆婆的闺蜜和同盟。

对于婚姻,鲁敏苛求的并不多,她没想到通过婚姻获得一切,她也没想过这一辈子就得绑定这段婚姻。她觉得她可以凭她的喜好进入或者退出这段婚姻。她预知了婚姻可能出现的各种可能,所以不管婚姻变成了什么样,她都不会很难过,都能欣然接受。

这一刻,我觉得鲁敏理智和现实得可怕。在她的世界里,真的已经做到了宠辱不惊。不过,在她的老公面前,还是表现得咋呼呼的像一个冒失的小女孩。我知道,其实,她的心淡定得很,从容得很。鲁敏,就是这种表面傻乎乎其实内心有大主意的女人。她的睿智,也就在我面前才展现出来。

突然,我很替鲁敏的夫家庆幸。他们娶了一个足以挑家族大梁的女人。这个女人,会在家族或者家族企业面临危机的时候,能够临危不乱地引领其走出危机。

我知道,每一次和鲁敏聊天都收获颇丰。那是一种精神的丰富。回到小区里,我没有立即上楼,而是在楼下的椅子上坐着,回味着鲁敏下午的那一番话,关于"第三者论"对我触动很深。

75 从开始到现在,我都一直爱你

何谓结果?结婚就是结果,生子就是结果,白头到老就是结果?那都是未来的事情。所有要结果的人,都显得太贪心了。就因为一个人好,就想要和他永远在一起,就想对方永远不变,不是我们的贪心是什么?

人生最大的勇敢之一就是,经历欺骗和伤害之后还能保持信任和爱的能力。

我为爱勇敢,我不怕被拒绝。

可就在此时,我突然听到广场有人在谈论什么话题,仔细一听:"日本发生7.6级大地震了。"这时候,广场上全是打电话的人,诸如:"宝贝啊,咱们暂时别去日本旅游了啊。"

然后,广场上的大妈开始议论:"唉,这年头天灾真多啊。活着就不是一件容易的事情了。老头子啊,我就不挑你理儿了。"

听到这番话,我的内心突然一阵悸动。我想起了什么,我的脑海里是何乐天的脸庞。

此刻,我真正明白了上师说的那句话:"人生无常,当下最真。"

是啊,人生无常。人的生老病死,都不是我们所能控制的。而我们唯一能做的就是——接受无常。这无常,包括客观变化,比如天灾、生老病死；也包括主观变化，比如变心、背叛。

  我有一种顿悟的感觉，拼命地往电梯口跑去，我有重要的事情要做，非得马上做不可。此刻，我只想赶紧回到家，赶紧回到我的电脑旁。我不停地按电梯，可是电梯偏偏迟迟不来。我焦急地在楼下等着，电梯终于来了，我以最快的速度上了楼、开了门、打开了电脑。

  是的，我有很多话要对何乐天说。有些话，我必须说。否则，再憋下去，我想我会生病的。我必须要对何乐天坦白，我必须要对自己坦白。

  我在电脑前飞快地打着字：

乐天：

  我只是想告诉你：我爱你。

  我想和你在一起，只要能在一起就好。不管有没有结果，不管有没有未来，我都想和你在一起。

  也许，你现在有了喜欢的人，也许你现在已经不再爱我了。但是我觉得我有必要跟你说：从开始到现在，我都一直爱你。

  不管你的决定是什么，我都尊重你的选择。

林玉兰
8月8日

  写完这封信，我一个字一个字地读着，检查错别字，我不能让如此重要的信里有瑕疵，更不想有歧义。字数不多，但每个字都是直击我的内心，每个字都重如千斤。那是我这些日子来沉重的心事啊。

终于，我点了邮件的"发送"键。我长长地舒了一口气。我禁不住为自己鼓掌，并自言自语：林玉兰，你做到了，你尽力了。从今以后，你再没有什么可后悔和遗憾的事情了。

是啊，既然人生无常，我干吗还要执着地要一个结果。只要这一刻，我是爱着何乐天就行了。当下最真，不是吗？

何谓结果？结婚就是结果，生子就是结果，白头到老就是结果？那都是未来的事情。所有要结果的人，都显得太贪心了。就因为一个人好，就想要和他永远在一起，就想对方永远不变，不是我们的贪心是什么？

正如鲁敏说的，何必顾虑那么多。从前，就是因为顾虑太多，才选择放弃的。

如今，我再也不会放弃。

当我在广场里听到"日本地震"的新闻时，我的脑海里闪过了何乐天的脸庞，我想知道他是否安全。在那一刻，我知道自己根本就放不下何乐天，我再也无法欺骗自己的感情，再也压制不了心里的感觉。这种被压制的感情，它不仅没有消失，反而在发酵、变浓。

用佛家的话来讲，也许，我和何乐天的因缘是未了的。我必须要表白。

何乐天看见这封信后，只会有两个可能。一是何乐天放弃 Susan 来找我；二是他不再爱我了，他已经爱上了 Susan。

那么对应我来说，如果何乐天来找我，说明我和他的因缘可以继续。而如果他没来找我，那说明我和他的因缘从此真的了结了。

所以，无论何乐天做了什么选择，对我来说，都是好事儿。因为，从此，我真的轻松了。

我拿出何乐天送给我的日记本,在上面写着逆袭计划第十一步:相信爱情,为爱勇敢。

是啊,人生最大的勇敢之一就是,经历欺骗和伤害之后还能保持信任和爱的能力。

我为爱勇敢,我不怕被拒绝。我被我自己感动了。

76 一个婚姻中的胜利者就是一个 CEO

婚姻就是关系学。经营婚姻,其实就是处理各种各样的关系,比如夫妻关系、婆媳关系、职场关系,等等。把关系处理好了,很多问题就迎刃而解了。一个婚姻中的胜利者就是一个 CEO。和谁结婚,你都要面临各种问题,处理各种问题。

一位印度老人对孙子说:"每个人的身体里都有两只狼,他们残酷地互相搏杀。一只狼代表愤怒、嫉妒、骄傲、害怕和耻辱,另一只代表温柔、善良、感恩、希望、微笑和爱。"

小男孩着急地问:"爷爷,哪只狼更厉害?"

老人回答:你喂食的那一只。

这个小故事告诉我一个道理:你的心所朝的方向就是你未来人生的路。

所以,我不再像刚和伍宇分手时,觉得天地要崩塌,觉得自己在茫茫荒原里无处可走,不知道生命之路在何方。

如今,我内心已经很淡定。因为我看见了前面的那一束曙光,看见了头上的星星，预见了明天的灿烂艳阳。更因为我观照到我的内心，我依然如此善良，学会了感恩，懂得了包容，学会了原谅，对未来充满了希望，依然心中有爱，依然可以微笑面对每一天。

当然，在别人看来，我的淡定是源于我有一份不错的节目编导的工作，还有不错的网络小说副业，我的经济实力强大了，我的自信心增强了。

我已经不执着于旧爱伍宇，放下了对第三者晓笛的仇恨，身心从此轻松了。

我开始锻炼身体，热爱旅行，懂得享受生活，更懂得爱自己。

相由心生。眉头舒展了，额头变亮了，气色变好了，痘印消失了。佳佳说，我像一朵花儿一样地开了。

其实，面容开花，最终是因为心开了。

终于，我明白了"开心"这个词的真意：所谓开心，就是心绽放了，不再局促，不再紧张，不再恐慌，不再哀怨。

从前，我总是很着急，一着急就容易不开心。从前，我着急结婚，着急生孩子，着急拥有房子，着急拥有车子。当看见别人结婚了，有孩子了，有房子了，有车子了，我就开始比较，觉得自己落后于别人了，然后，我就痛苦了，我就抱怨了。所以，我可以想象当初伍宇是害怕跟我在一起的，因为我的无言的逼婚，对他产生了巨大的压力，所以，他想要逃。

正如庄圆法师在《因果经》里说的："急什么？急是贪欲呀！每个急中有你想要的，急让你跟时间赛跑，急让你的身体、你的情绪、你的贪欲愈来愈大。急让你错过生命的美感。急是一把刀，伤自己也伤别人。"

这段话让我明白了很多，我再也不着急了。如果我因为害怕单身、害怕世俗流言、害怕父母的唠叨、害怕生子落后,就着急忙慌地结婚。那么结果是什么呢?结果可能是掉入另一个不满意的深渊,可能在结婚后发现了对方的诸多问题而吵架,可能离婚,可能陷入是继续不合适的婚姻还是当单亲妈妈的烦恼。

如今,我所认识的朋友中,只有我依然单身。连坚持不婚主义的伍宇都结婚了,就连佳佳都订婚了。

当然,周忆也算单身,不过她有孩子这个精神寄托。据说,她的前夫最近总来她家,她婆婆的态度也变好了,她的前夫有复婚的意思。当两个人分开后,才会发现对方的好。

时间是很神奇的东西,它会让人反思和成熟。自从周忆和她老公离婚,两人都开始觉得自己有不对的地方。

周忆开始反思:当时是自己太冲动了,太缺乏耐心了,太缺乏处理家庭关系的智慧了。

而周忆前夫也开始反思:原来,她是多么委屈啊,她只是太想保护孩子了。

周忆曾经跟我说过,离婚对孩子的伤害是不可弥补的。因为她再怎么爱孩子,也无法扮演爸爸的角色。所以,她总是一再叮嘱我:"玉兰啊,一旦结婚,就不要轻易离婚啊。"

也不知道周忆说这番话是不是带有一丝后悔之意呢?我也旁敲侧击撮合着周忆和他前夫复婚。自古婆媳关系就是一个问题,但也不是那么大的问题。

我想起了鲁敏对我说的话:"婚姻就是关系学。经营婚姻,其实就是处理各种各样的关系,比如夫妻关系、婆媳关系、职场关系,等等。把关系处理好了,很多问题就迎刃而解了。一个婚姻中的胜利者就是一个 CEO。和谁结婚,你都要面临各种问题,处理各种问题。"

我把这番话通过微信告诉了周忆,希望她和她的孩子有一个美好的家庭。既然双方都体察了自己的不足和缺点,并且都有改善和改变的念头。那么,这就是一个天大的好事儿。要知道,周忆和她前夫认识都快十年了。十年的岁月,还有一个孩子,这样的缘分怎么能割舍得掉呢?

周忆收到了我的微信语音,她给我回了五个字:"我好好想想。"

过了一会儿,周忆又给我回了一句话:"别只操心别人,操心你自己啊。尽管你说你享受单身,但是我还是希望你有世俗的婚姻和幸福。"

看见这句话时,我很感动。这就是真的朋友,都是如此善良的人。正如和佳佳一样,我们彼此加油,彼此提醒,彼此鼓励,彼此一起进步。

此刻,已经是深夜了,窗外的车流稀疏了很多,只有偶尔的喇叭在响。

为了保护皮肤,减少辐射,我已经关掉了手机和电脑。我倚靠着床头,翻看着庄圆法师的《因果经》。从前,我在睡觉前是看 iPad 上的娱乐新闻,如今,变成了我开始看纸质的书。尤其是这本《因果经》,会让我内心平静,做个好梦。

周忆在微信里说的"尽管你说你享受单身,但是我还是希望你有世俗的婚姻和幸福"这句话还是提醒了我。

给何乐天写的电子表白邮件已经有一周了,可是却没有一点儿消息和回应。其实,我每天都查邮件,每天都开着手机,我怕错过何乐天的任何信息。我怕错过他找我,还特地去开了来电提醒。可是,何乐天这个人就像从人间蒸发了一样。

我也从侧面去"面包心情"打听何乐天的消息,得到的是:"我们也只是小职员,不太清楚他的动向。他经常出差,我们也不知道他去哪个城市了。"

想到何乐天,我就读不进去书,心中升起了一股失落之情。

我开始后悔写了那封表白信:"林玉兰,你没事儿写什么表白信啊,以后你再见到何乐天只会更尴尬。"

但同时,心底的另一个声音又响了:"林玉兰,写表白信时,你就已经决定了。这是你自己的决定。你非写不可。你需要对他坦白,你需要对自己坦白。至于结果如何,这不是你可以控制的。你只要尽力就行了。"

是啊,我干吗要后悔呢。我已经尽力了。我已经为我的爱情尽力了。

我做到了七种布施中的"心施",我敞开了心扉。

感情最重要的是时机契合。我和伍宇相识得太早了。所以,时机不对。我最后成了他生命中的过客。

如今,我和何乐天可能也是同样的问题。何乐天热烈追求我的时候,我害怕没有结果选择了放弃,等我幡然醒悟寻找他的时候,他对我已经没有感觉了,或者已经爱上了别人。

我轻轻地叹了一口气。是啊,也许,他根本就不爱我了。

有什么办法呢?我无能为力。我只能接受。尽管内心有不舍、不甘心和失落,但是,我还是要接受。谁叫当初何乐天热烈追求我时,我内心如此胆怯呢?那是一个不自信的我,那是一个还没有准备迎接新感情的我。

如今,我有自信了,准备好了,既然何乐天走了,那么就等着其他人的到来,来轻叩我的心门。

我还是翻开了书,庄圆法师写道:"去享受生命走投无路的滋味,或者享受那个遗憾所产生的滋味,渐渐地遗憾会消失,只留下那个滋味;去享受那个不甘心产生的滋味,渐渐地那个不甘心会消失;去享受那个害怕所产生的滋味,渐渐地那个害怕会消失,然后滋味会变成很清凉、很清静。"

那么,此刻,让我尽情地享受我的遗憾、不甘心和害怕吧。我相信第二天起来,这些遗憾、不甘心和害怕都会一扫而净。

77 原来,这就是黄果兰花啊!

> 对男人来说,最重要的永远是事业,这是根本,没有这个一切都是空谈,而婚姻只是人生的一部分。

何乐天的事业正处在上升期,他的"面包心情"已经从一线城市开到了二线城市。所以,他要么是在飞机上,要么是在出差的城市里。

很快,何乐天开始被媒体所报道,被各大论坛所邀请。不过,他还是婉言谢绝了。何乐天很清楚自己要什么。他只想把企业做好,他不想要名气。他害怕名气带给自己麻烦,害怕不能承受这盛名。他说只要把店做好,做出顾客喜欢的面包,让顾客从"面包心情"里得到的不仅仅是美味,还有好心情,那就足够了。

无疑,Susan 是他事业上的好帮手。Susan 的留学背景以及国际视野,给了他很多不错的意见和灵感。

所以，在员工那里，何乐天和 Susan 算是最为相配的一对。虽然，两人并没有在公开场合以情侣身份露过面。但是 Susan 对"面包心情"的热心，以及不时地在何乐天的下属面前彰显其亲密情侣的身份，使得何乐天的下属们都开始巴结 Susan 这个未来的老板娘了。

也许是因为忙，也许是何乐天的往来全都是工作。所以，何乐天的信件往来全都是公司邮箱，而他根本就没有看到那封表白信。那封表白信的邮箱，何乐天已经许久不登录了，因为垃圾邮件太多，多得删都删不过来，于是何乐天就索性不登录了。

所以，这封饱含感情的表白信，依旧静静地躺在何乐天的信箱里，暗无天日，不知道何时才能被打开。

有一天，Susan 约了何乐天去西餐厅用餐。两人烛光晚餐，十分浪漫。就在这时，Susan 说了一句让何乐天有些惊讶的话："乐天，你看我们认识的时间也不短了，要不——要不我们结婚吧！"

Susan 说话就是这么直接，让何乐天措手不及。

何乐天一听"我们结婚吧"，感觉全身都震动了一下，这一震动不小心碰到了面前的叉子。何乐天赶紧弯腰去捡叉子，也许是动作太着急，这时餐刀也跟着掉了下来，落在地上，声音响亮。顿时，旁边的餐客纷纷望了过来。

Susan 见状说："哎呀，你捡它干吗，让服务生再拿一套餐具就是了。"

何乐天很快恢复了淡定："结婚这么重要的事，得好好——准备。"何乐天说了这句话，他本想说"好好考虑"的，但是又怕说出来伤了 Susan 的心。

Susan 当然不是傻瓜，她是一个聪明的女孩子，她试探着问："乐天，你该不会是还没放下吧？"Susan 这一餐其实是故意试何乐天的，其实,是她着急了。当她看见何乐天出差越来越多,事业越做越好,她担心有别的女人来跟她抢。所以,她无法淡定了。

"谁?"

"林玉兰啊?"Susan 再也不掩藏了。这是她的疑虑。这个问题在她心头萦绕了很久。她从前憋着不问,如今她必须问,她需要得到一个答案。

何乐天一听到这个名字,连忙拿起水杯喝了一大口:"干吗提她?"何乐天看了一下手表,然后匆忙起身:"我要开会了。"

"喂!"Susan 突然意识到自己说错了话。很快,何乐天大步地走出了餐厅。

剩下懊恼不已的 Susan 自言自语:"是我不对,我不该提她的名字的。可是,林玉兰,你究竟有什么比我好?我 Susan 比你强多了,我才是和何乐天最相配的人!"Susan 的脸上已经充满了愤怒和不甘。

何乐天是逃出那个餐厅的。原本,他认为 Susan 是一个不错的交往对象,在别人看来绝对是跟他相配的女人。可是,当 Susan 主动向他提出结婚时,他的心脏还是颤抖了一下。现在他满脑子都是事业,婚姻却还没有提上日程。

可是,家里的老妈却已经开始催他了:"Susan 这个女孩子不错,我看适合当我们何家的儿媳妇。"这让孝顺的何乐天没了主意。要不就这样吧,Susan 才是最适合结婚的女孩,群众的眼睛是雪亮的。

自小跟着单亲妈妈的何乐天自大学毕业后,他就坚信:对男人来说,最重要的永远是事业,这是根本,没有这个一切都是空谈,而婚姻只是人生的一部分。

日子一天天地过去,终于到了五月,是黄果兰花开的日子。之前,我每次回家都错过了黄果兰开。所以,这次,我一定要回泸州去,一定要回老家。

终于,在黄果兰花开的季节,我回来了。

家门口的那棵黄果兰树结满了米白色的黄果兰花,瘦瘦长长的,不惹眼,有的甚至藏在了那肥大的叶子后面。

但是,只要走到巷口处,我就能远远地闻见花香。这是多么熟悉的味道啊。我闭上双眼,尽情地沉醉在黄果兰香里。童年的记忆又浮现在脑海里。

我走到黄果兰树下,捡起掉在地上的花朵,把它系在衣领处,绑在头顶的橡皮筋上。是的,小时候,我就是这么做的。有时候,我会捧着一把黄果兰花,给我的老师和同学。然后,我们在花香里看书写字。

我仿佛回到了童年。此刻,我只想和花在一起,沉醉在黄果兰的香味里。

空谷幽兰,暗香盈袖。用八个字来形容最为贴切。

可就在此时,我突然听见有人说话:"原来,这就是黄果兰花啊!"

78 我希望有一天,我爱你三个字可以倒过来写

"我希望有一天,我爱你三个字可以倒过来写。"何乐天松开我的手,从地上捡起了一根树枝,在地上写了"我爱你"三个字。然后,他指着三个字,从后面开始读:"你爱我。"

我以为这是幻想,并没有睁开双眼。我只是倚靠在大树旁,继续沉醉。

"林玉兰,我来了。"

没错,是他的声音,就是他的声音。我迫不及待地睁开双眼,我太想求证,太想知道这不是幻觉了。

此时,一身深蓝休闲西装的何乐天站在我的面前。他比从前更成熟和稳重了。

"你,你怎么找到这里的?"我吃惊得快口吃了。

何乐天居然会来我的老家,这是我万万没有想到的。我的老家可是小地方啊。我也从来没有跟他说过具体的地址,他是怎么找到的。

"你忘了，在很久很久以前，我刚认识你的时候，我就跟你说过，有机会我一定要看看黄果兰花长什么样。所以，我就找来了。"

想起来了，想起来了。就在我和何乐天第一次见面，在长沙机场，他跟我借充电器时，我跟他提过家乡的黄果兰花，他说有机会一定要看看黄果兰花长什么样。

那都是走过场的话，谁又会当真呢？

何乐天拾起掉在地上的黄果兰花，放在鼻子旁，深深地嗅了一下："啊，真香啊！这味道，我喜欢。"

"那是，能让我林玉兰念念不忘的，能差吗？"

"也包括我吗？"何乐天走到我的身旁，两眼含情地看着我。

这太突然了。何乐天的靠近，让我的心扑通扑通地直跳。我已经很久很久没有这种感觉了。

突然间，所有的委屈和等待在那一刻爆发了。我挥着小拳头落在何乐天的肩膀上："你看了我的信，为什么到现在才来？你知不知道，我等你等得多辛苦？"

何乐天低着头，试图要吻我的唇，突然他停了下来："什么信？"

我也怔住了。我以为何乐天收到了我的表白信才来找我的。莫非，他根本就没看见我的信？

"半年前，我给你发了一封表白信啊。"我如是说。

何乐天更惊讶了："表白信？还有这等好事儿？"

突然，何乐天笑了笑，低着头在我耳边轻轻地说："现在人就在这里，有什么就直接说吧，何必要写邮件这么复杂呢？"

我踮起脚尖送上了我的唇。此时，用语言已经很苍白，我直接用行动来证明。

四片嘴唇瞬间缠绵在一起，仿佛所有的等待都为了这一刻。这吻一会儿如暴风骤雨一般猛烈,一会儿如蜻蜓点水一般温柔。或温柔,或粗暴,我们用力地吸吮着对方,就像要把对方掏空一般。

何乐天的唇渐渐地下移,在我的锁骨处游离。突然,感觉一阵痛,那是他的牙齿在轻咬。"这就是对你的惩罚。"终于,何乐天停止了他的吻,在我耳边轻轻地说。我拿出化妆镜一看,果然脖子处有了一道齿痕。

"这是爱的烙印,这样,无论你在哪里,就不会忘了你是我何乐天的女人了。"何乐天的声音低沉而有磁性。

我除了做我自己,我还是想做一个男人的女人,我骨子里还是小女人。

我依偎在何乐天温暖的怀抱里,闻着黄果兰花的香气,感觉是那么的幸福。

花香阵阵,爱意浓烈。

此时,何乐天想起我给他写了表白信,开心地立即拿出手机上网去登录邮箱。他一封一封地查看着,信箱里全是垃圾邮件。

"玉兰,你确定真的给我写过表白信?"何乐天一边删着垃圾邮件一边说。

"那个,我忘了呢。"我笑着不肯承认。

何乐天看了我一眼:"好哇,我非得找出来不可。"

何乐天继续往下翻。终于,他看见了!他快速地打开,还念了出来:

乐天:

  我只是想告诉你:我爱你。

  我想和你在一起,只要能在一起就好。不管有没有结果,不管有没有未来,我都想和你在一起。

我一听着急了,十分难为情,试图夺过手机不让他再念下去。可是何乐天把手机举得更高了。

何乐天继续念着来信:

也许,你现在有了喜欢的人,也许你现在已经不再爱我了。但是我觉得我有必要跟你说:从开始到现在,我都一直爱你。

不管你的决定是什么,我都尊重你的选择。

林玉兰

8月8日

哈哈哈哈,何乐天笑得像一个孩子,露出了满口的大白牙,那么忘我,那么放肆。

何乐天一直笑,真怀疑他是不是傻了。终于,过了好久,何乐天才停止了狂笑。我这才放下心来。

"你,没事儿吧?"我问。

"我心情爽着呢。太过瘾了。哎呀,这下终于出口气了!"何乐天脸上的笑容就没停止过。

突然,他脸色沉了下来,仿佛是晴转阴,略带责备地说:"你怎么这么蠢啊,不当面跟我说,不给我发短信,给我发什么邮件啊?太老土了。还有,你见我没回应,难道就不会问我一声啊?"

"我哪里知道你没收到,我以为你不再理我了,我以为没有回复就是委婉拒绝呢。"我说出了我的心里话。说实在的,我也曾怀疑过,怀疑他根本就没看见这封表白信,但是,我又害怕他是故意不回复的。不回复就是答案。那我岂不是自讨没趣啊。

何乐天捏了捏我的脸颊,摇摇头:"笨死了。差点儿,差点儿就错过这天赐良缘啊。幸好，我脸皮厚追来了。"何乐天的脸上又堆起了笑容。

"从开始到现在，我一直都爱你。"何乐天重复着这句话，已经有了花痴相。

我从未见过何乐天此番模样。那是一个孩子般的天真面容。

"不行，我要你亲口说，亲口说给我听。"何乐天拉着我的手，开始撒着娇。

"这，你别耍赖嘛？这光天化日之下的。"我巡视着四周，幸好我家门口还不是在小巷处，没什么人来往，否则让邻居看见，多难为情啊。

"我爱你。"我凑到他耳边轻声地说了一句。

"哎呀，没听见。太小声了。"何乐天开始耍赖，他明明就听见了。

"没听见就算了，反正我说了。"我可不愿意说第二遍。我爱你，这三个字，我从不轻易说，也从不多说。我知道这三个字代表的含义。

何乐天拉着我的手、看着我的双眼说："你知道吗？我有个愿望，是关于你的。"

"什么愿望啊？"我问。"我希望有一天，我爱你三个字可以倒过来写。"何乐天松开我的手，从地上捡起了一根树枝，在地上写了"我爱你"三个字。然后，他指着三个字，从后面开始读："你爱我。"

我看着这地上的三个字，禁不住眼眶湿润了。我才明白，原来，何乐天一直都是爱我的。我突然觉得好幸福。原来，我如此漫长的等待都是值得的。

"对不起，让你等了这么久。"我依偎在何乐天的身旁，感受着他的心跳。

79 跟你在一起多一天,我就赚一天

相信爱情不变本身就是一个伪命题,还不如说相信爱情的善变。什么爱你一万年,地老天荒,海枯石烂,男人可以说,女人可以听,但万万不可以当真。

你不用说永远爱我。我只要你一段时间一段时间地爱我。与其我们把感情的目标设置得那么高那么远,还不如务实一点儿,从一天一个月一年,三年,五年,这样的时间单位来计算。我们把目标定得短小一点儿,那么每当我们完成它,就会很有成就感,一旦我们超越它,那就是赚了。

此时,我听到有人咳嗽的声音。我像弹簧一般赶紧从何乐天的身上弹开。我扭头一看,原来是老爸,脸一下子就红了。

"我爸。"我小声说。

何乐天一听,马上大踏步走过去:"伯父您好,我是玉兰的男朋友何乐天。我来帮您拎吧。"我爸应该是刚从菜市场和超市回来,拎着两袋沉沉的东西。当然这袋子里一定有他每天都离不开的香烟和白酒。我爸是那种每顿都需要喝酒的人,如果再有下酒菜,那就Perfect了!

何乐天竟然从我爸手里接过两袋子东西,然后直接上楼去了。居然跑在我的前头。这家伙,居然是自来熟啊。我跟在后面,摇了摇头,

只冒出了一句:"这家伙,还挺会拍马屁的啊!"

我妈看见我爸回来后面还跟着一个帅小伙儿,然后再看见我也回来了,她愣住了,半晌没回过神来。

"伯母好,我是玉兰的男朋友何乐天。"我替何乐天把他的旅行包拎了上来。

我妈显然是没想到会有这种场面。"哦,好啊,快坐,快坐,快喝杯水。"她开心地赶紧放下手中的拖把,然后去给何乐天拿杯子。

此时,何乐天打开他的旅行箱,从里头拿出了礼物。两瓶泸州老窖放在餐桌上:"伯父,听说您好这个。小小心意。"

我爸一看到酒眼睛就放光了,更别提是他未来女婿送的礼物了。"哎呀,花这么多钱干吗?"其实,我知道爸心里美极了。他一定在说:"终于享受到未来女婿的福了。"

何乐天将一个小盒子递到了我妈面前:"阿姨,我也不知道该送什么,这是我的小心意,就是有点儿土。要不,打开看看?"

我也很想知道何乐天送我妈什么礼物了,我爸妈也很想知道。打开盒子一看,是一条金项链。我笑了笑,在何乐天耳边小声说:"你果然懂中国大妈的心啊。"

何乐天的这招收买政策很奏效,把我爸妈哄得很开心。其实,对我爸妈来说,何乐天不买礼物来就已经烧香拜佛了,甚至让我爸妈倒送礼物都乐意。我爸妈望穿秋水都渴望我带一个男人回去。

我看见爸妈那布满皱纹的脸上此刻也舒展开了,那是过度紧张之后的放松啊。那一刻,我才真切感受到了父母对我的担心和关爱。那一刻,我好感谢何乐天,能来看我爸妈,带给我欢喜。

终于,欢快的晚餐结束后,在爸妈的轮番问询之后,我和何乐天终于能够安静地待一会儿了。

在我的小屋子里，我依偎在何乐天的身旁。风起了，窗外的黄果兰花香飘了进来，整个屋子都弥漫着浓郁的花香。

何乐天起身走到窗前："这个地方真好啊，也难怪养出你这么可爱的姑娘啊。"

"嘴巴可是越来越甜了啊。"我也走到窗前，大口地呼吸着花香。

"对了，当初谁都不看好的时候，你为什么投资我？难道就不怕血本无归吗？不怕浪费时间吗？"这是我一直以来的疑问，我从前也问过他，不过他总以"英雄情结"来回复我。

"好吧，我坦白，那时我就对你有想法了，行了吧。玉兰，我知道你行的，你可以成为更好的女人，你值得拥有更好的男人。比如我。哈哈哈。"何乐天最后还不忘自夸一下。

讨厌！我掐他的胳膊。不过，我对这个答案很满意。

"那你告诉我，你为什么就不怕了？"

我思索了片刻："是啊，开始我是怕的，所以我拒绝了你。后来，我听到一对姐弟恋的例子：这个女人比男人大很多岁，女人到了五十岁就快绝经了，而男人还是四十多岁正是迷人大叔的年龄，那么女人该怎么办？结果那个女人回答道：就算那时候我们分开，就算他喜欢上了别人，可我和他在一起二十年，我已经赚了。我还有孩子呢，我还有回忆呢。乐天，人生无常，活在当下。跟你在一起多一天，我就赚一天。我就很感谢上天了。"

我说出了我的心里话。是啊，就算有一天我衰老了，不漂亮了，那时有更漂亮年轻的女孩出现，我也不用害怕，因为我已经赚了。

何乐天一把把我抱在怀里："傻瓜，傻瓜。我会爱你，我会永远爱你的。"

我用手指堵住何乐天的嘴唇:"不用承诺明天。我只要此刻,只要此刻你爱我就够了。"

这就是上师跟我说的:"人生无常,活在当下。"

我真的不期待何乐天去承诺明天,什么永远。永远有多远?明天会发生什么我们什么都不知道。

自从和伍宇分手,我就开始懂得:相信爱情不变本身就是一个伪命题,还不如说相信爱情的善变。什么爱你一万年,地老天荒,海枯石烂,男人可以说,女人可以听,但万万不可以当真。爱本来就是感觉,感觉本来就在变化,受主观和客观的因素在变化,最后腐朽或者升华!

"乐天,你不用说永远爱我。我只要你一段时间一段时间地爱我。与其我们把感情的目标设置得那么高那么远,还不如务实一点儿,从一天一个月一年,三年,五年,这样的时间单位来计算。我们把目标定得短小一点儿,那么每当我们完成它,就会很有成就感,一旦我们超越它,那就是赚了。"我说着我的爱情观。

最开始,何乐天还有些不解,他认为我太过理性。不过很快,他也认可了。

其实,如果完成了无数个小目标,如果你爱了十个三年,那可能真的就是永远,就是天长地久,就是一生一世。所以,"我会永远爱你"可以变成"我会一段一段地爱你",因为后者比前者更务实、更靠谱。

佛陀说:"现在的你,是过去的你所造;未来的你,是现在的你所造。"

我只需要用心地过好现在,过好今天,善待现在的缘分,那我还担心未来做什么呢?因为,未来的我就是现在的我所创造的啊。

何乐天点了点头:"我们的玉兰,可是越来越智慧了啊。"
"再智慧,也不如你这个老师啊。"我笑了,何乐天也笑了。窗前剪影,格外动人。

80 单身就是幸福的前戏

生命中对我坏的人,就是前戏;生命中对我好的人,就是高潮。

其实,生命中对我好的或者坏的人,都是来度我的人,都是我生命中最好的人。

第二天,是老家一年一度最著名的"玉龙湖放生节"。玉龙湖是泸州境内很漂亮的一条河,这是我的家乡河。小时候,我就是沿着河边的路走着去上学的。此刻的玉龙湖两岸,全是绿油油的稻田,更远处是山与天空的交界处。

远远望去,像极了陶渊明笔下的《桃花源记》。天与山交接,山与水相映。要是在三月,粉红的桃花开时,那就是《桃花源记》的景象。

玉龙湖的两岸,每天都有各种各样的人来此钓鱼,有戴着草帽的,有戴着斗笠的。每到周末,无数泸州城里和重庆城里的人都开着车来玉龙湖,垂钓,散心,吃农家菜。

放生节这天,垂钓的人少了很多,更多的是来放生的人。他们把鱼放回到了湖里。远山，普照寺的钟声响起。我仿佛看见众生欢喜的神情。

　　我和何乐天漫步在玉龙湖湖边，走在立石古镇古老的石板路上。我的心里升起了一阵感动。

　　曾经，这样的画面在我的脑海里浮现了很多遍。我想象着，我和一个男人去我老家看家门口的黄果兰花，去走那古老而沧桑的石板路，去玉龙湖边看风景。原来，我是等着伍宇陪我完成这些事的，没想到，现在是何乐天。好在，这个男人终于来了。

　　这良辰美景，这峥嵘岁月，我终究没有辜负。

　　很快，我和何乐天要回京了。我们都开始收拾行李。爸妈又开始给塞各种四川特产到我包里，什么辣椒啊，花生啊，花椒啊，"这些都是亲戚种的，味道很好。"妈妈说。我收下了。这可是大城市没有的。

　　何乐天的行李简单，他走了过来帮我整理包。突然，他看见了那个日记本，他送给我的那个日记本。他的脸上露出了笑容，他没想到我居然随身带着。"写满了吗？我可要检查哟。"何乐天送我这本日记本的画面历历在目。

　　"随你检查吧。"我说。日记里全是记账单和满满的逆袭计划：

第一步：养成积极的生活习惯，做一个精致的女人。

第二步：培养理财意识和经营意识。

第三步：增强自己的经济实力。

第四步：忘记，丢弃。

第五步：直面单身。

第六步：克制欲望，单身但不廉价。

第七步：刷新朋友圈。

第八步：拥有属于自己的房子。

第九步：放下我执。

第十步：享受单身，学会独处。

第十一步：相信爱情，为爱勇敢。

何乐天一边翻着一边嘴里念着，我在旁边认真地听着，往事历历浮现。那可都是我最深刻的领悟和体会啊，都是我用眼泪和汗水换来的经验和教训啊！

终于，翻到最后一页，他停了下来，沉默了片刻。他站起身来，抱住我，发自内心地说："玉兰，你——真的——很了不起。"

我停下整理日记本的双手，接过日记本，一页一页地翻着。每一步，都记录着我的蜕变，记录着我的痛苦和欢乐。好在，我终于蜕变成功了。

"嗯，这日记本的功劳可是很大啊。我得好好保存着，以后好写爱情回忆录，说不定你我的故事是千古爱情佳话哟。"

何乐天轻轻地合上这本日记本点了点头："嗯，是该好好保存着。"

此时，何乐天好像变戏法似的从身后变出了一个新的日记本递给我："从今以后，你要写新的日记了。"我接过日记本，然后打开，就在打开的那一刻，我愣住了，那是一枚卡地亚钻戒。他竟然把戒指夹在了日记本里！

我拿起戒指，细致地看着。这一切来得太快了，这是真的吗？

此刻，何乐天单腿下跪抬起头看着我说："玉兰，嫁给我吧。我会给你幸福的，你想要的幸福我都会给你的！"

我看着面前的何乐天诚恳的眼神，知道这一切都是真的。我梦想的求婚画面终于成真了。

我喜极而泣，好想大哭，但只是哽咽着。

爱情路上，我走得如此辛苦。好在，我终于等到了这美好的时刻。

我点了点头。何乐天把戒指戴在我的手上。我伸出戴着戒指的手掌，任阳光穿透我的指尖，顿时，屋子在钻石的光辉闪耀下耀眼无比。

当然，除了我梦想成真之外，爸妈也终于放下了心中的大石头，令他们操心的女儿终于嫁出去了。

我在那写满字的小小日记本上写上了逆袭计划第十二步：收获幸福。

何乐天看着我写下了"收获幸福"这四个字，从身后抱着我温柔地说："从今以后，我们的林玉兰老师可以开课了。"

我把头倚靠在他身上，半闭着眼，颇为享受此刻："你可是林玉兰老师的老师啊。"

何乐天会心地笑了。空气中洋溢着幸福的味道。

后来，何乐天开发出了一种甜点，叫"兰花饼"。灵感嘛，就是源于此。

"兰花饼"一经推出，立刻受到顾客的欢迎。每次都卖得精光。

我品尝着兰花饼，感受着满满的幸福。

我终于迎来了我想要的婚姻生活，终于要和我的单身生活说再见了。

其实，单身就是幸福的前戏。

我知道，我即将迎来幸福的高潮了。

这就好像性爱，前戏很有必要，没有前戏的铺垫，那高潮也不会觉得如此美妙。

回顾我的爱情之路，也许伍宇就是我的前戏，而何乐天才带我走向高潮。

生命中对我坏的人,就是前戏;生命中对我好的人,就是高潮。

其实,生命中对我好的或者坏的人,都是来度我的人,都是我生命中最好的人。

献给正在单身或者曾经单身的人!

致敬,我们的单身岁月!